I0534570

Bücher & Ebooks

J. M. HOLLAND

Geboren 1958 in Osterode / Harz. Bürgerlicher Name: Jens Müller. Studium der Regie in Graz. Arbeitet als Regisseur, Schauspiellehrer, Dramaturg und Autor. Zahlreiche Stückbearbeitungen und Dramatisierungen. Als Leiter von Jugendtheaterensembles an Stadt- und Landestheatern eigene Stücke: ›Die Glut‹ (Ökothriller, Uraufführung 1994 Parkhaus Treptow, Berlin), ›Die Träume der Schwestern Bronté‹ und ›Ein Fest für Easy‹ (UA 2000 am Mecklenburgischen Landestheater Neustrelitz).

Im Elvea-Verlag erschienen von ihm der Lyrikband *›Der Stille Sturm‹* (2017) und diverse Erzählungen in den Genres Krimi *(›Der Zeuge im Koma‹* in *›Mörderische Geschichten – Es kann jeden treffen‹*, (2017), Science Fiction (in *›Die geheime Invasion‹*, 2016/2017), Thriller (in *›Das Geheimnis des Überseekoffers‹*, 2016), sowie der Romanauszug *›Heiligabend auf der Flucht‹* in *›Nach Hause kommen – Weihnachtsgeschichten‹* (2018).

Zuletzt (2019) erschien von ihm bei Elvea books die Drehbuchfassung von ›Seven Sisters – die letzten Desperados‹, zu der er hiermit den Roman vorlegt.

Seven Sisters – die letzten Desperados

Eine Western-Parodie

von

J.M. Holland

ELVEA
Bücher & Ebooks

www.elveaverlag.de
Kontakt: elvea@outlook.de

© ELVEA 2019

Autor: J.M. Holland

Covergestaltung/Grafik: ELVEA

Coverfoto: Malak Paschke
Fotograf: André Nicke

Layout: Uwe Köhl

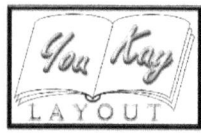

Projektleitung
BOOKUNIT
www.bookunit.de

1

Damals waren wir die glorreichen Sieben – sogar für Chuck, der zeit seines Lebens nicht bis Sieben zählen konnte. Er war wohl auch der einzige, der uns tatsächlich für glorreich hielt. Ich glaube, da hatte er Robin Hood falsch verstanden – oder seine Großmutter hatte es ihm falsch vorgelesen (oder vielmehr erzählt, denn ich bezweifle, dass sie Lesen und Schreiben beherrschte). Jedenfalls waren wir so glorreich, wie es Räuber, Pferdediebe und Mörder überhaupt sein konnten. Eine bessere Laufbahn hätte uns das Leben sowieso nicht bieten können – angesichts unserer ärmlichen Herkunft und angesichts eines so gottverlassenen Kaffs wie Dead Gulch. Heute würde man sagen, es liegt in the Middle of Nowhere, doch damals lag es im Zentrum des Wilden Westens – oder im Zentrum dessen, was vom Wilden Westen übriggeblieben war, nachdem die legendärsten der Scharfschützen ihre Knarre mit ins Grab genommen hatten. Westlich ist die Gegend ja immer noch (daran wird sich wohl nichts ändern), aber ›wild‹ … Wir waren die letzten, die für diese Wildheit sorgten. Nachdem Billy the Kid und Jesse James abtraten, gab es nur noch eine Bande, die den Namen ›Desperados‹ verdiente – uns. Von meinem Bruder Jack (er war der Boss der Bande) und mir werde ich noch genug zu erzählen haben, deshalb will ich zunächst einmal die anderen vorstellen. Rupert the Ripper, Mad Max, Bloody Burns – die drei sahen genauso aus wie die Räuber in den Bilderbüchern, aber sie haben es nie in die Bilderbücher geschafft, nur auf die Fahndungsplakate. Jimmy dagegen hätte auch ein Banker werden können – nur nicht in Dead Gulch; jedenfalls wirkte er so bürgerlich, dass er unseren Banküberfällen einen Hauch von Seriosität verlieh. Unser Star an Colt und Winchester war Chuck – er schoss ungefähr zehnmal schneller als er denken konnte. Damit kommen wir zu den McKenzy-Brüdern, als da wären: Frank (meine Wenigkeit) und Jack. Auch wenn ich nicht ganz so gentlemanlike wie Jimmy auftrat, benahm ich mich doch einigermaßen zivilisiert, während mein Bruder ... Für seine Umgangsformen stand die Raubeinigkeit unseres Alten Pate; ihm lagen die McKenzy-Sitten im Blut, wobei ich immer noch rätsele, welcher unserer Ahnen Jack seine nicht unbeträchtliche Intelligenz vererbte. Wir traten immer zusammen auf, vor allem wenn wir als Kinder bei der Bourgeoisie von Dead Gulch vorstellig wurden, die für uns aus dem Krämerladenbesitzer bestand. Zu diesem ehrwürdigen Herrn (ehrwürdig wirkte auf uns vor allem sein Bauch, der von einer guten Ernährung kündete) schickte uns unser Dad, der schon seit Jahren nicht mehr anschreiben lassen konnte, immer in der Hoffnung hin, dass zwei zerlumpte, magere Jungen Mitleid erregten. Bei diesen Einführungen in das Wesen der kapitalistischen Warenwelt lernten wir den Wert des Geldes zu schätzen. Wir begriffen nämlich schnell, was die Preisschilder bedeuteten. Ein Dollar hieß: »Pfoten weg, Jungs, das ist viel zu teuer für euch« und zwei Dollar: »Davon könnt ihr ein Leben lang träumen.« Nachdem wir unser Sprüchlein aufgesagt hatten: »Wir sind hungrig, Mister!«, kam die immer gleiche Antwort: »Hier wird nicht gebettelt.« Wir waren gerade Sechzehn (ich als der Ältere Sechzehneinhalb), als wir die Rollenverteilung umkehrten. Jack hielt, als Beweis, dass wir endlich erwachsen wurden, einen Colt in der Hand. Bei unseren früheren Besuchen hatten wir kaum über den Tresen gucken können, so klein waren wir, während uns der Ladenbesitzer wie ein Riese vorkam. Jetzt waren wir die Riesen und er war der Zwerg, doch so klein er sich auch hinter dem Tresen machte, er schaffte es nicht, so winzigklein zu werden, dass er durch ein Mauseloch hätte verschwinden können; also wimmerte er: »Lasst mir mein Leben.« Postwendend kam die Retourkutsche, die sich in unserem Herzen so lange aufgestaut hatte. Sie kam aus Jacks Mund und sie kam wie aus der Pistole geschossen: »Hier wird nicht gebettelt!« Gleich darauf kam buchstäblich etwas aus der Pistole geschossen – die Kugel, die das Leben des Fettsacks beendete. Das war der Startschuss zu unserer Banditenkarriere. Eine andere Laufbahn blieb uns danach ohnehin nicht mehr übrig. Da der Name ›Die Zwei‹ bescheuert klang und wir uns auf uns alleine gestellt nicht ausreichend gegen die Gefahr verteidigen konnten, am nächsten Baum aufgeknüpft zu werden, beschlossen wir, unsere Bande auf sieben Mann aufzustocken. Diese Zahl ergab sich aus der begrenzten Anzahl an Revolverhelden, die in Dead Gulch zur Verfügung standen und aus der profunden Bildung, die wir unserem Vater verdanken. Dad hatte uns das Lesen und Schreiben anhand der Bibel beigebracht – oder richtiger: er hatte diese Fertigkeiten in uns hineingeprügelt. Daher wussten wir um die magische Bedeutung der Zahl Sieben. Es gab sieben Todsünden, sieben Engel der Apokalypse und sieben Tage hatte der Herrgott für die Erschaffung der Welt gebraucht. Wir waren noch ein bisschen schneller als der Herrgott, denn nach sieben Stunden stand unsere Bande, deren Gründung wir mit sieben Salutschüssen feierten.

Als uns der Schuss im Krämerladen von einer Sekunde zur anderen zu Erwachsenen machte, trafen wir nicht nur eine unwiderrufliche Berufswahl, wir traten auch in das Alter ein, in dem der Geschlechtstrieb von uns verlangte, hin und wieder ein Mädchen zu ficken. Die weiblichen

Wesen, die wir bis dahin kannten, ließen sich an einer Hand abzählen. Wir besaßen nicht einmal eine Mutter (sie war kurz nach unserer Geburt einem Indianerüberfall zum Opfer gefallen) und pflegten nur Umgang mit einer gewissen Emily, die leider für den Geschlechtsverkehr nicht das geeignete Objekt darstellte, weil sie eine alte Pferdestute war. Aus diesem Grunde begannen wir uns für Abigail zu interessieren. Diese gertenschlanke, rotblonde Irin kellnerte in dem Saloon, in dem wir jeden gelungenen Coup mit Unmengen an Whiskey begossen. So lasterhaft sie dort auf uns wirkte, so hochgeschlossen und keusch ging sie anschließend (wenn wir schon längst nicht mehr gehen konnten) nach Hause, denn als ein echtes Mädchen aus dem Westen war sie tiefreligiös. Nach der Meinung unseres schottischen Dads (auf den wir längst nicht mehr hörten) suchte sie zwar die falsche Kirche auf, die Bretterbude der Katholiken, aber sie kam doch ihren christlichen Pflichten Tag für Tag nach. So oft wie sie konnte, quetschte sie sich in den konservenbüchsenengen Beichtstuhl, wo sie all die Sünden loswurde, die sie sich in ihrer lebhaften Phantasie ausmalte. Sehr zum Entzücken des Priesters, der ihre blutrünstigen Schilderungen liebte. So spielten sich in der Kirche ein ums andere Mal Szenen wie diese ab: Abigail schlüpft in den Beichtstuhl.

PRIESTER: Na endlich! Wen hast du diesmal umgebracht?

Abigail blickt durch den Vorhang in die Kirche, die gerade der Bürgermeister an der Seite seiner Frau betritt.

ABIGAIL (leise): Den Bürgermeister! Ich habe den Bürgermeister ermordet, Hochwürden!

PRIESTER (nicht ganz so leise, so dass es der Bürgermeister hört): Ja, der hat es verdient, dieser Heuchler!

ABIGAIL: Er ist so ein ... so ein ... Hochwürden, flößen Sie mir das richtige christliche Wort dafür ein!

PRIESTER: Eine perverse Sau!

ABIGAIL: Ja! Und als er mich gestern im Saloon angegrabscht hat ...

Sie war wie geschaffen für uns, aber das merkten wir erst, als Jesus Christus uns an einem glutheißen Sommertag zusammenbrachte. Wir galoppierten gerade heimwärts, um die Beute unseres ersten Banküberfalls in Sicherheit zu bringen. Unsere Gesichter verbarg das Desperado-Halstuch und uns verbarg eine Staubwolke. In einiger Entfernung folgte uns eine zweite Staubwolke, die von noch wilder galoppierenden Hufen herrührte. Darin steckten Sheriff Howland und seine Leute. Es war ein unfaires Rennen, denn unsere Pferde waren von einem langen Ritt ausgelaugt, während sie sich frische besorgt hatten. Da noch zehn Meilen bis zu unserem Versteck in den Bergen vor uns lagen, erkannte Chuck in einem seiner seltenen lichten Momente: »Die kriegen uns!«

In diesem Moment hörten wir die hellen Klänge eines Chorals. Und die einer furchtbar verstimmten Orgel, deren Gequietsche aus der Holzkirche der Katholen herausdrang. Man hatte diese Kreuzung zwischen einer Kathedrale und einem Klohäuschen erst vor einem Jahr eingeweiht, doch sie sah bereits aus, als würde sie gleich in sich zusammenfallen. Mit Blick auf den Glockenturm, der den berühmten Turm von Pisa nachahmte, aber bei weitem nicht so stabil war, stieß Jimmy den Stoßseufzer aus: »Da hilft nur noch beten.«

»Sagtest du: ›beten‹?«, fragte Jack und brachte seinen Gaul abrupt zum Stehen. »Max«, rief er, »wann warst du das letzte Mal in der Kirche?«

»Bei der Taufe, glaub ich«, antwortete Mad Max.

»Chuck?«, rief Jack.

»Noch nie«, bekannte unser bester Schütze, was sicherlich der Wahrheit entsprach (schließlich gab es bei den Kirchenmäusen kaum etwas zu klauen), doch da Chucks Gedächtnis keine drei Tage zurückreichte, war die Aussagekraft gering.

»Dann wird es höchste Zeit, dass ihr zu Kirchgängern werdet«, sagte Jack und deutete auf die Geldsäcke in unseren Satteltaschen. »Jeder hundertste Dollar ist für den Klingelbeutel.«

»Yippie!«, schrien Max und Bloody Burns, ohne die geringste Vorstellung, welchen Plan sie damit bejubelten. Gleichzeitig stimmte Jimmy, der wohl etwas mehr ahnte, ein frommes »Halleluja!« an.

Wir saßen ab, banden unsere Pferde dort an, wo auch die Gottesdienstbesucher ihre Gäule parkten und schleppten die Beute in die Kirche. Schlagartig brach der Choral ab, um sich nach einer kurzen Unterbrechung, (die Jack, flankiert von sechs gezückten Colts, für eine Ansprache an die Gemeinde nutzte), umso lautstärker fortzusetzen. Jedenfalls wurde, als der Sheriff und seine Deputees in die Kirche hineinstürmten, gesungen, was das Zeug hielt. Dass kaum einer die Noten traf, spielte für uns keine Rolle, wohl aber für den Sheriff, dem das Ganze verdächtig schräg klang. Er versuchte die avantgardistische Darbietung, zu der der Organist eine frühe Version der Zwölftonmusik in die Tasten drosch, zu stoppen, indem er losbrüllte: »Sie sind doch hier drin! Die McKenzys und ihre Bande!«

Der Priester, der derweil Blut und Wasser schwitzte, folgte dem Taktstock des Dirigenten, also meinem Revolverlauf. Nachdem ich ihn von meinem Versteck hinter dem Altarbild aus erfolgreich auf die Bühne gewinkt hatte, hielt er die wohl tapferste christliche Rede seit dem Apostel Petrus. So wie dieser sich, bevor ihn die Löwen zerfleischten, standhaft an Nero wandte, nahm der Priester Sheriff Howland ins Visier: »Sie irren sich, Sheriff. Dies ist das Haus Gottes. Bitte respektieren Sie die Heilige Mutter Kirche.«

So misstrauisch der Sheriff auch war und so wenig ihm die skurrile Gesangsdarbietung gefiel, er kuschte vor dem schmächtigen Pfarrer, den er mit einem Atemzug hätte umpusten können, denn in einem waren sich die Baptisten, die Episkopalisten, die Methodisten, die Presbyterianer und die Katholiken einig: Gott war der Boss. Deshalb sagte Howland: »Bitte vielmals um Entschuldigung, Hochwürden«, nahm seinen Hut ab und machte vor dem Kruzifix einen artigen Diener.

Noch deutlicher als damals sehe ich die Szenerie vor mir. (Kein Wunder, ich muss mich ja nicht mehr hinter das Altarbild quetschen.) Ich sehe meine Spießgesellen, wie sie hinter den Kirchenbänken am Boden kauern und ihre Pistolen auf den Rücken der Sänger richten. Ich sehe Chuck, der seine Pistole unter den Rock einer Dame gesteckt hat und sie mit einem Schuss in den After bedroht. (Infolgedessen singt die Dame besonders schräg.) Und ich höre so klar wie damals die einzige Stimme, die nicht vor Angst zitternd klingt, sondern sich wie der schönste aller Engelschöre zum Kirchdach emporschwingt, um den ganzen Himmel mit dem inbrünstigsten »Hallelujah« zu erfüllen; ich höre Abigail und ich weiß (heute sehe ich es sogar), was der Grund für ihre Gesangsekstasen ist, denn ich erkenne, wer da unter ihrem Rock steckt und ihre Schenkel abküsst: Jack, mein Bruder.

So entkamen wir dem Strick dank der Hilfe unserer christlichen Mitbrüder. Mochten sie auch noch so oft behaupten, das ewige Leben nicht erwarten zu können – in dem Moment, in dem unsere heimlich auf sie gerichteten Colts ihnen die Chance dazu boten, zogen sie es vor, die Freuden des Paradieses noch ein wenig aufzuschieben.

Beim nächsten Mal (nächstes Geldinstitut, nächste Verfolgungsjagd, nächster Gottesdienst) trieben es Jack und Abby noch dreister. Diesmal war mein Platz auf der Empore, wo ich den Organisten in Schach zu halten und dafür zu sorgen hatte, dass er seiner musikalischen Aufgabe nachkam. Und diesmal muss ich nicht meine Phantasie zu Hilfe nehmen, um die fleischlichen Wonnen zu schildern, denen sich mein Bruder und das Mädchen, das ich begehrte, direkt neben dem Hocker des Tastenzampanos hingaben. Die Wollust bewirkte, dass sie sich in keiner Weise mehr beherrschten. Mein Leben lang werde ich nicht vergessen, wie sich Abigail unter Jacks Stößen aufbäumte und dann auf die Tasten krachte – ein Ereignis, das der Explosion einer Bombe gleichkam und den letzten Rest an Feierlichkeit zerstörte. Immerhin bemühte sich die im Kirchschiff versammelten Christenheit tapfer, alles zu ignorieren – nicht nur aus Todesangst, sondern auch, weil Jack sein Versprechen: ›Jeder hundertste Dollar ist für den Klingelbeutel‹ wahrgemacht hatte. Die Gemeinde sang wie verrückt, um die Renovierung des Glockenturms nicht zu gefährden, der Sheriff brüllte sein übliches Sprüchlein, um das Gesetz durchzusetzen und der Priester schrie: »Zum letzten Mal, Sheriff, verlassen Sie das Haus Gottes!«

Bei unseren Überfällen und bei den anschließenden Gottesdienstbesuchen tanzten Alle nach Jacks Pfeife, doch im Saloon genoss ich erheblich mehr Freiheiten; ich konnte mich daher einige Male an Abigail heranmachen. Dabei stellte ich fest, dass sie zwar auf Jacks Brachialmethoden, aber auch auf meinen etwas subtileren Minnesang ansprach. Kuss für Kuss gelang es mir, ihre Gunst zu gewinnen und am Heiligabend (wir hatten gerade die Bank von Silver City ausgeraubt) war ich endlich am Zug – zumindest für die Dauer der Mitternachtsmesse. Dank unserer großzügigen Spenden war die Kirche inzwischen um eine Sakristei erweitert worden, die, hinter dem Altarbild verborgen, genügend Platz für ein Liebeslager anbot. Hier lag ich endlich in den Armen von Abigail. Leider gab es um uns herum ein pausenloses Strampeln und Treten; es fühlte sich an, als ob wir mit einem Haufen Hunden das Lager teilten. Dafür verantwortlich war ein bedauerlicher Zwischenfall: Weil ihnen das Weihnachtsfest als zu heilig erschien, um es von Bankräubern entweihen zu lassen, hatten mehrere fromme Damen gegen unsere Vorstellung von Gottesdienst rebelliert. Der Statistenaufstand zwang Jack, seine Inszenierung abzuändern. Die renitenten Frauenzimmer wurden von ihren Kleidern befreit und, nachdem ihnen so viel Gesangsbuchseiten ins Maul gestopft worden waren, dass ihnen jedes Widerwort verging, zu Bündeln verschnürt. Sie draußen im Schnee bei dreißig

Minusgraden dem Kältetod auszuliefern, erschien selbst Jack als zu grausam, so dass er befahl, sie in der Sakristei zu deponieren. Er verschwand mit fünf Knarren, um notfalls von der Empore aus das Feuer eröffnen zu können – und ich hatte freie Bahn. Wenn nur nicht die strampelnden Damen gewesen wären! Da sie sich ständig zu befreien versuchten, bildeten sie eine viel zu unruhige Matratze, um darauf einen Geschlechtsverkehr zu veranstalten, doch in diesem Moment galt die Devise: Jetzt oder nie! Ich befreite Abigail von ihrem Rock, ihrem Unterrock und ihren Rüschenhöschen, während in die Unterröcke, Überkleider und Winterpelze der frommen Frauen Chuck (als Großmütterchen), Bloody Burns (von der Statur her ein Rübezahl), Jimmy (er glich einer mageren alten Jungfer); Rupert (eine Bohnenstange im Kostüm einer Zwergin) und Max (Marke dicke Matrone) hineinschlüpften. Ihre markanten männlichen Züge verbargen die tief über die Stirn hinabgezupften Hauben und die Bärte versteckten sie hinter Gesangsbüchern. Solcherart verwandelt füllten sie die Lücken in den Kirchenbänken auf. Alle Darsteller befanden sich auf Start, als (wegen des Schneefalls leicht verspätet) Sheriff Howland mit seinen Deputees die Bühne erstürmte. Seinen Argwohn erweckte allerdings nicht unsere Laienschauspieler, er störte sich vielmehr an einem Pferd, das nicht wie die anderen Krippenfiguren aus Holz geschnitzt war, sondern sehr lebendig wieherte und außerdem das Stroh aus der Krippe fraß.

»Also, wenn das«, schrie Howland, mit dem Colt herumfuchtelnd, »nicht der Gaul von Jack McKenzy ist ...!«

Und dann geschah es – das Wunder. (Anders vermag ich es nicht zu nennen.) Das Wunder leitete ein Wutausbruch unseres Priesters ein: »Sheriff Howland, wenn Sie schon nicht auf das Wort Gottes hören und nicht auf meins, dann hören Sie wenigstens auf den Apostel Paulus. Im vierten Korintherbrief steht klipp und klar ...«

Den Inhalt des Korintherbriefs gab die Gemeinde durch einen feierlichen Gesang wider: »Verpihii-hiiissss dich!«, woraufhin der Priester zornbebend aus dem Evangelium zitierte: »Und da hörten die Hirten auf dem Felde eine Stimme, die da sprach ...«

In diesem Moment ertönte tatsächlich eine Stimme aus der Höhe, eine Stimme, die eine so gewaltige Autorität ausstrahlte, dass sie nur die von Gott persönlich sein konnte und diese Stimme sprach: »Verpiss dich!!!«

Der Sheriff ließ den Colt sinken und blickte verblüfft in die Höhe. Dann sah er zum Kruzifix und stellte etwas Unfassbares fest: Der Mann am Kreuz lebte, denn anders war es nicht zu erklären, dass er verschwörerisch grinste.

Abigail und ich hatten inzwischen unseren Geschlechtsverkehr absolviert, so dass wir, hinter dem

Altarbild hervorlugend, Zeugen des unglaublichen Ereignisses wurden.

Von diesem denkwürdigen Weihnachtsfest an war Jesus unser größter Fan. Wahrscheinlich gefiel ihm einfach die Action. Wenn man neunzehnhundert Jahre lang an einem Kreuz angenagelt ist, hat man ja nicht allzu viel Abwechslung. Außerdem kriegte er immer nur mit, dass wir auf der Flucht vor der Obrigkeit waren, so dass er womöglich den Sheriff für einen römischen Zenturio hielt, der im Auftrag von Pontius Pilatus handelte. Jedenfalls: Was auch immer unter seiner Dornenkrone vorging, wir waren uns des höheren Beistands sicher – zumindest solange Abigail durch ihre Sensationsberichte im Beichtstuhl die Heilige Dreifaltigkeit bei Laune hielt.

2

In der Folgezeit ging ihr Bedarf an blutrünstigen Phantasien allerdings rapide zurück, da sie mehr oder weniger das siebeneinhalbte Mitglied der Bande wurde, so dass wir es waren, die ihr die schrecklichsten Taten beichteten – meistens im Saloon, wo wir keinen Grund besaßen, irgendein Blatt vor den Mund zu nehmen; egal wie laut wir sprachen und egal wie viele Leute uns dabei zuhörten – wir konnten sicher sein, dass uns niemand verpfiff. Wir hatten die Stadt jetzt im Griff. Und wenn doch einmal jemand gegen uns aufmuckte … Nun, so stand ihm Harrys warnendes Beispiel vor Augen. Harry war der Barkeeper. Wir hätten ihn zwar niemals erschossen, weil er Cocktails zusammen zu rühren verstand, die man sonst nur in den besten Bars des Ostens zu trinken bekam, aber es war aus pädagogischen Gründen unumgänglich, dass der Kopfverband, den er wie einen Turban trug, immer mal wieder frisch blutete, damit jeder, der bei ihm einen Drink bestellte, an das Gesetz der Omertà erinnert wurde: »Schnauze halten, sonst siehst du morgen aus wie Harry.« Chuck hatte ihm einmal ein Ohr abgeschnitten und zeigte es, immer wenn das jemand bezweifelte, äußerst gerne vor – mit demselben Stolz, mit dem ein Indianer einen Skalp präsentierte. Das Kirchenasyl mussten wir nicht mehr in Anspruch nehmen und Abigail gefiel ihre neue Rolle als Räuberbraut so gut, dass sie auf die Religiosität, mit der sie aufgewachsen war, zu pfeifen begann. Für alle Mitglieder der Bande galt die eherne Regel, dass sie es niemals wagten, mit ihr anzubändeln, aber Chuck & Co waren sowieso nicht ihr Typ – höchstens der smarte Jimmy, auf den Jack deshalb immer mal wieder wutschnaubend losging. Die Rivalität zwischen uns Beiden war eine andere Sache – wir waren Brüder. Unsere Konkurrenz in Bezug auf Abigail war etwas, das jeder sah und das jeder spürte und doch war es für uns beide unmöglich, sie offen auszutragen, weil wir die Bande gemeinsam gegründet hatten und an dieser Gemeinsamkeit festhielten. Für die Anderen in unserer Bande war Abby tabu; ihnen standen dafür die Huren zur Verfügung, mit denen sie sich allabendlich am Tresen vergnügten. Das Freudenhaus lag vis à vis vom Saloon, so dass immer, wenn wir nach unseren Beutezügen an den heimischen Tresen zurückkehrten, die Nutten hereinschneiten. Sie hatten außer uns nicht viele Kunden – und die brauchten sie auch nicht. Dass wir ihnen einen Dollarschein schuldig blieben, mussten die Damen vom horizontalen Gewerbe nicht befürchten, denn unsere Kriegs-Kasse war immer prall gefüllt. Um die Gänge zum Bordell abzukürzen, wurde der Raum neben der Speisekammer zur Freudenhaus-Dependance umfunktioniert, wobei beinahe im Minutentakt Irgendeiner aus der Bande mit dem Gewehr gegen die Tür klopfte: »Seid ihr endlich fertig da drinnen? Ich bin jetzt an der Reihe!« Für jeden Geschmack hatten Mabels Mädchen (Mabel hieß unsere Puffmutter) etwas anzubieten. Wer sich gern von einer Domina zur Schnecke machen ließ, bekam Gladys' Peitsche zu spüren; wer eher jungenhafte, drahtige Körper liebte, kam bei Jenny Jaspers auf seine Kosten; wer auf ausladende Kurven stand und sich gerne von einer Süß-Blond-Naiven verwöhnen ließ, ging mit Heather ins Bett und für die Liebhaber des Exotischen gab es die Mulattin Debby. Egal wie laut man im Kämmerchen stöhnte, der Lärmpegel war so hoch, dass man nichts davon hörte. Der Saloon war nämlich immer rappelvoll, weil die Bürger, die uns eigentlich hassten, es sich nicht nehmen ließen, Zaungäste unserer Gelage zu sein, nicht zuletzt, weil dabei die eine oder andere Lokalrunde für sie abfiel. Hinzu kam die Lautstärke der Musik. Während Abigail zwischen den Tischen herumkurvte, um die Drinks zu verteilen, trug eine reichlich unbegabte Sängerin Schnulzen vor, wobei sie am Piano ein angegrauter italienischer Maestro begleitete, der sein deutlich größeres Talent wie Perlen vor die Säue warf. Nicht selten stand neben dem Klavier ein etwa zehnjähriges Mädchen – Violet, die Tochter der Bordellbesit-

21

zerin. Sie trug eine Brille, hatte meist ein Buch unter den Arm geklemmt und wirkte äußerst wissbegierig. Immer wieder störte sie den Pianisten, indem sie auf die Noten deutete:

»Was heißt ›allegro ma non troppo‹, Signor Rossini?« Dann antwortete Signor Rossini: »Das heißt ... quieck, like siesss. But not too quieck.« Dieser Musikunterricht brachte die Sängerin unweigerlich durcheinander, weil Rossini zwischendurch die Stellen spielte, auf die Violet zeigte und nicht die Passagen, die für die Gesangsdarbietung an der Reihe waren. Um die Kakophonie perfekt zu machen, ließ es sich Abigail nicht nehmen, gegen die Westernballaden, die auf der Nudelbrett-Bühne erklangen, mit ihren musikalischen Einlagen anzukämpfen. Sie konnte beim Servieren einfach nicht still sein, sie musste ihre Stimme erklingen lassen – und was für eine herrliche Stimme hatte sie! Und was für eine Figur! Sie vollführte die wildesten Tänze, bei denen auf wundersame Weise niemals eines der Gläser zu Bruch ging, die sie dabei zirkusreif auf einem Tablett balancierte. Diese Shownummern übten eine so erotische Wirkung aus, dass die Regel »Keiner rührt sie an, wenn er nicht will, dass ihn Jack über den Haufen schießt« ein ums andere Mal ins Wanken geriet. Wie oft dachte Jemand: »Ich kann ihr doch mal auf den Po klatschen, Jack guckt doch gerade nicht hin« und wie oft sah er sich in diesem Gedanken getäuscht, weil mein Bruder

Augen im Hinterkopf hatte! Auf diese Weise war immer für eine Bombenstimmung gesorgt – einmal ganz abgesehen von dem Lärmpegel, der an den Spieltischen herrschte und im Wettbüro, das sich an einem Ende des Tresens befand, wo Harry die Einsätze entgegennahm. Äußerst beliebt war es unter den Bürgern unseres Städtchens, auf die Rivalität zwischen Jack und mir zu setzen: »Ich wette zwei Dollar darauf, dass Frank die Abigail kriegt«, oder: »Ich setze zehn Dollar auf Jack.« Während Harry als unser Buchmacher die Wetten notierte, schraubten sich die Einsätze in die Höhe: »Fünfzehn Dollar darauf, dass sie als nächstes 'nen Zug überfallen – und dass sie wieder 'n todsicheres Alibi haben.«

»Auf den Zug setze ich auch, aber auf das Alibi nicht«, setzte dann unweigerlich der Nächste dagegen. So lange, bis irgendeiner hasserfüllt knurrte: »Irgendwann ist diese Party zu Ende«, denn auch wenn wir für beste Unterhaltung sorgten – beliebt waren wir nicht. Wozu auch, welcher Desperado will schon geliebt werden? Unser ganzer Ehrgeiz zielte doch darauf, dass man uns fürchtete!

Ich erinnere mich noch lebhaft an einen dieser feuchtfröhlichen Abende im Saloon. Wieder einmal war Jack ausgerastet, weil irgendjemand Abby zu nahe trat.

»Du bist zu grob, Jack«, fuhr sie ihn an.

»Zu grob?«, fragte er und ließ seinen Blick im Saloon schweifen, um sich ein neues Opfer auszusuchen. Er fand es schließlich an einem der Spieltische, an dem ein piekfein gekleideter Pokerspieler einen Dollar nach dem anderen einstrich. »Stimmt«, sagte er, »ich bin nicht so ein feiner Pinkel wie der da. He, Mr. Pinkel!« Als ihm der Pinkel (ein Ortsfremder, der sich auf der Durchreise befand und noch keine Kenntnis unserer speziellen Sitten besaß) jede Reaktion verweigerte, zog Jack seinen Colt und teilte allen, die ihn umringten, mit: »Ich würde gern mal sein Blatt sehen.«

Als ihm auch das verwehrt wurde, erschoss er den Pokerspieler. Schlagartig herrschte eine Totenstille im Lokal. In diese Stille sprach Chuck drohend hinein: »Wie lautet eure Aussage gegenüber dem Sheriff?« Das ganze Lokal antwortete ihm im Chor: »Notwehr!« Dieser Spruch stellte ein eingeübtes Ritual dar, wurde aber ausnahmsweise bereitwillig abgeliefert, weil man es überhaupt nicht mochte, wenn einen zwielichtige Fremde um die sauer verdienten Piepen erleichterten. Jack trat zu der Leiche und zog ihr die Asse aus dem Ärmel.

»Ich wusste doch, dass er falsch spielt«, stellte er zufrieden fest. Dann wandte er sich großzügig an die anderen Spieler am Tisch: »Nehmt euer Geld wieder.« Er fing einen Blick von Abigail auf, der ihn bewog, sich in einem sanften Ton an die Leiche zu wenden. »Meine Braut meint, ich sei zu grob zu

Ihnen«, sagte er freundlich. »Wissen Sie was, Mister? Sie dürfen was von Ihrem erschummelten Geld behalten – damit Sie Ihren Sarg bezahlen können.«

Haben wir da gelacht! Gleich darauf quietschte die Schwingtür.

»Ah, Sheriff Howland!«, rief Jack, ohne hinzusehen. »Immer herein in die gute Stube!«

Er war bestens gelaunt, wiegte er sich doch (wie wir alle) völlig in Sicherheit. Dass wir inzwischen im ganzen Staat zur Fahndung ausgeschrieben waren, bot für uns keinen Anlass zur Sorge, es schmeichelte nur unserer Eitelkeit. Wir liebten es, unsere verschwommenen Fotos auf den Steckbriefen zu betrachten und dass die Summen, die auf unseren Kopf ausgesetzt wurden, in schwindelerregende Höhen kletterten, erfüllte uns mit Stolz. Aber es war ein Fehler, Sheriff Howland zu unterschätzen – ein Fehler, der sich bald rächen sollte.

Howland gehörte einer Generation an, die noch im Bürgerkrieg gekämpft hatte. Den glorreichen Schlachten jener Zeit verdankte er sein leichtes Hinken und dem Wohlleben danach seine Korpulenz. Nicht selten erlebte man ihn angetrunken – sei es, dass er aus Frust soff oder weil ihm der Whiskey so gut schmeckte. Sein knallrotes Gesicht zierte eine Knollennase und mittels eines grauen Walrossschnauzers versuchte er sich ein bärbeißiges Aussehen zu geben. Weil sich außer ihm niemand traute, für den Sheriffposten zu kandidieren, wurde er immer wiedergewählt. Ich glaube, er vertrat nur deshalb das Gesetz, weil er keinen anderen Beruf gelernt hatte und weil Dead Gulch, als er sich zum ersten Mal um den Job bewarb, noch der ruhigste Ort auf der Welt gewesen war.

Mein innerer Film in dieser Zeit bestand im Wesentlichen aus einem einzigen Take, einem einzigen Set und einem einzigen Satz, den ich in zwei verschiedenen Versionen den Priester vor dem Altar sprechen ließ.

In der ersten Version sagte der Priester: »Jack McKenzy, ich frage dich: Willst du Abigail Abernathy zur Frau nehmen?« und es erklang eine grausame Musik. Die zweite Version unterschied sich davon nur geringfügig.

Priester: »Frank McKenzy, ich frage dich: Willst du Abigail Abernathy zur Frau nehmen?« (Herrliche Musik.)

An dem fatalen Tag, an dem sich unser Schicksal wendete, sah alles nach der zweiten Version meines Drehbuchs aus, denn bei dem Desperado, der es mit Abby in einem Bordellzimmer trieb, handelte es sich um den hübscheren der beiden McKenzys. Dem Desperado-Dresscode entsprechend war ich zwar nackt, aber doch mit Patronengurt und Halfter bekleidet, so dass ich jederzeit zum Colt greifen konnte.

Hinzu kam der Cowboyhut, der ständig von meinem Kopf herunterhüpfte, aber natürlich unverzichtbar war. Auf etwas anderes hätte ich dagegen liebend gern verzichtet – auf das Stöhnen, das wir aus dem Nebenzimmer vernahmen.

»Jack schon wieder!«, schimpfte Abigail und klopfte wütend gegen die papierdünne Wand. »So geht es, seitdem ich mit ihm zusammen bin. Er kann es nicht lassen, mit jeder von diesen Nutten …«

»Dann stöhnen wir eben lauter, Liebling!«, schlug ich vor.

»Wenn er das mitkriegt, bringt er dich um, Frank!«

»Soll er!«, sagte ich todesverachtend.

Das Wettbumsen, das sich daraufhin entspann, sprengte sogar in diesem Haus, das für körperliche Ausschweifungen gedacht war, alle bis dahin bekannten Dimensionen, doch kurz bevor das Gebäude einstürzte, traf meinen Bruder eine Erkenntnis, die seine Stimmbänder lähmte. Stille … Stille … Und dann sein Gebrüll, das die Trennwand beinahe wegblies: »Abigail??? Hure!!!«

Abigail schrie zurück: »Geiler Bock!«

Der weitere Verlauf der Szene steht mir auch heute noch so lebendig vor Augen, als würde es gerade jetzt geschehen. Jack stürzt ins Zimmer. Wenn man von Hut, Revolver und Patronengurt absieht, was bei unsereinem nicht als Kleidung zählt, ist er splitternackt.

»Frank???!!!«, schreit er. Er will die Waffe ziehen, so dass (ich fass es nicht) das Undenkbare droht: Er will mich tatsächlich niederschießen. So wütend ist er. Ganz außer sich. Nicht mehr zurechnungsfähig. Gleich wird er mich ins Jenseits befördern, doch der Brudermord fällt aus, weil ... Ja, wo kommt Die denn auf einmal her? Wie aus dem Nichts taucht Mabel auf, die Puffmutter. Sie steht plötzlich in Jacks Rücken und während seine Rechte zum Colt greift, fährt ihre Hand aus. Die kleine, zierliche Frau ist schneller als er am Revolverknauf. Bevor er begreift, was passiert, ist er entwaffnet. Mabel richtet seinen Colt auf ihn. Sie entsichert ihn – Klack! – und drückt die Mündung in seinen Nacken. Dabei streift ihr Blick beiläufig mich.

»Du kannst sie dir jetzt schnappen, Howland!«, sagt sie kalt.

Sofort blicke ich mich nach allen Seiten um: »Howland hier???« Obwohl ich ihn nirgendwo sehe, greife ich zum Colt. Nein, ich versuche es nur. Ich fasse genauso wie Jack zuvor ins Leere. Auch in meinem Rücken hat sich jemand herangeschlichen und entzieht mir blitzschnell die Waffe. Als ich mich umdrehe, sehe ich in die eiskalten blauen Augen von Gladys. Die Nutten haben uns verraten! Ich habe das noch gar nicht richtig realisiert, als sich die Schranktüren öffnen. Aus den Kleiderschränken springen Sheriff Howland und seine Deputees mit gezückten Colts heraus.

»Im Namen des Gesetzes!«, schreit Howland. »McKenzy und McKenzy – beide verhaftet!«

Faustkampf, Handgemenge. Irgendwem verpasse ich einen solchen Kinnhaken, dass er durch den ganzen Raum fliegt. Vielleicht verpasst ihm auch ein Anderer den Kinnhaken, jedenfalls fliegt er. Und dann fliege ich. Einmal quer durch den ganzen Raum. Möglicherweise absichtlich. Möglicherweise hechte ich. Möglicherweise fliehe ich. Das geht alles so schnell, dass ich es nicht mehr sortieren kann. Und dann fliege ich durch die Luft. Ich vermute, dass man mich nicht aus dem Fenster geworfen hat, sondern dass ich gesprungen bin. Schüsse, die vermutlich mir gelten. Sie zischen an mir vorbei.

»Frank! Lauf, lauf!«, schreit ein hysterisches Frauenzimmer. Es kann nur Abigail sein. Aber bevor ich laufen kann, muss ich erst einmal landen. Ich nehme jetzt alles wahr wie ein Vogel, der im Sturzflug zur Erde saust. Ohne Flügel, aber mit der Chance, nicht allzu hart aufzuprallen. Unter mir, im Hof des Bordells steht ein großer Badezuber. Gefüllt mit heißem, dampfendem Wasser – und mit zwei nackten Körpern, einem Freier und ... Ich kann nicht genau erkennen, mit welcher Hure er sich gerade verlustiert; es geht alles zu schnell. Die beiden starren nach oben – also zu mir, der mit einer nicht unbeträchtlichen Geschwindigkeit auf sie zurast. Großes Gekreische. Schüsse, die ins Wasser zischen. Dann eine Mordsfontäne. Mittendrin ich. Und dann bin ich auch schon raus aus dem Badezuber. Ich visiere ein neues Ziel an: das Pferd des Freiers. Ich schwinge mich auf den Rücken des Pferds und dann jage ich mit meinem vierbeinigen, wie verrückt wiehernden Fluchtgerät durch einen Haufen frisch aufgehängter Wäsche hindurch.

3

Was mit Jack geschah, bekam ich nicht mehr mit;
doch heute, Jahre später, weiß ich es, in allen Einzelheiten. Ich kann spüren, wie meinem Bruder
die Handschellen angelegt werden. Es ist ein elen-
des, ein ohnmächtiges Gefühl. Und es ist eine
ohnmächtige Wut, die Jack schreien lässt: »Ich
komme wieder, Abigail! Sehr bald! Und dann will
ich dich nicht wieder mit Frank erwischen!«

Wider alle Vernunft glaubt er, dass er aus der
Gefängniszelle, in die ihn der Sheriff jetzt verfrach-
ten wird, entkommen kann. So ist er, mein Bruder:
Aufgeben gilt nicht! Derweil werfen zwei Deputees
über die nackte Abigail ein großes Tuch, um sie zu
bändigen.

»Bringt sie raus!«, befiehlt der Sheriff.

Abigail wird zur Tür hinausgeschleppt. Die
Scharfschützen am Fenster erkennen, dass ich
ihnen entkommen bin und drehen sich zu meinem
Bruder herum. Der Sheriff richtet die Pistole auf
Jacks Stirn. In seinen winzigen Augen blitzt jetzt
die ganze Verschlagenheit auf, die uns so lange
entgangen ist.

»Um Jack kümmere ich mich alleine«, sagt er zu
seinen Hilfskräften, um sie loszuwerden. Bei dem,

was er jetzt vorhat, kann er keine Zeugen gebrauchen. Die Deputees verschwinden, nur ein junger Hilfssheriff lässt sich nicht so schnell abwimmeln. »Auf der Flucht erschossen, was?«, grient er verschwörerisch

»Ja«, antwortet Howland nicht minder verschwörerisch, »ich finde, so etwas macht sich immer gut in einer Verbrecherakte.«

Wohin sollte ich mich wenden? Ich wählte den kürzesten Weg aus Dead Gulch heraus. Es war auch der kürzeste Weg in den Wald, der eine Meile hinter dem Ort begann und so undurchdringlich war, dass ich darauf hoffen konnte, von der grünen Hölle verschluckt zu werden – vorausgesetzt, dass ich sie rechtzeitig erreichte. Ein Blick zurück zeigte mir, dass Howlands Männer die Verfolgung aufgenommen hatten und der Gaul, den ich zufällig erwischt hatte, gehörte nicht gerade zu der schnellsten Sorte. Ich überlegte, ob ich mich zu unserem Versteck in den Bergen durchschlagen sollte, um von dort aus die Bande neu zu formieren – unter meiner Führung, verwarf diesen Gedanken aber sofort wieder. So blutrünstige Naturen wie Mad Max und Bloody Burns unterwarfen sich nur der Raubeinigkeit meines Bruders und würden niemals spuren, wenn ich ihnen etwas zu befehlen versuchte. Im Übrigen fürchtete ich, dass wir ohne Jacks zuweilen genialen Einfälle aufgeschmissen waren. Dass es für uns ›game over‹ hieß, wurde mir endgültig klar, als ich bei einem neuerlichen Blick auf meine Verfolger erkannte, dass sich jetzt zwei Reitergruppen an meine Fersen geheftet hatten. Bei dem dazugekommenen Trupp konnte es sich nur um die Leute des Bundes-Marshalls handeln, über dessen Eintreffen schon länger spekuliert worden war. Jetzt hatten wir nicht nur die lokalen Polizeikräfte, sondern auch noch die der Regierung am Hals, wobei es dieses ›Wir‹ eigentlich schon nicht mehr gab, denn mit Jacks Verhaftung gehörte unsere glorreiche Bande der Vergangenheit an. ’Zu viele Hunde sind des Hasen Tod‹, dachte ich. Immerhin ließ ich endlich das offene Grasland hinter mir und wurde vom Wald verschluckt. Nur eines hatte ich nicht bedacht (wie auch, bei einer so rasenden Eile?): Nach wenigen hundert Metern stoppte mich ein reißender Fluss. Mein eigenes Pferd hätte ich da vielleicht hindurchtreiben können, aber der Gaul des Freiers erwies sich als so wasserscheu, dass er in das eisige Nass nur kurz die Hufe hineintunkte und sich dann zu keinem Schritt mehr bewegen ließ. Zu meiner Überraschung bemerkte ich am anderen Ufer ein nur notdürftig vertautes Ruderboot, in dem ein Mann hin und herschaukelte, der den absurdesten Anblick bot, den man sich im Wilden Westen denken konnte: Der stand doch tatsächlich an einer Staffelei und versuchte, der starken Strömung zum Trotz, das prächtige Panorama auf ein Gemälde zu bannen! Der schmächtige Landschaftsmaler besaß nicht gerade die Statur, um sich einem wildentschlossenen Desperado wie mir zu widersetzen, der sich seines Bootes bemächtigen wollte. Ich sprang in den Fluss und kraulte gegen das reißende Wildwasser an. Um keine Sekunde zu früh: Mein Fluchtpferd verschwand im Dickicht und gleichzeitig erreichten meine Verfolger das Ufer. Ich tauchte unter, konnte aber, bevor meine Ohren nur noch das Brausen des Stromes erfüllte, gerade noch hören, wie ein Hilfssheriff rief: »Deputee Dexter, im Auftrag von Sheriff Howland! Haben Sie einen nackten ...?«

Ich hörte davon mit Müh und Not: »... utee – ex ... blubbblubb ... owl ... ack.« Als ich ein paar Sekunden später wieder zum Luftholen an die Oberfläche kam, hatte sich das Ufer noch weiter gefüllt. Jetzt waren auch noch die Reiter der Bundesbehörden angekommen und ein Marshall versuchte, die tosenden Elemente zu überbrüllen: »Marshall Matt Dillon, im Auftrag der Regierung! Haben sie einen nackten ...?«

»Flibberty Fox«, brüllte der Landschaftsmaler zurück, »im Auftrag der Kunst. Ich wäre dankbar für jeden Nackten, den ...«

Dann versuchte sich wieder der Hilfssheriff an der schwierigen Kommunikation über den Fluss Fluss hinweg. »Haben Sie einen nackten Cowboy vorbeireiten sehen?«, schrie er. »Das ist der gefürchtete Frank McKenzy! Von der McKenzy-Bande!«

»Nein!«, schrie Mister Fox. »Aber ich würde ihm sehr gerne begegnen«, fügte er zu sich selber hinzu. (Ich war inzwischen nahe genug an ihn herangekrault, um seine Selbstgespräche zu verstehen.) »Ein nackter Bandit!«, jauchzte er und schwang jubilierend den Pinsel. »Was für ein Motiv!« Sein nacktes Motiv, das zum Glück niemand gesehen hatte, klammerte sich an das Ruderboot. Die Gesetzeshüter ritten davon. Ich wartete ab, bis ich sicher sein konnte, dass sie sich außer Sichtweite befanden und schwang mich dann hinter Mister Fox ins Ruderboot. Der schmale Kahn schwankte bedenklich, doch der Maler bemerkte nicht, dass ich an Bord kam. Ihn lenkte irgendetwas ab, etwas, das seine Aufmerksamkeit restlos in Anspruch nahm. Um was es sich dabei handelte, wurde mir klar, als er strahlend ausrief: »Indianer! Endlich Indianer! Heute ist mein Glückstag!«

Seinen Glückstag musste ich ihm leider versalzen, denn ich brauchte sein Boot. Gerade holte ich mit einem Ruder aus, um es ihm über den Schädel zu schlagen, als er, von einem Pfeil durchbohrt, zusammenbrach. Als ich den Blick hob, entdeckte ich, dass sich im Gehölz drei Indianer in Kriegsbemalung versteckten. Derjenige aus dem Trio, dessen Gesicht die furchterregendste Farbzeichnung trug, ließ gerade den Bogen sinken, mit dem er auf Fox gezielt hatte. Mir kam es so vor, als ob mich die kleine Rothaut zu seiner Seite erkannte, jedenfalls reagierte Jung-Winnetou sehr aufgeregt. Sie unterhielten sich in einer für mich unverständlichen Indianersprache, aus der ich aber deutlich die Worte »McKenzy brothers« heraushörte. Dann ergriffen sie unter wildem Angstgeheul die Flucht. Offensichtlich hatte sich unser Ruf an den Lagerfeuern der Ureinwohner herumgesprochen.

Ich war sehr erfreut über die Popularität, die ich genoss, aber ich hoffte, ich würde nicht überall so bekannt sein, denn mir war inzwischen die Idee für eine perfekte Flucht gekommen.

Um die Idee auf ihre Umsetzbarkeit zu prüfen, zog ich die Leiche von Mister Fox ans Ufer. Dann nahm ich einen Kleideraustausch vor. Ich konnte mich beglückwünschen, dass ich zwar durchtrainiert, aber von Natur aus nicht allzu muskulös gebaut war: Wenn ich einen Hosenknopf offenließ, passte ich in die Klamotten des Landschaftsmalers hinein. Damit der Tote nicht gar so nackt aussah, stattete ich ihn mit meiner rudimentären Kleidung aus: Patronengurt, Halfter und Hut. Mein Hut war eine Art Personalausweis, denn ich hatte ihn mit meinen Initialen verzieren lassen: ›F McK‹. Jeder Mann im Umkreis von hundert Meilen wusste, wem dieser Hut gehörte.

»Frank McKenzy«, sagte ich zu der Leiche zu meinen Füßen, »du hast ein unrühmliches Ende genommen.« Dann betrachtete ich mir den Mann, der mein Ebenbild sein sollte, genauer. Die Größe passte und das Alter passte, aber ... Nein, nein, die

Augenfarbe passte ganz und gar nicht. Ich ließ meinen Blick schweifen, als erwartete ich, dass am Himmel gleich mein nächster, rettender Einfall erscheinen könne und ... Tatsächlich! Ein paar kreisende Geier waren so nett, mir weiterzuhelfen. »Hierher, hierher!«, schrie ich und winkte.

»Ich habe eine Leiche für euch! Pickt dem Kerl die Augen aus!«

In diesem Moment ließ sich aus dem Wald Wolfsgeheul vernehmen. »Bruder Wolf!«, rief ich. »Ich hab was zum Anknabbern! Ich will, dass man diesen Frank McKenzy nicht mehr wiedererkennt, wenn man ihn in drei Wochen findet.«

Dann betrachtete ich noch einmal den potenziellen McKenzy-Leichnam und schüttelte den Kopf.

»Die Frisur geht nicht«, stellte ich fest. Da in der Brust des Toten ein Indianerpfeil steckte, ergab sich der nächste Schritt wie von selbst. Ich musste ihn so herrichten, wie es den Sitten seiner Mörder entsprach, also holte ich aus Foxens Gepäck ein Fahrtenmesser und begann, ihn zu skalpieren. Wenige Minuten später stand ich mit dem bluttriefenden Skalp vor der Leiche und betrachtete sie zufrieden.

»Jetzt passt's«, sagte ich. Ich warf den Skalp in den Fluss, wo ihn sofort die Strömung mit sich riss. Dann studierte ich die Papiere, die mir der tote Landschaftsmaler mit auf den Lebensweg gab. Mein Name war jetzt Flibberty Fox (gewöhnungsbedürftig), ich hatte ein Stipendium für die

Harvard University in der Tasche (hoch erfreu-
lich) und eine Riesenerbschaft gemacht (genial),
die auf einem New Yorker Konto auf mich wartete.

4

Die Erbschaft für Mister Flibberty übertraf bei
weitem das, was das notarielle Schreiben in der
Kleidung des Toten erwarten ließ. Da ich nichts
anderes mehr zu tun hatte, als die Dollarscheine
irgendwie zum Fenster rauszuwerfen, wurde ich
Teil einer High Society, in der ich mich so fremd
fühlte wie Gulliver im Land der Pferde. Der Reich-
tum ließ sich für mich ja noch einigermaßen ertragen, aber nicht die damit verbundene Langeweile.
Die einzige Zerstreuung, die mir gefiel, bot eine
neue Erfindung, die man Film nannte. Nicht selten
bedienten sich die stummen Schwarzweiß-Streifen
bei den Legenden des Wilden Westens. Ich verpasste in New York kaum eine Lichtspielvorfüh-
rung, wobei ich die Hampeleien auf der Leinwand
mit den Augen des Profis betrachtete, der alles
besser wusste, denn weiß Gott ich verstand etwas
von Schießereien und von der fachgerechten
Durchführung eines Überfalls.

Sieben Jahre gingen ins Land, bis mich das
Heimweh zurücktrieb. Ich dachte, Abigail wäre
immer noch genauso schön, genauso verrucht und
genauso verrückt nach mir. Und ich stellte mir vor,
dass sie auf meinen Heiratsantrag wartete, jetzt,

da ich kein Outlaw mehr war, sondern als ein ehrbarer Bürger meinen Wohlstand genoss, während mein Bruder Jack (wie ich aus der Presse erfuhr) in den ewigen Jagdgründen weilte. Außerdem dachte ich mir: Es würde langsam Zeit, dass jemand Sheriff Howland abknallte.

Außer einem Haufen Dollars trug ich eine Zeitung bei mir, in der ich einen Satz dick angestrichen hatte. Unter dem Titel ›Once upon a time in the West‹ hatte die New York Times einen Nachruf auf die Desperado-Zeiten geschrieben, und unsere Schreckenstaten waren ihr einen halben Satz wert. Jack kriegte die andere Hälfte des Satzes – weil er so grandios verröchelte, dass er damit in die Geschichte einging. Howland hätte, schrieb die ›Times‹, meinen Bruder an der Flucht hindern wollen: Klartext: Er hatte ihm heimtückisch in den Rücken geschossen. Also verlangte die Familienehre von mir, dass ich ihn killte – so wie wir es immer gehalten hatten: in einer ehrlichen Schießerei.

Da nach Dead Gulch immer noch keine Eisenbahn fuhr, blieb mir nichts anderes übrig als die Postkutsche zu nehmen. Je näher wir meiner Heimat kamen, umso leerer wurde die Kutsche. Auf den letzten hundert Meilen war ich der einzige Fahrgast, was natürlich meiner Bequemlichkeit zugutekam. Außerdem konnte ich in aller Ruhe mein altes Handwerkszeug auspacken, ohne dass jemand dumme Fragen stellte. Wie lange hatte ich den Colt vermisst – und meinen Patronengürtel! Wie zu unseren Banditenzeiten band ich mir mein Halstuch vors Gesicht, durch das ich mich allerdings nicht mehr gegen das Erkanntwerden, sondern nur noch gegen den Staub schützte.

Der Sommer war gerade angebrochen und das hieß in unserer Gegend: Staub, Staub, Staub. (Das meiste davon kam zum offenen Kutschenfenster herein.) Trotz der sengenden Sonne wirkte die Landschaft auf mich viel düsterer, als ich sie in Erinnerung hatte. Irgendetwas Ungutes lag in der Luft. Es kam mir wie eine Vorahnung vor, aber ich wusste nicht im Geringsten, was ich erahnte. In Gedanken zählte ich die Meilen runter, die mir noch bis zu meiner Ankunft blieben: Noch zwanzig Meilen ... noch fünfzehn ... noch zehn ... Urplötzlich hielt der Kutscher an, ohne jeden ersichtlichen Grund. Er sprang vom Kutschbock und riss die Tür auf. Seine Gesten kamen mir so übertrieben dramatisch vor, dass ich mich in einen Stummfilm versetzt fühlte – nur dass die Schrifttafeln fehlten und ich ihn leibhaftig reden hörte.

KUTSCHER: Sie wollten doch nach Dead Gulch. Dann steigen Sie aus!

ICH (ziehe aus meiner Geldbörse Scheine hervor): Reicht das für die letzten zehn Meilen?

Wolfsgeheul. Der Kutscher schrickt zusammen. Er zeigt jetzt deutliche Anzeichen von Angst.

KUTSCHER: Ich möchte gerne am Leben bleiben, Mister. Wir fahren Dead Gulch schon seit einem Jahr nicht mehr an. Seit diese Bande von ...

Ich höre in der Ferne Pferdegetrappel. Der Kutscher stößt mich aus der Kutsche.

KUTSCHER: Wenn Sie unbedingt sterben wollen, bitte. (Wirft mir das Gepäck hinterher und dann noch eine Visitenkarte:) Die Adresse des Totengräbers. Sein Eichenholz ist sehr zu empfehlen.

Ohne noch ein weiteres Wort zu verlieren, sprang er auf den Kutschbock und raste in panischer Flucht davon. Es war großes Kino. In der nächsten Stunde kam ich mir leider nicht mehr wie im Kino vor, denn dort hätte man den elendslangen Weg, den ich mit meinem gesamten Gepäck absolvieren musste, durch einen Haufen Schnitte verknappt. Außerdem fehlte mir die Musik. Wenn wenigstens ein Pianist all die Gefühle, die mich jetzt aufwühlten, in Klänge verwandelt hätte! Aber nein: keine Musik! Stattdessen: Stille. Eine unheimliche, alles erdrückende Stille. Ohne diesen erzwungenen Marsch hätte ich Dead Gulch bequem vor Einbruch der Dämmerung erreicht, so aber war ich gezwungen, meine Augen auf einen gleißenden roten Feuerball zu heften, der, nur noch knapp über den Horizont stehend, mir den Weg nach Westen wies. Während mir die untergehende Sonne die Pupillen ausbrannte, spukte mir das seltsame Auftreten des Kutschers durch den Kopf. Von welcher Bande sprach er, die so viel Schrecken erzeugte? Wer, zum Teufel, hatte unsere Nachfolge angetreten?

Ich erreichte das Ortsschild von Dead Gulch gerade noch rechtzeitig vor Einbruch der Dunkelheit. Zwar hockte kein Geier auf dem Schild, aber trotzdem war der erste Eindruck nicht gerade ermutigend. Der Bevölkerungsschwund ließ sich daran ablesen, dass ›Pop 35‹ durchgestrichen und durch eine noch niedrigere Zahl ersetzt worden war. Von ›Dead Gulch‹ konnte ich nur ›ulch‹ erkennen, weil über den Rest des Ortsnamens ein regloser Cowboy hing. Aufgrund der am Boden liegenden leeren Whiskeyflasche, war der Grund seiner Reglosigkeit nicht schwer zu erahnen.

»Was gibt's denn zu feiern?«, fragte ich freundlich.

Ich schlug dem Betrunkenen auf den Rücken und zuckte zurück. Jetzt bemerkte ich nämlich, dass es sich bei dem Geruch, den er ausströmte, keineswegs um eine Fahne handelte. Dann sah ich, warum sich der Mann nicht mehr rührte: In seinem Rücken steckte ein Messer. Als der hartgesottene Desperado, der ich jetzt wieder zu sein versuchte, zeigte ich nicht allzu viel Mitgefühl, sondern sagte zynisch: »Schade, ich könnte eigentlich jemanden gebrauchen, der meinen Koffer trägt.«

Ich nahm mein Gepäck wieder auf und marschierte durch die eineinhalb Straßen von Dead Gulch, das zwar immer ein totes Nest gewesen war, doch niemals so tot wie jetzt. An etlichen Häusern hing ein Schild ›For sale‹. Außerdem waren viele Fenster zugenagelt. Immerhin gab es noch hier und da eine brennende Straßenlaterne und auch der Saloon wirkte nicht völlig verlassen. Ein schwacher Lichtschein hinter den Saloonfenstern deutete darauf hin, dass sich dort jemand aufhielt. Das Eintreten war ein Kampf mit der Schwingtür, die sich weigerte, zu funktionieren. Ich trat in ein leeres Lokal, dessen Kundschaft sich offensichtlich auf Mäuse, Ratten und Kakerlaken beschränkte. Über dem Tresen hing eine reglose Gestalt – in genau der gleichen Haltung wie zuvor die Leiche über dem Ortsschild.

»Die Masche zieht bei mir nicht mehr«, teilte ich dem zweiten Toten mit. »Ich kenn deinen Trick: Du hast ein Messer im Rücken!«

Ich schnupperte, konnte aber nur die Aromen eines Lokals, in dem man alle zweihundert Jahre einmal durchwischte, und keinen Verwesungsgeruch feststellen, so dass ich mich der Leiche zu nähern wagte. Da ich mich dem Totenreich seit jeher verbunden fühlte (wie auch nicht, wenn man so viele Bekannte dort drüben hatte!), gab ich auch diesem Kadaver einen freundlichen Klaps. Dabei stellte ich meinen Irrtum fest: In seinem Rücken steckte überhaupt kein Messer! Nicht einmal eine Schusswunde ließ sich entdecken. Tatsächlich war der Mann so weit intakt, dass er jetzt langsam den Kopf heben konnte. Im unruhigen Funzellicht (über dem Tresen schaukelte eine Petroleumlampe in dem urplötzlich aufkommenden Wind) erkannte ich, wer hier neben seinem Whiskeyglas eingeschlafen war: Harry, unser alter Barkeeper! Der Ärmste hatte wirklich Grund, sich zu betrinken, schließlich war ihm kein einziger Kunde außer ihm selber verblieben. Außerdem war er noch ramponierter als früher; außer dem abgeschnittenen Ohr konnte er jetzt auch noch einen Finger und ein Auge unter seinen Verlusten verbuchen.

»Ach wie schön riecht eine Fahne«, sagte ich erleichtert. »Ich dachte schon, du stinkst so wegen der Würmer, Harry!«

Harry starrte mich aus seinem verbliebenen Auge entsetzt an.

»McKenzy???«, hauchte er. Seinem Gesichtsausdruck nach zu urteilen, schien er es zu schreien, aber seine Stimmbänder hatten anscheinend durch ein jahrelanges Verstummen Rost angesetzt.

»Ganz richtig: McKenzy!«, sagte ich. »Was hast du denn? Das Ohr hat dir doch Chuck abgeschnitten, nicht ich. Ich bin der nette McKenzy, Harry, ich bin nicht Jack, sondern Frank. Ich habe nie auf dich geschossen, ich nicht! Also: Wo bleibt mein Whiskey?«

Harry servierte zitternd und ich fuhr leutselig fort: »Den Finger hat Mad Max auf dem Gewissen, nicht wahr? Aber sag mir: Dein Auge – wer war das? Auch einer von uns?« Schweigen.

»Das waren die Anderen, oder? Die Neuen!«

Diesmal nickte Harry, was meine Hoffnung auf eine Unterhaltung steigerte, die den Namen verdiente. Ich setzte sofort nach: »Wo ist Abigail?«

Das hätte ich nicht sagen dürfen, wenn ich wollte, dass mein Glas intakt blieb! Nichts im Umkreis von zwei Metern war mit einem Mal vor seinen spastischen Bewegungen sicher. Kein einziger Bankangestellter, dem wir das Hirn wegzupusten drohten, hatte jemals derartig gebibbert.

»Was hast du denn, Harry?«, staunte ich über seine Angstanfälle. »Ich habe dich« (ich war entschlossen, nicht locker zu lassen) »nach Abigail gefragt und wenn ich Jack wäre, würde dir jetzt das zweite Ohr fehlen, weil du zu verstockt bist, zu antworten.«

Ich packte sein Kinn und öffnete ihm gewaltsam den Mund. »Oder hat man dir auch die Zunge weggeschossen? Alles noch da! Also? Abigail! Wo?«

»Frag nicht nach ihr!«, stieß Harry hervor. »Nicht nach Abigail! Ich würde mein anderes Auge gerne behalten, Frank!«

Nach diesen Worten drehte er sich schlagartig um und floh durch die Saloontür auf die Straße. Ich sah ihm verdattert nach. Es machte mich fassungslos, welchen Terror die neue Bande verbreitete. Waren hier die Vampire eingefallen? Wurde die Stadt von einer Armee von Werwölfen belagert. Was, zum Teufel, war hier los?

Und wieso löste ausgerechnet der Name »Abigail« die größte Panikattacke aus?

5

Zu diesem Zeitpunkt ahnte ich noch nichts von einer geheimen Versammlung, die nicht weit von mir entfernt in einem Keller stattfand. Erst Stunden später sollte ich erste Einzelheiten erfahren – und sehr viel später den Rest. Zwischen Brennholzstapeln und Mülltonnen hockten die verängstigten Bürger von Dead Gulch, die bereits mein Eintreffen in der Stadt durch ein kleines Kellerfenster beobachtet hatten. (Wobei sich ihre Beobachtungsmöglichkeiten darin erschöpften, dass derjenige von ihnen, der am Fensterchen Wache schob, alles, was er sah, an die anderen flüsternd weitergab.)

Ich hätte jeden von denen, die sich hier zusammendrängten, sofort erkannt: Ganz vorne der Bruder des Krämers, der die Ehre hatte, unser erstes Mordopfer zu sein (er hatte weiß Gott Grund, uns zu hassen); dahinter der Mann, der den Krämerladen danach übernahm – bei ihm pflegten Bloody Burns und Mad Max immer kostenlos einzukaufen, wobei sie sich nicht einmal die Mühe machten, die Colts vorzuzeigen, reichten doch ihre Visagen aus, um sie für jeden Raubzug zu legitimieren; ganz hinten der Pferdezüchter, der uns immer die besten Reitpferde abgeben musste; in der Mitte, alle überragend, der massige Viehzüchter, dem wir ganze Herden wegfraßen; quer durch den Raum verteilt ein paar Herren mit abgeschnittenen Ohren, die auf Chucks Konto gingen; zwischen den Männern, fast untergehend, die Frau, deren Gatten Jack wegen irgendeiner Lappalie über den Haufen schoss; und; und; und. Hier saßen, standen oder kauerten Menschen, die uns eine Million Jahre Gefängnis wünschten – abzubüßen nach unserer öffentlichen Vierteilung, mit anschließender Sicherungsverwahrung bis zum Jüngsten Gericht. Hier waren die Opfer, hier waren die Zeugen, hier war die Angst, doch interessanter war, wer sich nicht in diesem Kämmerlein befand. Die unter Dreißigjährigen konnte man an zwei Fingern abzählen, denn in Dead Gulch starben nicht die Alten, hier starben die Jungen, der Tod raffte diejenigen hinweg, die den Mut aufbrachten, gegen die Bande aufzumucken, deren Untaten den Terror der McKenzys abgelöst hatten.

Zu der gespenstischen Szenerie passte, dass wie aus dem Nichts Wind aufkam, der den roten (in Anbetracht der Abendstunde schwarzen) Staub durch die Straße blies. Er ließ die Kerzen, in deren Schein man sich versammelte, unruhig flackern. Genauso flackerhaft-unruhig waren die halblaut geführten Gespräche. Seit einigen Minuten wusste die Bürgerschaft, dass ein Fremder eingetroffen war, aber man hatte den Mann nicht erkennen können – ich sah ja inzwischen nicht mehr wie ein Desperado, sondern wie ein Geschäftsmann aus; außerdem war ich im Halbdunkel zu schnell an dem Fensterchen vorbeigestiefelt, um eine Identifizierung zuzulassen. Das änderte sich, als Harry in die Versammlung hineinstolperte, um eine Nachricht loszuwerden, die ... Er brachte sie nicht gleich über die Lippen, erst einmal verlangte sein dramatischer Auftritt danach, dass er auf den Stufen der Kellertreppe zusammenbrach, damit man seine Lebensgeister mit einem ordentlichen Schluck Whiskey wieder auffrischte. Als er genug davon intus hatte, stotterte er heraus, dass er von einem Geist heimgesucht wurde, der sich als ein quicklebendiger Frank McKenzy erwies. Resultat: ein allgemeines Kopfschütteln, das der massige Viehzüchter in die Worte fasste: »Unmöglich, Harry, du kannst keinen von den McKenzys gesehen haben.«

»Aber es ist Frank!«, beharrte Harry, »Glaub mir, Cartwright!«

»Beide McKenzys sind tot«, entschied Cartwright.

Sieben Jahre lang war das eine unumstößliche Gewissheit gewesen, doch mit einem Mal ... Hinterher wusste niemand mehr, wer das Ungeheuerliche aussprach: »Seit wann glaubst du Sheriff Howland, Cartwright? Das wäre nicht der erste Todesfall, den der Sheriff erfindet«, kam es aus der dunkelsten Ecke des Raumes.

»Ich habe nie daran geglaubt«, stimmte Einer ein, dem es nie in den Sinn gekommen wäre, Howlands Version anzuzweifeln. »Ich wusste immer, die McKenzys kommen wieder.«

Damit brach der Damm, auch wenn es für die Hoffnung, die sich mit meinem Erscheinen verband, noch keine Worte gab, nur ein allgemeines Gemurmel, das sich zu einem Gedanken zu formen versuchte. »Die McKenzys waren schlimm, aber die neuen ...«, schälte sich schließlich aus dem chaotischen Kanon heraus, bevor er schlagartig abbrach.

Ein völlig aufgelöster Dicker stürzte die Kellertreppe herunter.

»Hoss, was ist passiert?«, fragte Cartwright.

»Sie ... sie ...«, stammelte Hoss, »sie sind wieder da! Die Se ... Die Se ...«

»Die ›Seven Sisters‹!!!«, vervollständigte der Chor. Im nächsten Moment strömte alles zum Kellerfenster – sofern in der dicht gepackten Menge überhaupt noch etwas strömen konnte. Die Zwei oder Drei, denen es gelang, einen Blick auf die Straße zu erhaschen, wurden Zeuge einer unheimlichen Prozession. Sie sahen, wie die Bande, die den absonderlichen Namen ›Seven Sisters‹ trug, langsam an ihnen vorbeiritt. Aus ihrer Froschperspektive ließen sich nur die Beine der rassigen Vollblüter, Cowboystiefel mit Sporen und die Gewehre, die an den Satteltaschen klapperten, erkennen. Den Abschluss der Prozession bildete ein

Packpferd, das die Banditen hinter sich herzogen. Über das Packpferd hing rücklinks etwas, das nur der Gang des Pferdes noch zu Bewegungen veranlasste; ansonsten war es zu tot, um sich zu rühren. Die Straffung der Leine ließ nach und ohne dass es dazu eines Kommandos bedurfte, blieb das Pferd stehen, als wollte es den Bürgern den Toten präsentieren, mit dem es beladen war. Das blutverschmierte, von einem Kopfschuss verunstaltete Gesicht rutschte kopfüber ins Fenster hinein und blieb direkt vor den Augen der Zaungäste hängen. Starr vor Schrecken schrie Cartwright auf: »Adam! Mein Sohn!«

Er setzte seinen ganzen Körper ein, um sich zum Fenster vorzukämpfen, doch obwohl jeder versuchte, ihm Platz zu machen, gab es für ihn kein Durchkommen. Einer der Banditen stieg ab und trat hinter das Packpferd. Unter dem breiten, tief in die Stirn gezogenen Cowboyhut: ein fahles Gesicht, das ungewöhnlich lange, lockige Haare umrahmten. Das fahle Gesicht, dem sich kein Geschlecht ansehen ließ, verschwand hinter dem Pferderücken. Ein kurzes Hauruck und dann plumpste Cartwrights Sohn zu Boden. Gesicht und Cowboyhut sattelten wieder auf, die ›Seven Sisters‹ machten kehrt und ritten im Galopp davon.

Und unser Freund, der tote Mann am Ortsschild – wie war es ihm inzwischen ergangen? Hatte er außer mit mir noch eine interessante Bekanntschaft gemacht? Er hatte, auch wenn er das nicht mehr recht zu würdigen wusste. Während ich mich im Saloon aufhielt, schlich ein langer, dünner Mann auf ihn zu, dessen Schritte so lautlos waren, dass man sein Nahen nicht hätte bemerken können, wenn er nicht auf einer alten Geige eine traurige Weise gespielt hätte. Er war so schwarz gekleidet, dass er vollständig mit der Dunkelheit verschmolz, die sich jetzt über Dead Gulch senkte. In einem respektvollen Abstand folgte ihm ein kleiner, verwachsener Mann, der einen Karren zog. Eine Art Lumpensammlerkarren. Nur dass er keine Lumpen einsammelte, sondern Leichen. Der Ertrag des Tages war überschaubar: zwei, drei junge Leute, zu denen jetzt noch der Tote auf dem Ortsschild kam. Der Geigenspieler hatte scharfe, vogelhafte Gesichtszüge, die jetzt im Schein der Lampe, welche sein quasimodohafter Gehilfe schwenkte, sichtbar wurden. Über der Schulter trug er an einem Ledergurt einen Spaten. Er beendete das Geigenspiel, ließ den letzten Ton genießerisch verklingen und winkte dann seinen Gehilfen herbei, damit dieser den neuen Kunden anleuchtete. Die Leichenschau fiel nicht zu seiner Zufriedenheit aus.

»Du bist sowas von wertlos, mein Freund!«, teilte er dem Toten mit. »Für dich krieg ich nur einen Dollar aus der Gemeindekasse – für meinen Beitrag zur Stadtreinigung.« Er zog das Messer aus dem Rücken des Toten und untersuchte es. »Das ist noch 'n Dollar wert«, stellte er trocken

53

fest. Dann beförderte er den Toten mit einer Kraft, die angesichts seiner dürren Gestalt erstaunte, in den Leichenkarren. Sein Gehilfe passte mit einem Kreidestück die Bevölkerungsanzahl auf dem Ortsschild an den neuen Stand an. Plötzlich war von der Straße her ein verzweifelter Aufschrei zu vernehmen: »Addaam!«

Es war Cartwright, der schrie, auch wenn sich seine Stimme kaum wiedererkennen ließ, so furchtbar wurde sie vom Schmerz verzerrt.

Der Totengräber blickte nur kurz auf und sagte kalt: »Der nächste Fahrgast.«

Mit der knirschenden Kreide wurde wieder die Bevölkerungsanzahl geändert. Und wieder erklang eine traurige, in die Nacht hineingekratzte Weise.

Knarrend und rumpelnd bewegte sich der Karren auf die Bürger zu, die aus dem Keller auf die Straße gestürzt waren und sich um den leblosen Körper versammelten. Auch in seinen Rücken war ein Messer gerammt worden. Daran hing ein blutverschmierter Zettel.

»Warum er?«, stöhnte Cartwright.

»Warum Adam?«

Einer der Bürger las mit Hilfe einer Petroleumlampe den am Leichnam befestigten Zettel.

»Hier steht, dass dein Sohn sie angegriffen hat, Cartwright«, sagte er. In diesem Moment traf der Totengräber am Ort des Geschehens ein. Ein letzter Strich mit dem Geigenbogen, dann nannte er seinen Tarif: »Der Sarg kostet zehn Dollar,

Cartwright. Plus zwei Dollar für die feierliche Musik.«

Ohne eine Einwilligung abzuwarten, hievte er zusammen mit seinem Gehilfen die Leiche in den Karren, während die Botschaft der ›Seven Sisters‹ verlesen wurde: »So ergeht es jedem, der die Waffe gegen uns erhebt.« Der Mann, der diese Warnung vorgetragen hatte, ließ den Zettel sinken und sagte: »Das kann nur Violet geschrieben haben. Sie ist die einzige von ihnen, die die Rechtschreibung beherrscht.«

»Meine beste Schülerin!«, kommentierte der Greis, der einmal die Schule geleitet hatte, erschüttert und der Priester (auch ihm hatten die Jahre zugesetzt) fügte seufzend hinzu: »Und die Beste im Gospel-Chor!«

Violet, die Streberin! Was war aus dem wissbegierigen Schulmädchen geworden, das immer neben Signor Rossini an dem Klavier im Saloon gestanden hatte? Sollte sie sich wirklich den Gesetzlosen angeschlossen haben?

Die Antwort auf diese Frage erschien jetzt am Ortsausgang – eine schwerbewaffnete Reiterin, die das Vollmondlicht umflorte. Dann ritt Violet in die Nacht davon und vereinte sich mit dem nur schemenhaft zu erkennenden Rest der Bande.

»Gegen die verdammten Weiber helfen nur noch die McKenzys«, sprach endlich einer der Bürger aus, was jetzt alle dachten.

6

Von diesen Geschehnissen ahnte ich nichts, während ich im Saloon gedankenverloren einen Whiskey trank. Ich starrte in den Spiegel, in dem ich mir so vorkam, wie ich früher gewesen war: ein verwegener Draufgänger, der die Finger blitzschnell am Abzug hatte. Der Schmutz, der das Spiegelglas milchig-matt und fleckig machte, trug einiges zu dieser Verklärung bei, denn ich sah mich selber wie eine uralte, längst verblichene Fotografie. Ich dachte an das, was Harry gesagt hatte: »Frag nicht nach Abigail. Ich möchte mein anderes Auge gerne behalten.« Was, zum Teufel, sollte das bedeuten? Dass die neue Bande Abigail ermordet hatte? Sie gefangen hielt? Oder ... WAS mit ihr anstellte? Um das zu erfahren, musste ich Howland ausquetschen – bevor ich ihn umlegte. Ich prostete meinem Banditen-Alter-Ego zu und winkte dann mit dem Colt: »Na, Frank McKenzy, was hälst du davon, wenn wir uns jetzt Sheriff Howland vorknöpfen?«

»Einverstanden, Frank«, sagte mein Spiegelbild so haudegenhaft, wie ich es von mir erwartete. Ich war schon auf dem Weg zur Saloontür, als ich mein Spiegelbild »Warte!« rufen hörte.

Ich drehte mich verblüfft um.

»Was denn noch?«, fragte ich. »Du sagtest ›Einverstanden‹.«

»Ja, aber ich würde sagen: Wir gehen erstmal zu den Mädels.«

Das war genau das, was ich jetzt hören wollte; es war der Sound unserer glorreichen Zeit, als wir hier die Puppen tanzen ließen. Was sprach dagegen, dass ich mich erst einmal der Befriedigung meiner Fleischeslust widmete? Nach sieben Jahre konnte ich mit der Abrechnung noch ein halbes Stündchen warten. Also steckte ich den Colt wieder ein und versetzte der widerwilligen Schwingtür mit meinen Stiefeln einen so gewaltigen Tritt, dass ihr nichts anderes übrigblieb, als mich auf die Straße hinauszulassen.

Zu meiner Überraschung fand ich dort, wo vorhin eine gähnende Leere geherrscht hatte, eine Menschenmenge vor, die sich um irgendetwas scharte. Die Saloontür quietschte so erbärmlich laut, dass sich alle schlagartig zu mir umdrehten, wobei ich das eine oder andere Gesicht wiedererkannte: das des Lehrers, das des Priesters und das von … Sollte das etwa der alte Cartwright sein? Alle glotzten mich in einer Weise an, die ich, in Unkenntnis dessen, was gerade vorgefallen war, als die blanke Angst interpretierte. Mir gefiel das Aufsehen, das ich erregte. Deshalb rief ich den Bewohnern von Dead Gulch zu: »Was macht ihr solche Stielaugen? Habt ihr noch nie einen Geist gesehen? Ich habe Freigang aus der Hölle!«

Ich lachte mächtig über meinen Scherz. Dann begab ich mich zum halbverfallenen Bordell, hinter dessen Fenstern ein schwacher, roter Lichtschein davon kündete, dass es noch irgendeine Form von sexueller Betätigung in dieser Ruine geben musste.

»Irgendjemand zu Hause?«, fragte ich, als ich eintrat.

Mir antwortete ein grässliches Krächzen – offensichtlich das eines Papageien: »Jäääääääck!!«

»Knapp daneben«, sagte ich, »Jäääääääck ist mein Bruder. Ich bin Frrrräääääänk. Sag mal, ist deine Puffmutter da?«

Der Papagei krächzte »Alte Votze!« und andere Unflätigkeiten. Endlich entdeckte ich den Vogelkäfig, von dem aus er seine Weisheiten verkündete.

»Wo sind denn die Mädels?«, versuchte ich mit dem Federvieh eine Konversation anzufangen. Der Papagei krächzte so laut, dass mir beinahe ein Geräusch in meinem Rücken entging. Knisternd und klackend wurde ein Perlenvorhang, den es zu unseren glorreichen Zeiten noch nicht gab, beiseitegeschoben und ein Wesen erschien, das dem ersten Eindruck nach dem weiblichen Geschlecht angehörte. Mit einer überraschend tiefen Stimme gurrte das Wesen: »Caramba! What a beautiful man!«

Aha, dachte ich, *eine mexikanische Gastarbeiterin!* Für meinen Geschmack war sie zu knochig und zu aufgetakelt. Ich veranschlagte die Sisyphusarbeit, die erforderlich sein würde, um sie von allen ihren Kleidern zu befreien, auf eine halbe Stunde. Sie hatte beinahe so viel Federzeug auf dem Hut, im Haar und am Leib, dass sie wie eine Zwillingsschwester des Papageien aussah. Aber warum sollte ich jetzt nicht mit der Entpapageiisierung dieser Dame anfangen? Ich fasste ihr ins Haar und beugte sie über den Tresen, um sie zu küssen. Doch plötzlich ... Ja, was passierte denn da? Löste sich ihre Kopfhaut ab? Hatte ich sie mit meinem allzu brutalen Griff skalpiert? Nein, kein Blut troff, denn das, was ich mit einem Mal in der Hand hielt, war eine Perücke. Unter der Perücke: ein fast kahler Schädel mit einem Haarnetz. Wenn ich mir die viele Schminke wegdachte, die mich getäuscht hatte, handelte es sich um einen eindeutig männlichen Schädel.

»Oh!«, stieß ich verstört aus, worauf das Wesen mit einem lüsternen »Ooooooh!« antwortete. In welchen Sündenpfuhl war ich hineingeraten? Als Hinterwäldler hätte ich jetzt die Welt nicht verstanden, so aber entsann ich mich, dass es in New York Etablissements gab, in denen sich Männer als Frauen verkleideten und man sich sogar mit Hermaphroditen verlustierte, die beiden Geschlechtern zugleich angehörten und halb Männer, halb Frauen waren. In Manhattan mochte so etwas angehen, aber hier ... im tiefsten Westen? Ich versuchte mich von der Umklammerung des Wesens zu befreien.

»Wo sind die Frauen?«, fragte ich.

»You want to fuck las mujeres?«, antwortete Er-sie-oder-es-oder-was-immer-das-sein-sollte und drückte mir die riesigsten Titten in die Hand, die ich in meiner Schwerenöter-Karriere erlebt hatte. Ich hatte das Gefühl, in einen Zentner Watte zu greifen. »Io soy woman!«, gurrte Er-Sie-Es. »Beautiful woman!«

Anscheinend hielt sich dieses mexikanische Something tatsächlich für eine schöne Frau. Vor allem aber hatte es es auf meine Brieftasche abgesehen. Als es meine Jacke öffnete, um dieses prall mit Scheinen gefüllte Requisit zu befingern, riss ich mich von ihm los und stürmte die Treppe hoch. Something holte mich ein und klammerte sich an mir fest. Ich befreite mich mit einer Backpfeife, die brutal genug war, um Miss Mexico die Treppe hinunterkugeln zu lassen. Der Busen blieb dabei an einem Nagel hängen. Ohne diese voluminöse Brüstung hatte Er-Sie-Es nur noch den Oberkörper eines Knaben, der aus der Peso-Wüste zu den Gringos geflohen war – ins Land der Dollars, in dem Milch, Honig und Spermaströme flossen.

Im ersten Stockwerk hoffte ich, endlich auf die Art von Nutten zu stoßen, die ich suchte. Auf den ersten Blick schien sich nichts verändert zu haben. Die fahle Gasbeleuchtung offenbarte, dass an den

Türen immer noch die Namen der Mädchen an-
geschrieben waren, mit denen wir es hier früher
trieben: Gladys, Jenny, Heather, Debby ... Ich
wählte Jennys Tür aus, weil es die nächstgelegene
war. Schon von außen hörte ich, dass sie Kundschaft hatte, doch das konnte mich jetzt nicht auf-
halten. Meine Zahlungskräftigkeit, Jennys Wiedersehensfreude – da sollte mal einer dieser Dorf-
lümmel versuchen, gegen anzustinken! Ich würde
ihn mir-nichts-dir-nichts aus dem Bett rausprü-
geln. Doch als ich in den Raum hineinstürmte:
keine Spur von Jenny. In ihrem Bett tobten sich
zwei Männer aus. Das heißt: der eine tobte, der
andere litt. Er war splitternackt ans Bett gefesselt
und hatte die Rolle einer Frau zu spielen, was er
mit einer grotesk erhöhten Stimme versuchte, aber
seine Haut bespickten zu viele Haare, als dass es
ihm gelingen konnte, die Rolle glaubhaft zu ver-
körpern. Sein Bumspartner hatte sich mit einem
Priestermantel bekleidet, den er so weit aufschlug,
dass sein Geschlechtsteil die dafür vorgesehene
Funktion erfüllte. Als wollte er die heiligsten Exer-
zitien vollziehen, hielt er eine Bibel in die Höhe
und schrie im Rhythmus seiner orgiastischen
Bewegungen: »Ich trei-heibe dir die Däää-mo-
oh-oooh-onen aus! Weiche Sa-ha-haaatan! Weeei-
iiche!«

Satan wich nicht – aber ich tat's. Peng! schlug
ich die Tür zu und lief zur nächsten, die mir
›Debby‹ verhieß. Vielleicht gab es ja wenigstens

noch unsere Mulattin. Es gab sie nicht, denn ich fand das Bett unberührt vor. In der vagen Hoffnung, dass sie in der Toilette steckte, fragte ich: »Debby?«

Tatsächlich erhielt ich eine Antwort, aber es war leider nicht die einer menschlichen Stimme. »Määääh!«, erklang es hinter dem Bett. Das, was da mähte, rappelte sich auf und erhob sich auf seine vier Pfoten. Oder Klauen. Oder Somethings. Ich traute meinen Augen nicht: Man hatte an Deborahs Bett ein Schaf angebunden, doch das stellte noch nicht das Unglaublichste dar – das, was mich wirklich fassungslos machte, war die Tatsache, dass dieses Schaf Strapse trug. Was war nur aus unserem harmlosen Treiben in diesem verfluchten Nest geworden? Das Schaf blickte mich aus seinen schwarzen Knopfaugen an, als ertrüge es nicht länger, vergewaltigt zu werden und blökte herzergreifend.

Ich knallte auch diese Tür zu und ergriff die Flucht.

Auf der Treppe kam mir der völlig derangierte Something entgegen. Als ich das Treppengeländer anpackte, brach es ab, so locker war es. Aber der Lustknabe wollte nicht lockerlassen, sondern mir seine Liebesdienste unbedingt aufdrängen. Ich hielt ihn mir mit der Geländerstange vom Leibe und trieb ihn damit zum Tresen.

»Wo sind die Nutten – die echten?«, verhörte ich ihn. Als ich keine Antwort erhielt, riss mir endgültig der Geduldsfaden. »Spucks schon aus!«, brüllte ich.

Er fuchtelte konfus in der Luft herum »Gone away. Weg!«

»Das seh ich!«, sagte ich etwas ruhiger. »Wohin?«

Kein Anschluss unter dieser Nummer. Ich konnte, soviel stand für mich jetzt fest, das Rätsel nur noch mit Howlands Hilfe knacken. Falls der überhaupt noch den Sheriffstern trug oder unter uns weilte. Ich machte mich inzwischen auf alles gefasst – auch darauf, dass mich im Sheriffbüro ein bocksfüßiger Herr mit Ringelschwänzchen und Teufelshörnern erwartete, der mich mit seinem »Muuuh!« verhöhnte.

7

Da das Büro des Sheriffs nur einen Katzensprung vom Bordell entfernt war, konnte ich mich wenige Minuten später davon überzeugen, dass Howland noch unter den Lebenden weilte. Er übte auch noch das Amt eines Sheriffs aus, allerdings mochte ich, als ich durch das Fenster hineinschaute, nicht glauben, in welchem Zustand sich sein Büro befand. Inmitten eines unbeschreiblichen Durcheinanders stand Sheriff Howlands Feldbett, das nicht viel bequemer aussah als eine Gefangenenpritsche. Das Gitter der Zelle, die er nicht mehr benötigte, hatte er zu einem Kleiderständer umfunktioniert, an dem seine verschmutzten Klamotten hingen. Er stakste, leicht angetrunken, in Unterwäsche zwischen den am Boden verstreuten Akten umher und schien unschlüssig zu sein, ob er die Petroleumlampe löschen und sich hinlegen sollte oder nicht. Schließlich entschied er sich für etwas anderes: Er ging vor seinem Schreibtisch in die Knie, als wollte er das Symbol anbeten, das, in der Mitte des Tisches stehend, die ganze Würde des Gesetzes ausstrahlte: ein verdreckter Vogelkäfig. Darin turnten mehrere Vögelchen umher. »Hello birds!«, begann er sie mit einem Strohhalm zu ärgern. »Wie gefällts euch denn im Käfig? Wisst ihr noch, wie der böse-böse Sheriff Howland euch da reingebracht hat?«

An der Wand hingen unsere alten Fahndungsplakate und im Käfig steckten wir – oder vielmehr diejenigen von uns, die er eingelocht hatte. Nun erfuhr ich das Schicksal der anderen aus unserer Bande. Als erstes das von Bloody Burns, dessen tiefschwarze Seele nach Howlands Meinung in einen quietschgelben Kanarienvogel gefahren war. »Wie lange musst du noch im Käfig bleiben? Dreihundertsiebenundachtzig Jahre!«, höhnte er mit einer zuckersüßen Stimme. »Putt-Putt-Putt-Putt ...«

Ich musste nur die Vögel im Käfig zählen, um zu wissen: Er hatte auch Chuck, Max und Rupert geschnappt. Mehr brauchte ich nicht zu erfahren, also wartete ich nicht länger ab und stürmte ... I wo! Nicht Mister Fox, der sich in New England die besten Umgangsformen angewöhnt hatte. Der Gentleman Fox klopfte erst einmal brav an, bevor er die Festung stürmte. Hinter der Tür stehend konnte ich Howland jetzt nicht mehr sehen, aber ich entnahm seiner zittrigen Stimme, wie er meine Besuchsankündigung aufnahm: Der Kerl schiss sich vor Angst in die Hosen. »Seit wann klopft ihr an?«, rief er. Wen meinte er mit »ihr«? Verwechselte er mich mit der der neuen Bande, die die Stadt terrorisierte? Der gefiederte Gefangenenchor hatte sein Zwitschern eingestellt. Stille. In

dieser Stille hörte ich das Klacken des Revolver-
hahns, den er spannte.

Da ich mich nicht zu erkennen gab, rief er noch
ängstlicher: »Ihr seid es doch, nicht wahr?« Stille.
Ich ließ ihn schmoren, in der Hoffnung, dass er
noch mehr über unsere Nachfolger ausspuckte.
»Seid ihr's denn nicht?«, wurde er immer verun-
sicherter. Und dann gab er mir endlich ein Stichwort für meinen Auftritt als Hamlets Geist: »Wer
ist da?«

Ich freute mich auf sein Gesicht, wenn er
Hamlets Geist gegenübertrat, aber um die Sache
noch effektvoller zu gestalten, beschloss ich, zunächst nur meine Stimme wirken zu lassen.

»Iiiich!«

Ich fand, genauso müsse ein Geist klingen, aber
zu meiner Überraschung atmete Howland erleichtert durch.

»Gottseidank«, sagte er, »keine Frau! Es ist nur
ein Mann.«

Was sollte das heißen? Wieso ließ der Schrecken
für ihn augenblicklich nach, wenn ich mich als
Mann zu erkennen gab?

Den Geräuschen nach zu urteilen, die ich vernahm, legte er den Revolver beiseite und wandte
sich wieder seinen Vögeln zu. Als ich erneut klopfte, rief er: »Haben Sie das Schild nicht gesehen,
Mister? Closed! Kommen Sie nächsten Dienstag
wieder. Da habe ich Sprechstunde!«

Jetzt wurde es mir zu bunt. Ich versuchte die Tür zu öffnen, aber sie war verschlossen. Ich rüttelte, während der Sheriff seelenruhig weiter mit seinen Vögeln redete: »Und du, Mad Max! Vierhundert Jahre im Bau. Und da, der arme Chuck! Nur noch zwei Tage im Käfig. Ganz traurig ist er, weil er noch so gerne im Käfig bleiben würde, aber nein, er muss an den Galgen, oh-oh-oh.«

Ich hätte ihm für jedes »Oh« einen Zahn einschlagen mögen. Der arme Chuck! Typisch für ihn – blind ins Verderben zu rennen, wenn kein Jack und kein Frank da war, um ihn zurückzuhalten. Sicher hatte er einen Ausbruch versucht und dabei einen Wärter niedergeschossen – das sähe ihm ähnlich. »Und du, Rupert the Ripper ...«, stubste Howland mit seinem Strohhalm einen Dompfaff an. Das Vögelchen flatterte verzweifelt auf, während er ihm ein halbes Jahrtausend Haft verpasste. »Alle Überlebenden hinter Gittern!«, resümierte er befriedigt und machte sich daran, ins Bett zu gehen. Die Nachtruhe wollte ich ihm allerdings tüchtig versalzen »Alle hinter Gittern«, dröhnte ich wieder mit meiner Gespensterstimme, »alle außer ...«

Howland schreckte aus dem Bett hoch. Er erkannte meine Stimme und fragte: »McKenzy?«, Um ihm weiszumachen, dass ich aus dem Grab zu ihm sprach, versuchte ich so unheimlich wie möglich zu klingen, während ich meinen eigenen Geist spielte: »Mc Kenzzzzzzzzy!«

Dann huschte ich wieder zum Fenster, um den Effekt meines Schauer-Auftritts zu begutachten. Howland riss den Revolver an sich und pirschte sich damit an die Tür heran. Auf der anderen Seite der Tür zog ich meinen Colt. Ich konnte ihn keuchen hören, während ich keinen Mucks von mir gab. Als er seinen Atem halbwegs unter Kontrolle hatte, fragte er, heiser wie eine erkältete Krähe durchs Schlüsselloch hindurch: »Jack?«

Jack? Wieso – Jack? War er so durcheinander, dass er mich mit einem Toten verwechselte? Und falls er nicht den Verstand verloren hatte: Logen die Zeitungen? Oder hatte Howland selber gelogen, als er sich rühmte, ihn erschossen zu haben? »Du hast dich eben wie Frank angehört«, fuhr er fort, »aber das ist unmöglich, denn Frank ist tot.«

Wer hielt hier wen zum Narren? Ich ihn? – Er mich? Wenigstens glaubte er an meinen Tod, also konnte ich weiter das Gespenst spielen. Ich brannte darauf, dass er mich endlich über Jacks Verbleiben aufklärte: im Grab – nicht im Grab? Sein oder Nicht-Sein? Während er sich weiter mit dem Schlüsselloch unterhielt, schlich ich zurück zum Fenster. Glücklicherweise waren die Flügel nur angelehnt, so dass ich sie aufschieben konnte. Nun kam mir zugute, dass ich mir aus meiner Banditenzeit die Fähigkeit bewahrt hatte, mich nahezu lautlos zu bewegen. Ich schlüpfte durchs offene Fenster hindurch ins Büro. Howland ließ sich weiter vom Schlüsselloch hypnotisieren wie ein

Kaninchen von einer Schlange, so dass es für mich ein Leichtes darstellte, in seinen Rücken zu gelangen. Noch zwei Katzenpfotenschritte, noch einer ... Jetzt spürte er die Mündung meines Colts in seinem Nacken.

Er wagte es nicht, sich zu rühren und flüsterte: »Jack! Was soll das? Vergiss nicht, dass du mir dein Leben verdankst!«

Jetzt war ich mir sicher, dass er mir etwas zu beichten hatte. »So?«, sagte ich und drückte ihm die Mündung noch tiefer ins Fleisch. »Jack verdankt dir sein Leben?« Um ihm keine Ausflucht zu ermöglichen, spannte ich direkt an seinem Ohr den Revolverhahn. »Also, Howland«, forderte ich ihn auf, »jetzt erzählst du mir die Wahrheit über Jacks Tod, denn andernfalls stehst du in ein paar Sekunden vor dem einzigen Gericht, vor dem kein Meineid möglich ist: dem Jüngsten Gericht.«

»Frank??!«, fiel bei ihm endlich der Groschen. Der Groschen fiel so tief, dass ich es in seiner Brust scheppern hörte. Wie in einem Münzautomaten.

»Ja, ich bin's, der tote Frank«, setzte ich gnadenlos nach, »und ich warte auf deine Aussage, Sheriff.«

Diesmal ließ sich Howland nicht lange bitten; die Aussage sprudelte geradezu aus ihm heraus.

Die Zeit spulte um sieben Jahre zurück. Wieder sprang ich aus dem Fenster; wieder wurde Abigail fortgebracht; wieder entledigte sich Howland aller Zeugen, indem er seine Deputees zu meiner Verfolgung abkommandierte und wieder sagte er zu dem Hilfssheriff, der nicht von seiner Seite weichen wollte: »Dich brauche ich hier auch nicht mehr. Um Jack kümmere ich mich alleine.« Dann senkte er die Stimme, um dem jungen Gesetzeshüter die Version einzuhämmern, die fortan gelten sollte: »Auf der Flucht erschossen.«

»Ja, sowas geht am besten ohne Zeugen«, ließ sich der Hilfssheriff auf den verschwörerischen Ton ein. »Dann zählt allein das Wort des Sheriffs.«

Er verschwand, doch statt eine heimtückische Exekution vorzubereiten, setzte sich Howland, kaum dass die Tür geschlossen war, gemütlich aufs Bett und sagte: »So, Jack McKenzy, jetzt kommen wir zu unserem Geschäft. Dich erwartet der Strick – und was habe ich davon? Dein Kopfgeld kann ich leider nicht einstreichen, denn als kommunaler Angestellter mit Fixgehalt bin ich kein Freelancer. Verhandeln wir also nach den Regeln des freien Marktes: Dein Leben gegen meinen Anteil. Mir steht dein Kopfgeld zu. Plus das deiner Bande. Falls von eurer Beute dann noch etwas übrigbleibt, kannst du's behalten.«

Es fiel mir nach diesem Geständnis schwer, meinen Abscheu über Howlands Niederträchtigkeit unter Kontrolle zu halten – aber nur ein paar Sekunden lang, dann versetzte mich meine Freude darüber, dass Jack lebte, in eine Begnadigungslaune. Ich entschloss mich, den Sheriff, seiner Korruption zum Trotz, nicht niederzuballern. Wer sonst sollte mich zu meinem totgeglaubten Bruder führen? Mein Racheschwur galt ja nur für den Fall, dass er Jack wirklich getötet hatte. Hinzu kam, dass ich seine Hilfe noch in seiner zweiten Angelegenheit brauchte. Deswegen setzte ich jetzt den Revolver ab. Von der Todesdrohung befreit, sackte er zu Boden.

»Wen habt ihr an seiner Stelle verscharrt?«, fragte ich der Vollständigkeit halber.

»Ich hatte gerade eine Leiche übrig, die sich nicht besser verwerten ließ«, sagte Howland mit dem ihm eigenen Zynismus. »War keiner von euch.«

Er erhob sich mit wackligen Knien und schraubte eine Whiskeyflasche auf. Ich verstand, dass er jetzt einen Schluck nötig hatte, wollte aber vermeiden, dass er sich meinem Verhör durch Volltrunkenheit entzog. Deshalb sprach ich unverzüglich das zweite Thema an, das mich zu ihm trieb: »Kommen wir zur anderen Bande.«

»Zu welcher Bande?«, wich er mit zittriger Stimme aus.

»Der neuen«, sagte ich und bewirkte damit, dass auch seine Hand zittrig wurde. Er verschüttete die Hälfte des Whiskeys und starrte, da er sich nicht mehr traute, mich anzusehen, die Wand an. Ich deutete mit meinem Colt wie mit einem Zeigestock auf das ihn umgebende Chaos: »Wieso haust du immer noch in dieser Bretterbude, Howland?

Du müsstest eigentlich noch ziemlich viel auf der Hohen Kante haben – von unserem Kopfgeld. Gehe ich recht in der Annahme, dass unsere Nachfolger die Bank ausgeraubt haben, auf der die Früchte deiner Korruption ihre schmutzigen Zinsen tragen sollten?«

Hätte er jetzt statt des Angstschweißes Benzin ausgeschwitzt, so wäre das ganze Haus in die Luft geflogen. Er klammerte sich an seinem Whiskeyglas fest und deutete in eine Ecke, die so finster war, dass sie das Licht der Tranlampe nicht erreichte. Ich nahm einen Kerzenleuchter, um die finstere Ecke zu inspizieren. Im Kerzenlicht schälte sich ein Tresor heraus. Als ich nähertrat, erkannte ich, dass er gewaltsam geöffnet worden war. Ich schob die halb zerstörte Stahltür auf. Im Tresor befand sich nichts, nicht ein einziger Penny. Dass er nicht erst heute oder gestern leergeräumt worden war, bewiesen die Spinnweben, die ihn mit ihren klebrigen Fäden auskleideten.

»Ich schätze, die Bande, die dich um deine Schätze erleichtert hat, treibt schon seit längerem ihr Unwesen«, kommentierte ich diesen Anblick.

Howland stürzte den nächsten Whiskey hinunter und antwortete mit der nächsten Gegenfrage:

»Welche Bande?«

»Die, die auch unsere Nutten geraubt hat.«

»Ich würde da nicht von ›geraubt‹ sprechen«, gluckste er. Halb klang es nach einem Schluchzer und halb nach Spott.

»Na schön, dann wurden die Damen eben ›entwendet‹. Also: Wohin haben sie Abigail abgeschleppt?«

Zum ersten Mal wandte sich mir der Sheriff offen zu. Bis dahin hatte er sich ständig beiseite gedreht. Seine winzigen Äuglein fuhren meine ganze Gestalt ab. Er musterte erst meine Kleidung, die mich, egal wie staubbedeckt sie inzwischen auch war, immer noch als ein Mitglied der Ostküsten-Highsociety auswies und dann mein Gesicht.

»Meinst du,« fragte er skeptisch, »du kannst das noch – schießen und umlegen? Du siehst nicht so aus, als hättest du dich seit deinem ...äh ... Ableben sonderlich mit deinem alten Handwerk beschäftigt.« Dann murmelte er in sich hinein: »Naja, vielleicht ist es ja einen Versuch wert.«

Im nächsten Moment zuckten wir gleichzeitig zusammen. Wir huschten auch gleichzeitig aus dem Licht heraus, weil uns die selben Geräusche aufschreckten. Vielleicht waren es unterdrückte Stimmen, die wir hörten, vielleicht scharrten ein paar Füße und vielleicht war gerade etwas zu Boden gefallen – was immer es war, es verriet etwas, das zwar draußen, aber doch in unserer unmittelbaren Nähe stattfand. Auch wenn wir nichts weiter vernahmen, wussten wir jetzt: Wir waren nicht länger allein. Howland sprang in Deckung und richtete den Revolver auf das halb geöffnete Fenster.

»Glaubst du, dass da jemand von der Bande ist?«, flüsterte ich, ohne eine Antwort zu erhalten.

»Wer da?«, fragte er, in Schussbereitschaft neben dem Fenster kauernd. Ihm antwortete ein angstvoll-ersticktes »Wir!«, das er mit Erleichterung aufnahm. Es folgte ein kurzes Getuschel durchs Fenster. »Ihr könnt hereinkommen«, schloss er die Konferenz ab, »und mit ihm reden.«

Dann ging er zur Tür und löste die Verriegelung. Die Tür schob sich knarrend auf und enthüllte eine schweigende Menschenmenge. Draußen standen dieselben Leute wie die, die mich vorhin vor dem Saloon beobachtet hatten, doch diesmal sah ich, dass ihr starr auf mich gerichteter Blick nicht nur Angst ausdrückte.

»Die Bürger von Dead Gulch«, sagte Howland in einem würdevollen Ton und stellte mich dann den Menschen vor, für die ich einmal der Teufel persönlich gewesen war: »Frank McKenzy, die letzte Hoffnung auf die Durchsetzung des Gesetzes der Vereinigten Staaten.«

8

Die sieben Frauen, die die Gesetze der Vereinigten Staaten bedrohten, gönnten sich derweil ihre Nachtruhe in ihrem Lager an einem Fluss, der reißend und wild aus den Rockys herausschäumte. Zwar war ich nicht anwesend, aber ich kann mich auf die beste aller Informantinnen berufen. Eine bessere Gewährsfrau für das, was bei den ›Seven Sisters‹ stattfand, als Violet lässt sich gar nicht denken – wegen ihrer Beobachtungsgabe, die sie für die Laufbahn einer Journalistin prädestinierte, wenn sie nicht den Colt der Schreibmaschine vorgezogen hätte. Da alle Kriegsbeile inzwischen begraben sind, konnte ich sie für jenen Teil der Ereignisse, der sich gänzlich meiner Kenntnis entzog, als eine Art Ghostwriterin gewinnen. Dank ihres exzellenten Gedächtnisses befinden wir uns jetzt an dem Flussufer, an dem die Seven Sisters in den Sommermonaten gerne lagerten, nicht nur, weil Fische für sie eine willkommene Abwechslung auf dem Speiseplan darstellten, sondern auch weil die Kanutouren die sechsjährige Patty begeisterten, Abigails Tochter.

Am Feuer hält Abigail Wache. Selbst wenn die Flammen nicht immer wieder ihre wunderschönen

Züge erhellen würden, wäre sie an ihrer Stimme zu erkennen, denn ich wüsste keine andere Frau, auf deren Lippen ein Country-and-Western-Song einen solchen Zauber entfalten könnte. Jennys Züge (sie schläft mit dem Gewehr über der Brust in voller Montur neben den Pferden) sind so burschenhaft wie eh und je. In der Muskulatur hat sie, der neuen Lebensweise entsprechend, etwas zugelegt, was ihrer eher maskulinen Erscheinung zugutekommt. Neben ihr liegt, den Kopf auf einen Sattel gebettet, die Ex-Domina Gladys, deren sexuelle Präferenz jetzt augenfällig wird. Sie streichelt ihre schlafende Nachbarin. Die Freunde unserer alten Bordell-Belegschaft kämen nicht auf ihre Kosten, wenn nicht auch die dunkelhäutige Deborah zugegen wäre. Ihr niederer Status ist daran zu erkennen, dass sie als einzige der Ladys keine Waffe trägt. Ihr fällt die Aufgabe zu, all die weiblichen Tätigkeiten zu erledigen, die sich mit der Rolle der Anderen nicht mehr vertragen. Augenblicklich schmiert sie Brote und stopft den Proviant in die Satteltaschen. Auch wenn die schwesterliche Solidarität ihr gegenüber zu wünschen übriglässt, steuert sie doch etwas Entscheidendes zur Bande bei. Ohne sie könnte man sich nicht ›Seven Sisters‹ nennen und würde die magische Zahl Sieben verfehlen. Fehlen in der Auflistung noch die süße Heather (sie ist auf den ersten Blick nicht zu sehen) und unsere Puff-Mutter, Mabel. Dass sie die Befehlsgewalt einer Bandenchefin ausübt, lässt sich daran erkennen, dass sie sich zu dieser späten Stunde der strategischen Vorbereitung des am nächsten Tag anstehenden Beutezugs widmet. Wie ein weiblicher Wallenstein studiert sie mit Hilfe einer Fackel eine große Landkarte, die zwischen zwei Bäumen verspannt ist. Von ihrer Feldherrnposition aus sind es nur ein paar Schritte bis zum Ufer. Dort liegt Abigails Tochter Patty in einem Kanu, das mit erbeuteten Teddybären ausgepolstert ist. Sie wirkt (sicherlich eine Folge des Banditenlebens) völlig aufgekratzt, um nicht zu sagen: hyperaktiv. Im Boot daneben: Heather, die versucht, die Kleine in den Schlaf zu summen. Bis auf das Rauschen des Flusses, das unaufhörliche Fliegensummen, Abigails Gesang (der jetzt leider verstummt) und das Knistern des Feuers herrscht eine so idyllische Stille, dass es uns nicht schwerfällt, ihren Dialog zu verfolgen.

PATTY: Tante Heather? Warum muss meine Mum immer Wache halten?

HEATHER: Du weißt doch, dass das nicht stimmt, Patty. Die Wache wechselt genauso ab wie der Putzplan.

PATTY: Aber Debby ist doch die Einzige, die putzt.

HEATHER: Ja, aber sie putzt abwechselnd das eine oder das andere. Schlaf jetzt, Patty!

PATTY: Wie ist das eigentlich, in einem richtigen Bett zu schlafen?

HEATHER (brummt): Kommt drauf an, mit wem.

PATTY: Hast du schon Mal in einem richtigen Bett geschlafen?

HEATHER: Ja – im Bordell, aber das war weniger zum Schlafen da. So, jetzt gib Ruhe, du Nervensäge. Wir müssen morgen alle früh arbeiten, denn um Sechs kommt die Postkutsche.

So, jetzt sind wir im Bilde und können wieder in die Zeitform zurückwechseln, in der das alles stattfand. Ich räkele mich gemütlich im Sessel, um unseren Kampf mit den Seven Sisters aus der nostalgischen Perspektive eines Großvaters zu genießen. Also: Das Lager der Seven Sisters. Es war ein friedliches Stillleben, das sich an diesem Abend darbot – bis Violet in Aktion trat, indem sie ins Wasser sprang. Dass sie sich in den Fluss gleiten ließ, würde die Lautlosigkeit, mit der sie sich den Fluten anvertraute, zwar besser beschreiben, aber die Reaktion der Ladys entsprach dem Klatschen, das ein Elefant ausgelöst hätte, wenn er aus zehn Metern Höhe aufgeschlagen wäre. Schlagartig nahmen alle, selbst wenn sie sich gerade im Tiefschlaf befanden, die Waffe zur Hand – sogar Patty, die sich dafür allerdings mit einem Paddel begnügen musste. Die eintrainierten Reflexe funktionierten und die Seven Sisters zeigten sich gegen jeden Versuch, sich an ihr Lager anzuschleichen, gewappnet. Auch die Entwarnung funktionierte. Jenny klappte in ihre Schlafposition zurück wie ein Springmesser, das nur vorübergehend aufgeschnappt war. Nach dem Bad, das sie angenehm erfrischte, kleidete sich Violet übertrieben umständlich an. Dabei verzichtete sie auf einen Großteil ihrer Klamotten – nicht etwa, weil sie einen Augenschmaus für die lesbische Gladys darstellte, sondern weil sie es auf eine männliche Aufmerksamkeit abgesehen hatte. Sie schlenderte zu einer Flusskehre, in der das Objekt ihres letzten Beutezugs vor Anker lag: ein Hausboot. Die Bootsmannschaft war teils am Steuer, teils an der Reling angekettet und hatte sich bis dahin stumm in ihr Schicksal ergeben, doch sobald die halbnackte junge Banditin in ihr Sichtfeld trat, wurden die gefangenen Männer ausgesprochen lebhaft. Dass Violet diese Aufmerksamkeitsbekundungen genoss, ließ sich nicht übersehen, aber auch, dass sie Gladys zutiefst missfielen.

»Ruhe da drüben!«, rief sie zum Boot hinüber. »Wichst gefälligst leiser! Hier wollen ein paar hart arbeitende Damen schlafen!« Dann wandte sie sich, ohne Violet aus den Augen zu lassen, an Mabel: »Wir sollten aufpassen, dass sie sich nicht verliebt«, zischte sie.

»Ja«, stimmte die Mutter der Teenagerin besorgt zu, »sie ist jetzt in einem gefährlichen Alter.«

Mabel wusste, wovon sie sprach, war sie doch in diesem Alter mit Violet schwanger geworden. Die brünstigen Laute aus dem gekaperten Schiffchen sorgten dafür, dass auch Jenny keinen Schlaf mehr

79

fand. Sie wartete ab, dass sich Gladys entfernte, um den Wachhund für Violet zu spielen. Dann gesellte sich Jenny zu Mabel, der sie ihre geheimen Wünsche anvertraute: »Da uns der Kahn schon mal in die Hände gefallen ist ...«, sagte sie, ohne dass sich Mabels harten Züge erweichten. »Ich finde ihn praktisch.«

»Willst du zur Wasserratte werden?«, fragte die Chefin spöttisch.

»Nein, aber wir könnten ihn zu einem Bordell machen, das immer in unserer Nähe anlegt – ein Puff voller Kerlen, die nur für uns da sind. Wir brauchen hin und wieder Sex, Mabel.«

»Erzähl das bloß nicht Gladys«, sagte die Ex-Puffmutter halblaut, »dass du von Sex mit einem Typen träumst.«

»Mit einem?«, stieß Jenny ihr rauestes Lachen aus. »Wir haben mindestens fünf erbeutet, die gut genug aussehen, um ...«

Sie brach ab, weil Violet ihre Zweisamkeit störte.

»Was machen wir mit den Gefangenen, Mum?«, wollte das Nesthäkchen wissen. »Ich finde, sie sehen viel zu gut aus, um sie ...«

»Meine Rede!«, fiel Jenny ein.

»Wenn ihr noch länger auf mich einquatscht«, sagte Mabel abweisend, »schmeißen wir sie den Krokodilen vor.«

»Mum, hier gibt es keine Alligatoren«, klärte sie ihre Tochter auf. »Wir sind doch nicht in Florida, Mum!«

»Dann eben den Pyranhas!«, entschied die Mum.

»Mum, die gibt es nur im Amazonas und das hier ist nicht einmal der Mississippi.«

»Es ist ein Kreuz mit einer gebildeten Tochter!«, stöhnte Mabel und passte dann ihren Hinrichtungs-Beschluss an die beschränkten Möglichkeiten an: »Sie werden an die Karpfen verfüttert.«

»Nein, Mum!«, protestierte Violet.

»Mein letztes Wort: Wir lassen sie laufen, damit sie von unseren schrecklichen Taten künden. Um berühmt zu werden, braucht man Überlebende.«

»Immer diese faulen Kompromisse!«, maulte Jenny und rauschte davon, um sich wieder an den warmen Bauch eines Pferdes zu schmiegen. Gladys folgte ihr, schwenkte dann aber um, weil sie die Flamme der Eifersucht, die unentwegt in ihr brannte, in eine andere Richtung zwang. Abigail hatte nämlich gerade ihren Wachtposten am Feuer verlassen und bewegte sich auf Mabel zu. Gladys empfand Abby als Konkurrentin, denn wenn ihr Jemand ihre Position als stellvertretende Bandenchefin streitig machen konnte, so war es diese attraktive Außenseiterin, die (abgesehen von Violet) als einzige der Seven Sisters auf keine Prostituierten-Vergangenheit zurückblickte.

»Warum bleibst du nicht auf deinem Posten, Abernathy?«, fuhr Mabel Abigail an.

»Weil diese Nachtwachen keinen Sinn mehr machen!«, erklärte Miss Abigail Abernathy selbstbewusst. »Vor wem sollten wir uns fürchten? Vor einem besoffenen Sheriff, der nur noch weiße Mäuse sieht? Oder vor ... Gespenstern? Hast du vielleicht Angst, dass Jack zurückkehrt – aus seinem Grab?«

»Du wärst mit den McKenzys nie glücklich geworden. Mit keinem von Beiden«, antwortete Mabel schroff. »Sei froh, dass wir dich aufgenommen haben, nachdem du endlich frei warst von diesen ...«

»Du hast sie doch nicht an Howland verpfiffen«, entgegnete Abby, wobei sie den wundesten Punkt ihrer Chefin anging, »weil dir meine Freiheit so am Herzen lag. Nein, du wolltest Jacks Kopf.«

»Und du seinen Schwanz«, giftete Gladys, die in diesem Moment hinzutrat.

»Tut mir leid, dass ich nicht so gepolt bin wie du«, giftete Abby zurück. Dann zog sie ihre Chefin beiseite. »Mabel, ich versteh dich ja«, tastete sie sich an ihr Thema heran, wohlwissend, dass unsere damalige Auslieferung nicht auf dem Wunsch nach Gerechtigkeit beruhte, sondern auf dem Wunsch nach Rache. Wir hatten bei unseren Raubzügen nämlich einmal ein Bandenmitglied verloren – an einem rabenschwarzen Tag.

»Jack hat«, redete Abigail leise auf Mabel ein, »so siehst du's, einen Mann auf dem Gewissen, den du liebtest, aber Frank doch nicht!«

»Frank und Jack ließen sich nicht trennen.«

»Was konnte Frank dafür, dass Jimmy ...?«

Das Stichwort »Jimmy« rief Violet auf den Plan,

die, abseits an einem Baum lehnend, unbemerkt zugehört hatte.

Sie sprang mit der Frage hervor: »Wer war Jimmy?« Das peinliche Schweigen, das sie damit erzeugte, nährte in ihr einen alten Verdacht. »Er war mein Vater, nicht wahr, Mum?«

»Violet«, sagte Mabel hastig, »ich bleibe dabei: Dein Vater war ein Pferdezüchter aus Kentucky, dessen Namen ich vergessen habe. Geh schlafen, mein Kind!«

Dass ihre Mutter log, wäre auch einem einfältigeren Mädchen als Violet aufgefallen und dass sie zu Bett geschickt wurde, empfand sie als einen Affront. Sie zelebrierte ihr Sich-zur-Ruhe-Legen in einem der Kanus als einen Akt des Protestes, durch den sie die frisch eingeschlafene Heather aufweckte, die daraufhin wie ein Rohrspatz zu schimpfen begann. Mabel überzeugte sich, dass ihre Tochter sie nicht mehr belauschte, bevor sie auf das heikle Thema zurückkam. »Jimmy hätte die Bande führen müssen«, sagte sie hasserfüllt, »er war der geborene Anführer, aber weil Jack ihn loswerden wollte, hat er ihn in diese ausweglose Situation geschickt.«

»Er wollte doch nicht, dass er dabei draufgeht!«, verteidigte Abigail meinen Bruder. »Er hat die Lage falsch eingeschätzt.«

»›Falsch eingeschätzt‹, ha!«, höhnte Mabel. »Falsch eingeschätzt ist eine nette Umschreibung für einen Mord.«

»Vergiss deinen Jimmy endlich, er ist tot und nichts macht ihn lebendig.«

»Leider ist er wirklich tot«, erwiderte Mabel, »toter jedenfalls als …« Sie machte mit einem Mal ein so geheimnisvolles Gesicht, als ob sie eine mysteriöse Nachricht aus dem Jenseits erhalten hätte. »Toter jedenfalls als dein Frank.«

»Was willst du damit sagen?«

»Einen toten Frank kannst du anbeten«, nahm Gladys die Gelegenheit wahr, sich endlich einzumischen, »aber würdest du genauso denken, wenn er sich ganz feige verpisst hat, um dich in Dead Gulch sitzen zu lassen?«

Abigail starrte verständnislos von Einer zur Anderen. Ihre Verwirrung wuchs, als ihr Mabel eröffnete: »Es war alles nur eine Komödie, auf die du hereingefallen bist.«

»Das saugt ihr euch aus den Fingern.«

»Nein, das saugen sich die Indianer aus den Fingern.«

»Was haben denn die Indianer damit zu tun?«, fragte Abigail immer verwirrter.

Wie gut, dass ich in dieser Runde fehlte, denn: Wie peinlich wäre es für mich gewesen! Nicht auszudenken, wenn Abigail mich jetzt angeguckt hätte: »Was soll das heißen? Bist du denn nicht tot?« Es hätte mich allerdings dringend interessiert zu erfahren, wie meine Verwandlung in Mister Flibberty Fox nach sieben Jahren ans Tageslicht hatte kommen können.

»Gladys und ich haben gestern den Sioux einen Besuch abgestattet«, erklärte Mabel ihren Draht zum Jenseits. »Und wie das so ist, nach der zehnten Friedenspfeife erzählt man sich von den alten Tagen, man kennt alle Storys, aber plötzlich kommt eine, die man noch nicht gehört hat.«

»Was für eine Story?«, fragte Abigail ratlos. Wie gerne hätte ich ihr jetzt berichtet, unter welchen furchtbaren Umständen ich mich zu meinem Verschwinden genötigt sah und mit welcher Chuzpe ich Mister Fox dazu überredete, meinen Leichnam zu spielen, aber leider machte Mabel aus meinem Husarenstück eine ganz und gar lächerliche Geschichte: »Es war einmal ein Meister Klecksel, der Indianer malen wollte, aber dann kam plötzlich sssssst ein Pfeil geflogen und plumps ... aaaaah ... Röchel ... Und Frank: Galoppel – Galoppel – Platsch ...« Plötzlich wechselte sie sprunghaft das Thema: »Jack hat doch mal 'n Pokerspieler erschossen, der falsch spielte, oder?«

»Zu Recht!«, rief Abigail aus. »Weil jeder, der mit gezinkten Karten spielt ... Aber worauf wollt ihr hinaus?«

»Dass Franks Tod so eine gezinkte Karte war«, entlarvte mich Mabel mit einem düsteren Triumph. »Du hast dein Herz an einen Falschspieler verloren.«

»An einen Mann – was so ziemlich dasselbe ist«, fügte Gladys boshaft hinzu.

»Nicht unbedingt, Gladys«, widersprach Mabel. »Bei den McKenzys stimm ich dir zu – denen liegt die Falschheit im Blut. Während mein Jimmy ...«

»›Mein Jimmy‹ – ›mein Frank‹ – ›mein Jack‹«, platzte es aus Gladys heraus. »Wann hört ihr endlich damit auf? Seid ihr denn wegen eurer Männer zu Banditinnen geworden? Ich brauche keinen Mann – ob tot oder lebendig. Ihr seid erst frei, wenn ihr euch nicht mehr über diese Scheißkerle definiert. Wir sind nicht ihre Nachfolger und nicht ihre Rächer, wir sind wir – NUR wir! Die Seven Sisters!«

9

Die ganze Nacht lang redeten die Bürger von Dead Gulch auf mich ein. Ein paar Mal sagte ich beinahe zu, doch am Ende stand mein »Nein!« fest. Dass Abigial nicht zu den Opfern der Bande zählte, sondern eines ihrer gefürchtetsten Mitglieder war, gab mir den Rest. Wie sollte ich gegen die Frau, die ich liebte, die Waffe erheben? Im Übrigen: Was ging mich die Verzweiflung in dieser Stadt an? Ich fühlte mich nicht berufen, Dead Gulch von seinen Dämonen zu befreien. Erst recht nicht von seinen Dämoninnen. Im Morgengrauen ergriff ich die Flucht. Da es keine Postkutschenstation mehr gab, musste ich die zehn Meilen bis zu der Stelle zu Fuß zurücklegen, an der mich der Kutscher rausgeworfen hatte – in der Hoffnung, dass ich es schaffte, die Kutsche irgendwie zum Halten zu zwingen. Dead Gulch lag ja nicht nur in the middle of nowhere, es bildete geradezu das Epizentrum des Grauens. Wenn ich den Colt schwang, ohne ein Pferd zu besitzen, mit dem ich die Verfolgung hätte aufnehmen können, würde der Kutscher sicherlich in einem rasenden Tempo an mir vorbeipreschen. In meiner Not erfand ich eine Reiseform, die erst Jahrzehnte später in Mode kommen sollte – das sogenannte Trampen: Ich streckte nicht den Colt, sondern den Daumen raus – mit dem vorhersehbaren Ergebnis. Die Postkutsche ratterte an mir vorbei. Zum Glück war es schon eine altersschwache Karosse und die Sandpiste nicht gerade eine Hochgeschwindigkeitsstrecke. Also rannte ich ihr hinterher. Natürlich ohne Gepäck, sonst wäre mein Ende besiegelt gewesen. Zu verdursten empfand ich nicht als einen würdigen Tod und ich wollte mich auch nicht von Kojoten ernähren, deshalb bestand meine einzige Chance darin, das Wettrennen mit dieser verdammten Kutsche zu gewinnen. Ich hatte zwar nie die schnellste Scharfschützenhand besessen, aber gewiss die schnellsten Beine aller Desperados nördlich des Rio Grande – Betonung auf ›hatte‹, denn meine Fitness ließ inzwischen zu wünschen übrig. Trotz meines gewaltigen Trainingsrückstands holte ich den rumpelnden Kasten nach ein oder zwei Meilen ein. Es gelang mir, aufzuspringen. Dann drängelte ich mich in das Innere der Postkutsche, die bereits heillos mit Fahrgästen überfüllt war. Ihren Gesprächen entnahm ich, dass sie genauso wie ich auf der Flucht waren: »In dieser Gegend kann man nicht bleiben! ... Unglaublich, wie die Weiber wüten! Von meinem Geschäft ist nichts übriggeblieben. Ich ziehe nach Kalifornien. ... Wir gehen zurück nach Irland, nicht wahr, O'Leary? ... Zurück nach Italien! Zu Mama ... Nach Polen! Da hat man wenigstens noch Respekt vor dem Papst!«

Auf mich hatte dieses Gebrabbel die Wirkung eines Schlummerliedes. Wie sollte ich auch nicht wegdösen nach so einer schlaflosen Nacht? Und nach all den Whiskeys, die mir der Sheriff in der Hoffnung spendiert hatte, mich umzustimmen? Ich sackte im Nu weg und landete in einer glücklicheren Zeit – in der der Westen noch der echte Westen war, den Männer wie Jack und ich terrorisieren konnten. Gemeinsam mit unserer Bande überfielen wir die Postkutsche, ballerten heroisch herum und raubte den in der Kutsche deponierten Schatz. Der Schatz, von dem ich träumte, hörte auf den Namen Flibberty Fox und hatte Knochen aus purem Gold – weswegen das Pferd, das er sich in seiner Verzweiflung schnappte, unter seinem Gewicht zusammenbrach. Wir mussten ihn nur erschießen und die Goldknochen von den Geiern freinagen lassen. Allein sein Schlüsselbein war so viel wert, dass man damit ganz Wyoming kaufen konnte. Nicht zu verachten war auch seine weibliche Leibgarde, die sich auf den Sitzbänken ängstlich aneinanderpresste – die ›Seven Sisters‹, die keine Waffen trugen und nur das taten, was sich für die Frauenzimmer im Wilden Westen geziemte: Sie schrien, sie kreischten und sie hielten schön still, als wir uns über sie hermachten, um sie zu vergewaltigen. Die Welt war wieder in Ordnung, während ich träumte.

Welchen Kontrast bot dazu die Wirklichkeit! In dieser Wirklichkeit fand der Postkutschenüberfall tatsächlich statt – nur ganz anders als ich ihn mir erträumte. Es waren nämlich die Seven Sisters, die die Kutsche überfielen, während ich schlief. Sie ballerten wild in der Luft herum – ich hörte nichts und schlief weiter. Erst Minuten später sollte mir klarwerden, was rings um mich herum passierte: Sie stoppten die Kutsche, erschossen den Kutscher, trieben die Pferde davon, rissen die Kutschentür auf und zerrten die Fahrgäste heraus. Dann warfen sie deren Gepäck ins Freie, erleichterten sie um alle Wertgegenstände und sorgten mit einer Mordsballerei dafür, dass sich die Ausgeraubten in alle Winde verstreuten. Ich muss im Zuge dieses ungeheuren Durcheinanders auf den Boden gestürzt sein, aber ich merkte davon nichts und schlief weiter. Die Fahrgäste trampelten über mich hinweg ins Freie. Ich schlief weiter. Eine Geldkiste wurde über mich hinweggeschleift. Ich schlief weiter. Selbst als sich die Banditinnen draußen über die Beute zu streiten begannen, wehrte ich mich noch gegen das Erwachen. Wenn überhaupt, wollte ich in meinem New Yorker Bett zu mir kommen. Dem Bett-Gefühl entsprach, dass ich mich jetzt ungehindert am Boden ausstrecken konnte, denn ich hatte, von allen Mitreisenden befreit, endlich Platz. Leider standen dem wohligen Räkeln die Schmerzen entgegen, die ich verspürte. Es waren viel zu viele Stiefel über mich hinweggetrampelt. Auch die Eisenbeschläge der Geldkiste hatten auf meinem Leib ihre Spuren hinterlassen, doch am meisten irritierte mich: Was, zum Teufel, hatte Gladys in meinen Träumen zu suchen? Ihre herrische Stimme zerriss die süßen Schleier des Schlummers. Sieben Jahre hatten nichts an dem Peitschenschlag-Klang verändert, unter dem einst ihre Kunden erzitterten. Und dann das raspelraue Organ von Jenny Jaspers – genauso unverkennbar! Aus diesem Duett wurde ein Terzett, als sich eine nachtigallenhafte Stimme einmischte, bei der es sich nur um die von Abigail handeln konnte. Dazu das Wiehern von Pferden. »War da nicht noch einer drin?«, rief Gladys. »Sieh doch mal nach!«

»Und knall ihn ab!«, grölte Jenny Jaspers.

Ich schreckte hoch und fummelte in der Gegend herum, in der Hoffnung, irgendwo meinen Colt zu finden. Wo steckte das verdammte Schießeisen? Zu spät! Die Kutschentür schlug auf. Dann hörte ich eine männliche Stimme (in der ich kaum meine eigene erkannte) »Abby!« ausrufen. Und eine weibliche Stimme: »Frank!«

Dann sagte die Stimme, die mutmaßlich zu mir gehörte: »Psst! Ich bin es nicht. Ich bin nur Franks Geist.« Anscheinend misslang mir diese Behauptung, denn Abigail zischte voller Verachtung: »Dein Geist? Ha! Du hast dich damals ganz feige verpisst.«

Wie bitte, Miss Abernathy? Ich mich ... verpisst? Ich hätte dieser Interpretation gerne widersprochen, aber Abby ließ keinen Widerspruch zu.

»Erinnerst du dich«, fragte sie, »noch an die Stimme des Herrn – damals in der Kirche?«

Schlagartig verfinsterte sich der Himmel. Das strahlende Blau verwandelte sich in eine Gewitterstimmung und Gott, der Allmächtige, donnerte: »Verpiss dich!«

Abigail warf mir die Tür vor der Nase zu und teilte dann ihren Kameradinnen mit:

»Da war niemand! Nur ein Geist.«

Lachen, Wiehern, Hufgetrappel. Sie hatte mich verschont, aber ich hätte ein paar Kugeln im Leib einer solchen Behandlung vorgezogen. Was für eine Demütigung, was für ein Hohn! Als der Feigling, der ich war (hatte Abigail mit ihrem Vorwurf nicht recht?) wartete ich ab, bis alle Geräusche verklungen waren, erst dann wagte ich mich hervor. Ich sprang (oder vielmehr krabbelte, weil mir meine schmerzenden Glieder keine ruckartigen Bewegungen erlaubten) aus der Kutsche heraus, humpelte ein paar Meter, um eine mutige Verfolgung anzudeuten und brüllte dann: »›Verpiss dich‹, ha! So etwas lasse ich mir von keiner Frau sagen.« Weil ich schon mal in Fahrt war, bezog ich auch Gott in mein Aufbegehren ein, indem ich in den Himmel hineinschrie: »Und von dir da oben auch nicht!«

Nach diesem trotzigen Ausbruch begab ich mich zu der leeren Kutsche zurück, um die Suche nach meiner Waffe fortzusetzen. Meine Bewaffnung wurde umso dringender, weil ich hörte, dass sich in meinem Rücken ein Reiter näherte. Oder, noch gefährlicher, eine Reiterin. Wie sollte ich mich ohne Colt verteidigen, wenn eine von den Seven Sisters zurückkehrte? Bevor ich massakriert wurde, entdeckte ich zu meiner Erleichterung unter dem Krempel, den die Fahrgäste bei ihrem überhasteten Aussteigen zurückgelassen hatten, meinen geliebten Sechsschüsser. Doch noch erleichterter war ich, als ich die Stimme des Reiters vernahm. Es war (uff!) ein Mann und es war ... Hurra! Ich hätte nie gedacht, dass ich mich jemals über die Ankunft von Sheriff Howland freuen würde. Ich warf vor Freude den Hut in die Höhe, als er auf einem klapprigen Gaul bei mir angelangte. »Dacht ich's mir doch«, knurrte er, »dass die Kutsche heute dran ist. Aber ich dachte nicht, dass ich dich noch lebend antreffe.«

Meine Euphorie verflog so schnell wie zuvor mein Trotz. Ich empfing ihn mit einem Gesichtsausdruck, in dem sich anscheinend mein ganzes Elend ausdrückte, denn er fragte sofort: »Abigail?« Dann sagte er so einfühlsam wie ein Seelsorger: »Es ist immer schwer, wenn man seine Illusionen über das schöne Geschlecht verliert. Oder sollte ich sagen: Über das grausame Geschlecht?« Wir seufzten eine Runde, dann sagte er: »Findest du nicht, es ist an der Zeit, die Dinge wieder ins Lot zu rücken?« Ich nickte grimmig und er befahl mir: »Steig auf!«

Ich nahm hinter ihm auf dem Pferderücken Platz. Wäre er nicht so dick gewesen, hätte man ihn glatt für Don Quichotte halten können – mit einem Sancho Pansa, der sich nicht einmal ein eigenes Pferd leisten konnte. Zu zweit schaukelten wir dem entgegen, was er »die Dinge wieder ins Lot rücken« genannt hatte. Nach einer Weile sagte ich: »Hör auf, mich auf die Folter zu spannen. Wohin geht die Reise, Howland?«

Statt mir zu antworten, griff er in seine Satteltasche und zog eine Whiskeyflasche hervor. »Mein Whiskey reicht bis Wyoming, Frank«, sagte er. Das sollte für viele Meilen (und drei oder vier Flaschen, die wir uns brüderlich teilten) die einzige Auskunft sein, die ich erhielt. Irgendwann schliefen wir betrunken ein und hingen schnarchend auf dem Rücken des Pferdes, das unbeirrt weitertrabte. Zumindest kann ich für Howlands Schnarchen meine Hand ins Feuer legen; er sägte alle Wälder ab, die es unterwegs gab. Wieder träumte ich davon, dass der Name McKenzy den ganzen Westen erzittern ließ, doch dieses Mal sollte ich damit recht behalten, denn tatsächlich ritten wir dem wirklichen Wilden Westen entgegen.

10

Es war die Art von Wirklichkeit, die eine Firma aus dem fernen Los Angeles mitten in der Prärie aufgebaut hatte. Wirklich waren daran die Leinwände, die Unmengen an Sperrholz und Farbe, die man verbrauchte und die vielen Quadratmeter Segeltuch, die den Kostümfundus gegen den Regen und gegen den Staub schützten; wirklich waren die Kulissen, die eine Wirklichkeit nur vorgaukelten; wirklich war der Set – mit einem Wort: Alles war unwirklich, alles war Illusion, bis auf den Mann, der darauf brannte, dass es für ihn endlich hieß: »Kamera läuft.« Es war ein toter Mann, aber angesichts der Tatsache, dass er bereits seit sieben Jahren unter der Erde lag, wirkte er überraschend lebendig. Bei der tatendurstigen Leiche handelte es sich um keinen Geringeren als um meinen Bruder Jack McKenzy, der unter einem falschen Namen die Rolle des Jack McKenzy in der Stummfilmproduktion ›Die unglaublichen Taten der Gebrüder McKenzy‹ übernommen hatte. Mit dem Banditengewerbe war er noch bestens vertraut, nur nicht mit dem Drehbuch, das ihm immer wieder Handlungen abverlangte, die mit seinem tatsächlichen Leben nicht das Geringste zu tun hatten, eine

Diskrepanz, die ihn immer wieder in Rage versetzte und für einen erheblichen Ärger mit dem Regisseur sorgte, der ihn mittels eines altertümlichen Megafons zu dirigieren versuchte. Hinter ihm befand sich eine mit einer Wildwestlandschaft bemalte Leinwand, die bei der Aufnahme mit einer Handkurbel weitergedreht wurde, um einen Ritt zu simulieren. Die Leinwandrolle klemmte und die Landschaft ruckelte in unberechenbaren Sprüngen. Das ›Pferd‹, auf dem mein Bruder seine Reiterkunststücke vorführen sollte, bestand aus einem aus Pappmaschee gestalteten Pferdekopf und einem Rumpf, den ein Holzbock mit Sattel bildete. In der linken Hand hielt Jack die Zügel, in der rechten den Colt und er rief wohl zum siebenundvierzigsten Mal: »Kann ich jetzt endlich losreiten?«

»Nein!«, schrie der Regisseur. »Weil dieses Scheißteil immer noch klemmt.« Währenddessen versuchte ein Mechaniker verzweifelt, den Mechanismus der Handkurbel zu ölen.

Vom Set aus waren es nur ein paar Meter bis zum Maskenbereich, den eine Zeltwand vom Geschehen abtrennte. Dort wurden gerade zwei Schauspielerinnen geschminkt.

Ihrem Gewerbe entsprechend möchte ich ihren Dialog hier so wiedergeben, wie er in einem Drehbuch zu lesen wäre:

ERSTE SCHAUSPIELERIN: Eine Unverschämtheit, wie die mich behandeln. Da wird man geradewegs in the middle of nowhere gekarrt, weil es heißt, wir müssten unbedingt am Orginalschauplatz drehen. Ich kriege nur einen Dollar Spesen am Tag und die besorgen mir nicht einmal ein Hotel.

ZWEITE SCHAUSPIELERIN: Ich hab ein wunderschönes Tipi gefunden. Bei einem richtigen Sioux-Pärchen!

ERSTE SCHAUSPIELERIN: Ich hab schon am Broadway gespielt. Und in Frisco im ›Apollo‹. Ich sag dir: Film – das ist der Tiefpunkt. Eine schwachsinnige Erfindung – dieses Kintopp setzt sich niemals durch. In fünfzig Jahren wird kein Mensch mehr wissen, was das gewesen sein soll: ein »Kino«!

ZWEITE SCHAUSPIELERIN: Wer bist du eigentlich – in diesem epochalen Werk?

ERSTE SCHAUSPIELERIN: Die Abigail! Dieses Flittchen Und du?

ZWEITE SCHAUSPIELERIN: In Frisco war ich die Lady Macbeth.

ERSTE SCHAUSPIELERIN: Und hier?

ZWEITE SCHAUSPIELERIN: Hier? Hier bin ich natürlich die Grand Dame.

ERSTE SCHAUSPIELERIN: Also die Puffmutter.

REGISSEUR (off, mit Flüstertüte): Ruhe! Wir drehen!

ASSISTENT (steckt seinen Kopf durch das Zelttuch): Ruhe, meine Damen, wir drehen!

ERSTE SCHAUSPIELERIN (besonders laut): Ist doch scheißegal wie laut wir reden, Mann, das ist ein Stummfilm!

REGISSEUR (brüllt): Action!

Welche Action auch immer auf dem Set stattfand, im Schmink-Zelt gab es im nächsten Moment ein Übermaß an Aktion, weil ein Pferd hereintrabte, das mit zwei schlafenden Männern beladen war. Die Ladung bestand aus Sheriff Howland und mir. Der brave Gaul, der sein Ziel so sicher angesteuert hatte wie eine Brieftaube, stoppte so abrupt, dass wir beide zu Boden rutschten, wobei der Sheriff den Schminktisch umriss und mir ein Garderobenständer auf den Kopf knallte, was mein schlagartiges Erwachen zur Folge hatte. Das erste, was ich sah, war, dass unser Pferd einer verdatterten Schauspielerin die strohblonde Perücke vom Kopf rupfte und sie auffraß und das erste, was ich hörte, war ein großes Geschrei. Dann stürzte ein Schauspieler herbei, um den Damen beizustehen. Er war in ein Banditenkostüm gekleidet und fuchtelte mit einem Filmcolt herum.

SCHAUSPIELER: Wer seid ihr, Schurken, die ihr es wagt ...?!

Der Sheriff, der so viele Schmink-Farben im Gesicht trug wie ein Indianer auf dem Kriegspfad und sich aus einem Haufen Perücken herausschälte, versuchte sich so würdevoll, wie es seinem Amt zukam, vorzustellen: »Ich bin Sheriff How...«

Weiter kam er nicht, weil der Tumult einen blassen Jüngling anlockte, der anscheinend die Funktion eines Assistenten ausübte. »Howland!«, rief der Jüngling beglückt. »Er ist es!« Während er dem Sheriff wieder auf die Beine half, stellte er dem als Banditen verkleideten Schauspieler den so unerwartet hereingeplatzten Gast vor: »Unser Experte für das Leben der McKenzys. Ihm verdanken wir das Drehbuch.«

Von irgendwoher brüllte der Regisseur: »Assi! Wo bleibt mein Assi?« und der Assistent verschwand.

»Und der?«, wollte der Schauspieler von Howland wissen, wobei er mit dem Colt auf mich zeigte.

»Ich bin Frank Mc Ken ...«, versuchte ich mich vorzustellen, aber der Sheriff hielt mir den Mund zu.

»Das ist natürlich nicht Frank McKenzy«, sagte er hastig. »Das will ich ihm auch geraten haben«, dröhnte der Mime, »denn ich bin Frank McKenzy und diese Rolle lasse ich mir von niemandem streitig machen. Ich bin der ruchloseste Bandit des Wilden Westens, kapiert?«

Kaum war ich mit meinem Kino-Doppelgänger bekannt gemacht worden, schlüpfte wieder der Assistent zu uns herein, der noch hibbeliger wirkte als vorhin. »Du bist gleich dran, Frank McKenzy!«, krächzte er so aufgeregt, als ob er den Beginn eines Krieges verkündete. Ich wollte ihm schon aufs

Schlachtfeld folgen, aber natürlich galt seine Aufforderung dem Mann, der meine Rolle spielte. Beide verschwanden. Jetzt wollte ich aber wissen, was der verruchte Frank im Film anstellte. Also schlug ich das Segeltuch beiseite und spähte durch einen schmalen Schlitz ins Freie. Als erstes sah ich mein Alter Ego, das sich hinter einer Felsenattrappe bereitmachte; dann schweifte mein Blick auf die gerade stattfindende Szene. Es dauerte keine zwei Sekunden, bis ich Howland aufgeregt am Ärmel zupfte: »Hey, Howland, ich fass es nicht! Da ist er wirklich! Eindeutig: Es ist Jack, mein Bru...«

Wieder hielt mir der Sheriff den Mund zu. »Still!«, zischte er. »Das darf niemand wissen.«

Solcherart geknebelt ließ sich eine Szene über mich ergehen, wie sie absurder nicht sein konnte. Jemand quäkte »Action!« durch eine Flüstertüte und Jack legte einen grandiosen Auftritt hin. Er trieb das Holzpferd, obwohl es sich keinen Millimeter vom Fleck rührte, zu einem rasenden Galopp an. Dabei wich er Schüssen aus, indem er sich mal nach links, mal nach rechts fallen ließ, und ballerte, ohne den Blick von seinem Ziel abzuwenden, nahezu pausenlos nach hinten. Ich erstarrte vor Bewunderung, wie realistisch er eine Verfolgungsjagd vor unseren Augen erstehen ließ. Kein Pistolenschuss konnte ihn stoppen, keine Gewehrkugel, ja nicht einmal eine Kanone, nur ein mickriges Männchen mit Ziegenbart, das urplötzlich losbrüllte: »Stooppp!!! So kann man Jack

McKenzy nicht spielen! Ich zeig dir noch einmal, wie die Rolle geht.«

Das Ziegenbärtchen, das offenkundig die Regie führte, zwang Jack, abzusitzen. Dann erkletterte es ächzend und schnaufend das Turngerät, das das Pferd zu spielen hatte. Dort blieb das Männlein stocksteif im Sattel sitzen, während ihm angeblich unzählige Schüsse um die Nase pfiffen, und vollführte dabei übertriebene, ruckartige Gesten, die mich an eine Marionette im Puppentheater erinnerten.

»Nein, nein, nein!«, protestierte Jack gegen diese Form der Schauspielkunst. »Ich lasse mir von Ihnen nicht mehr vorschreiben, was ich damals gemacht habe.«

›Ich‹ – ›damals‹ – wie konnte sich Jack im Eifer des Gefechts so verplappern? Merkte er denn nicht, dass er sein Incognito aufgab, das ihn schon so lange Zeit vor dem Galgen bewahrte? Zum Glück war der Regisseur viel zu beschäftigt damit, sich aufzuregen, um die Bedeutung dieses Geständnisses zu ermessen.

»Wen interessiert denn, was du früher mal gemacht hast?«, schnaufte er.

»Was Jack McKenzy gemacht hat, das interessiert hier. Weil ich verdammt-noch-mal von dieser Rolle mehr verstehe als Sie!«

»So einen Stuss hör ich von jedem Schauspieler.«

»Aber ich bin der erste, bei dem dieser Stuss stimmt! Denn ich bin Jack McKenzy.«

»Du bist ein Jack McKenzy für zwei Drehtage und du bist es keine fünf Minuten mehr, wenn du das nicht endlich so spielst wie es im Drehbuch steht. Piff-Paff – vom Pferd fallen – liegenbleiben – ist das so schwierig?«

Während er Jack zur Schnecke machte, sprang der Regisseur so ungeschickt vom Pferd, dass er umknickte. Deshalb missriet ihm die Fortsetzung des Tobsuchtsanfalls zu einem Winseln. Nur mühsam brachte er in seinen Aua-Rufen die Erklärung unter: »Jack McKenzy wurde von Sheriff Howland auf der Flucht erschossen. Kriegst du das endlich mal in deinen Dickschädel rein?«

»Nein, das krieg ich nicht in meinen Dickschädel rein, weil es nicht stimmt.«

»Du bist nicht der erste Schauspieler, der sich zu stark mit seiner Rolle identifiziert«, stöhnte der geplagte Regisseur, während er zu seinem Regiestuhl zurückhumpelte, »aber du bist der erste, der definitiv geistesgestört ist.«

Dann winkte er seinen Assistenten herbei. »Wir nehmen den anderen Jack McKenzy«, sagte er, was der Assistent unverzüglich in den Ruf übersetzte: »Der zweite Jack McKenzy bitte!«

Zu meiner Überraschung dauerte es keine zehn Sekunden, bis Jacks Ersatzmann die Szene betrat. Noch überraschender fand ich, dass er dasselbe Kostüm trug wie mein Bruder und sich auch mit dessen schwarzem, kaum gestutzten Bart schmückte, wobei das, was in Jacks Gesicht ein natürliches

Markenzeichen war, bei ihm nur eine notdürftig angeklebte Imitation darstellte. Außerdem überragte er meinen nur durchschnittlich gewachsenen Bruder um Haupteslänge. Er dröhnte mit dem tiefsten Bass, den ich je vernommen hatte: »Ich bin der gefürrrrrchtete Jaaaaack McKennnnzy!!!«

Die Begeisterung des Regisseurs kannte keine Grenzen. Jack fühlte sich dagegen durch sein Spiegelbild vergackeiert. Er beschimpfte den zweiten Jack als einen Hanswurst und elenden Knattermimen, woraufhin dieser seine Pistolero-Darstellung zur Krönung der Filmgeschichte erklärte. Zu seinem Leidwesen hatte er es mit einem echten Revolverhelden zu tun, was ihm Jack eindrucksvoll demonstrierte, indem er seinen Colt zog und ihn erschoss.

Er traf exakt das Herz – ohne damit allerdings die gewünschte Wirkung zu erzielen. Entgegen allen Gesetzen der Ballistik blieb das Hemd des Erschossenen unversehrt. Kein Einschussloch, keine Blutspritzer, keine Schmauchspuren, nichts.

»Warum fällt der nicht um, wenn man ihn erschießt?«, fragte Jack verdutzt.

»Weil wir hier mit Platzpatronen schießen, du Idiot«, lachte der Regisseur und auch der erschossene Schauspieler hielt sich prustend die Seite. Beiden sollten das Lachen allerdings schnell vergehen. »Sheriff Howland!«, rief Jack aus, weil er unter den Zuschauern unseren alten Verfolger erspähte, der aus dem Schminkzelt herausgetreten war. Obwohl ich direkt neben dem Sheriff stand, schien mich mein Bruder nicht zu sehen. Er stürzte auf Howland zu: »Sie kommen wie gerufen.« Mit diesen Worten riss er ihm den Colt aus dem Halfter. »Ich hoffe, Sie verwenden keine Platzpatronen!«

Er stürzte mit Howlands Colt auf den Set zurück und erschoss seinen Doppelgänger. Diesmal war der Schuss echt – und auch das Verröcheln ließ an Authentizität nichts zu wünschen übrig. Weil er dabei auf jede Schauspielkunst verzichtete, gelang dem Sterbenden der Tod ausgesprochen gut.

»Na, bitte, geht doch!«, stellte Jack befriedigt fest und richtete die Waffe auf den Regisseur. »So«, sagte er, »und das ist für alle Regisseure, die es wagen, mich zu unterbrechen.«

Dann knallte er das regieführende Männchen ab. Inzwischen hatten alle Filmschaffenden das Schmink- und das Technikzelt verlassen, um die kreischende Kulisse zu bilden. Am Set brach Panik aus. Alle flohen – außer Jack, Howland und mir.

Zwei Schüsse hatten die Lage komplett verändert. Jack hatte sie lässig aus der Hüfte abgefeuert und damit bewiesen, dass er das Handwerk immer noch beherrschte. Damit bestand die Aussicht, dass auch seine anderen Qualitäten, die aus ihm den idealen Boss machten, nicht gelitten hatten. Wenn es darum ging, eine Bande zusammenzustellen, in der alle an einem Strang zogen, konnte es keinen Besseren als meinen Bruder geben.

Dummerweise war mit dieser Führungsstärke untrennbar der Starrsinn verbunden, der nun zutage trat. Wenn er einmal eine Überzeugung gefasst hatte, konnte ihn nichts, aber auch gar nichts mehr davon abbringen. Es mochte ihn Monate gekostet haben, meinen Tod zu akzeptieren, aber er hatte sich damit abgefunden. Bevor nicht Posaunen die sieben Engel der Apokalypse ankündigten, stand jeder, der zu ihm sagte: »Hey, ich bin Frank, dein Bruder« auf verlorenem Posten. Infolgedessen knallte auch der Sheriff gegen die Wand, als er sagte: »Jack McKenzy, darf ich dir deinen Bruder Frank McKenzy vorstellen?«

»Das ist schon der fünfte Frank heute«, winkte Jack ab. Nach einem beiläufigen Blick gab er zu: »Na ja, der ist immerhin der erste, der ein bisschen Ähnlichkeit mit Frank hat.« Dann drehte er sich beiseite und sagte: »Ähnlichkeit reicht nicht. Hier braucht man Talent.«

»Aber Jack!«, beharrte ich auf meiner Identität. »Sieh mich doch an: Ich bin Frank.«

»Ich bin schon geistesgestört«, sagte Jack, mir die kalte Schulter zeigend, »aber du noch mehr, denn Frank ist tot.«

»Jack, bitte glaub mir: Frank ist nicht tot.«

Als Jack mich dem Sheriff gegenüber zu einem Hochstapler erklärte: »Der Kerl glaubt, ich sitze auf nem vergrabenen Schatz, also buchte ihn ein«, sah ich nur noch eine Chance, um seine Halsstarrigkeit zu bezwingen. Ich musste ihn an etwas erinnern, das nur wir beide wissen konnten. Um sein Gedächtnis anzuregen, nahm ich die Peitsche, mit der er vorhin den Holzgaul angetrieben hatte, und drosch auf ihn ein.

»Wie Papa dich damals windelweich geprügelt hat«, schrie ich. »Du warst zehn Jahre alt – erinnere dich! Du hattest den Schuldeneintreiber umgelegt.« Indem ich ihn immer fanatischer auspeitschte, ließ ich unseren Vater wiedererstehen. »Jack McKenzy«, imitierte ich dessen rauen Schottenakzent, »du bist für mich kein McKenzy mehr, denn du hast Schande über uns gebracht. Schande über deine tote Mutter, die die Indianer geröstet haben und Schande über mich, deinen unglückseligen Vater. Du hast Blut vergossen, Blut in unserem Haus. Wie konntest du vergessen, dass wir Christen sind? Wir erschießen Indianer und wir erschießen Nigger, aber wir erschießen keine christlichen Mitbrüder, selbst wenn sie uns an den Bettelstab bringen und uns das letzte Hemd rauben. Jack McKenzy – nein, ehemals McKenzy, du elender Wurm von einem missratenen Sohn, dich erwartet die Hölle, zehn Trillionen Jahre lang wirst du an einem Spieß geröstet!«

Jack hüpfte, vor Schmerzen schreiend, herum: »Au! – Auuu! – Auuuu!«, doch gleichzeitig verzogen sich seine Züge zu einem freudigen Strahlen: »Ja, das ist Papa, wie er leibt und lebte!« Er fiel mir um den Hals. »Frank, du bist es! Du bist es wirklich!« Dann rief er: »Sheriff! Frank ist wieder

da! Er lebt!« Er sah sich verwundert um. »Howland, wo sind Sie? Howland!«

Tatsächlich war der Sheriff verschwunden. Wir
wollten uns schon aufmachen, ihn zu suchen, als
er sich plötzlich hinter der Kamera aufrichtete, an
deren Kurbel er die ganze Zeit über gedreht hatte.
»Ich hab die Szene im Kasten«, sagte Howland.
»Whow! Das war die rührendste Familienszene in
der Geschichte des Wilden Westens.«

11

Endlich bekam ich mein eigenes Pferd – keinen der Holzgäule, mit denen man hier drehte, sondern eine höchst lebendige Stute, die wir aus einer der Kutschen ausspannten, mit denen sich die Leinwandstars an ihren Arbeitsplatz hatten bringen lassen. Wir ritten zu Jacks Unterschlupf in den Bergen. Es war ein winziger Holzverschlag, in dem wir, ausgehungert wie wir waren, die erste Mahlzeit dieses Tages zu uns nahmen. Am Feuer hockend, kratzten wir Bohnen aus einer Pfanne, während Jack mampfend erzählte: »Texas – New Mexiko – Arizona ... Und schließlich im verflixten siebten Jahr meiner Flucht: Kalifornien. Ich wollte mich schon von einer Klippe in den Pazifik stürzen, als ich ein paar armselige Schuppen entdeckte, die den verheißungsvollen Namen ›Hollywood‹ trugen. Hollywood, ich sag's euch: Immer Superwetter, aber 'n Scheißjob. Ein Dollar Spesen und ich krieg nicht mal 'ne Unterkunft. Deshalb logier ich hier bei diesem toten Goldgräber. Na, wenigstens schnarcht der nicht.«

»Dem Geruch nach ist der schon ein paar Jahre tot«, sagte ich schnuppernd. »Vielleicht solltest du die Mumie mal entfernen, Jack.«

»Wozu?«, entgegnete Jack. »Tot oder nicht tot, das ist seine Hütte und ich bleib ja nur noch bis morgen.« Er sah mich schräg von der Seite an. »Und du, Frank? Wieder New York? Zurück an die Wallstreet?«

Ich schüttelte den Kopf.

»Wieso nicht?«, bohrte er nach. Natürlich hatte ich in den Stunden, die seit unserem Wiedersehen vergangen waren, einiges aus meinem Leben zum Besten gegeben, aber ich hatte auch einiges verschwiegen.

»Da erzählt er mir lang und breit«, wandte sich Jack an den Sheriff, »dass er zehn Millionen geerbt hat ...«

Jetzt ließ sich das Geständnis nicht mehr umgehen. »Leider hat mich«, sagte ich, »die Verwandtschaft von Mister Flibberty Fox am Ende doch noch entlarvt. Ich habe mich mit tausend Dollar aus dem Staub gemacht und die wurden mir heute früh geraubt – bei einem Postkutschenüberfall.«

»Postkutschenüberfall?«, horchte Jack verwundert auf »Sowas gibt's noch?«

»Ja, Jack, wir haben Nachfolger gefunden. Auch wenn sich das nicht bis nach Hollywood rumgesprochen hat.«

Howland und ich wechselten einen verstohlenen Blick, schließlich waren wir jetzt endlich bei dem Thema, um das es uns ging.

»Jack, ich will das Comeback«, sagte ich ohne Umschweife. »Ich will eine neue Bande – aber nicht mit drittklassigen Pferdedieben. Wir brauchen Profis – die besten, die es noch gibt.«

»Jesse James soll angeblich noch leben«, wich Jack aus. »Irgendwo in Kolumbien. Frag ihn! Ich bin aus dem Geschäft.«

»Dann beteilige dich wenigstens finanziell. Wir brauchen jede Menge Waffen. Also rück was rüber, du Geizhals. Irgendetwas muss doch noch übrig sein von unserer Beute!«

»Nein, nichts«, sagte Jack dumpf.

»Nichts??? Hast du Howland alles gegeben?«

»Nein, hab ich nicht. Aber ich bin nochmal zurückgekommen zum Versteck. Und was find ich da? Nichts! Nur einen Zettel hab ich gefunden – ein völlig verrücktes Bekennerschreiben.«

»Und was stand in dem verrückten Bekennerschreiben?«

»›Ätsch, reingefallen!‹ stand da. Unterschrift: Die ›Seven Sisters‹«

Wieder warfen uns der Sheriff und ich einen Blick zu, während Jack grübelte: »›Sisters‹ – das können nur Schwule gewesen sein. Ich frage mich: Wer in unserer Bande war schwul?«

Howland räusperte sich. »Ich glaub, ich weiß«, begann er vorsichtig, »durch wen sie euer Versteck kannten.«

»Dann spuck's aus!«, fuhr Jack aus der Haut. »Ich will den Namen von der schwulen Sau!«

Howland machte seine kleinen, verschlagenen Augen noch kleiner. Er blinzelte mir listig zu und redete dann in seiner schleppenden Art, die meinen Bruder auf die Palme brachte, weiter: »Jack, es gab einen in eurer Bande, der war nicht schwul, aber eine Sau war er und gesungen hat er wie ein Vögelchen.«

»Wer war das Schwein?«

»Ich glaube, den Ausdruck ›Schwein‹ wirst du dir noch einmal überlegen, wenn ich dir verraten, wer es war.«

»Wer? Ich bring ihn um.«

»Auch das solltest du dir noch einmal überlegen, denn derjenige, der das Versteck ausgeplaudert hat, warst du selber, Jack.«

»Ich? Nein! Ich habe nie auch nur ein Sterbenswörtchen ...«

»Doch!«, sagte Howland hart. »Du hast gegenüber jeder Nutte, mit der du geschlafen hast, damit geprahlt. Und gegenüber deiner Braut.«

»Schon möglich, aber das waren nur Nutten.«

»Abigail war keine Nutte!«, brauste ich auf, aber ich bezwang meine Gefühle sofort wieder. Dass die undichte Stelle vor sieben Jahren Abigail hieß, ließ sich kaum noch bezweifeln, nur: Wie sollten wir Jack sagen, wer sich hinter den ›Seven Sisters‹ verbarg?

»Jack, dein Frauenbild ist total antiquiert«, setzte der Sheriff zu einer Rede an, die aber in einem Räuspern versickerte. Immerhin kamen wir der Sache damit näher. Auch wenn ich ahnte, dass es nicht leicht sein würde, Jacks festgefügtes Bild von den Geschlechterbeziehungen umzustoßen, versuchte ich, den Faden weiterzuspinnen. »Er hat noch nicht mitgekriegt, dass das letzte Jahrhundert vorbei ist«, redete ich über seinen Kopf hinweg mit Howland, ganz so, als wollte ich sagen, »er lebt noch hinter dem Mond.«

»Jack, wir leben nicht mehr in den ›Eighties‹, auch nicht in den ›Nineties‹«, führte ich den Vortrag über die Entwicklung der Frauenbewegung weiter, »sondern ...«

Weiter kam ich nicht. Ich hatte etwas gehört, das sich mit der Einöde in keiner Weise vertrug: Hufschläge und sie kündigten nicht nur einen einzelnen Reiter an. Wie viele Reiter mochten sich da nähern? Vier? Fünf? Sechs? Sieben? Hatten uns etwa die Seven Sisters aufgespürt? Das wäre das Ende unserer Bande, bevor es sie überhaupt gab. »Ich glaube, sie kommen«, flüsterte mir Howland zu. Seltsamerweise wirkte er keineswegs beunruhigt. Er schien im Gegenteil erleichtert zu sein. Die Hufschläge verstummten. Stille. Dann Schritte. Wie viele Menschen bewegten sich auf uns zu? Mir kam es wie ein Marschrhythmus vor. Eine Menge, die sich synchronisierte. Dann keine Schritte mehr. Ein vielstimmiges Schweigen vor der Tür. Howlands listiges Blinzeln signalisierte mir: Es läuft alles nach Plan. Aber nach welchem Plan? Welches Wissen hatte er mir voraus?

Der Sheriff erhob sich von seiner Holzbank – dummerweise ohne sich zu bücken, so dass er mit dem Kopf gegen die modrigen Deckenbalken stieß und dabei die Petroleumlampe in Panik versetzte, die sich in dem Kabuff um die Beleuchtung bemühte. Das gelbe Licht tanzte gespenstisch hin und her und Howlands Schatten warf sich über Jack wie ein riesiger Fleck, der ihn fast ganz verschluckte. Nach einem kräftigen Räuspern, das in seiner Kehle so laut wie ein Schuss knallte, lieh der alte Sheriff dem Schweigen vor der Tür seine Stimme: »Jack, du musst dich ihnen stellen.«

»Ihnen?«, echote Jack zitternd.

»Den Bürgern von Dead Gulch.«

Daraufhin geschah etwas Unvorstellbares. Ich hatte nie erlebt, dass mein Bruder vor irgendetwas in die Knie ging. Immer war er tapfer geblieben, selbst wenn ihn unser Vater auf der häuslichen Folterbank auspeitschte, doch mit einem Mal war der Mut, der ihn zeitlebens auszeichnete, nichts weiter als eine morsche Fassade, die zu den Füßen des Sheriffs in sich zusammenkrachte.

»Sie sind gekommen, um mich zu lynchen, ja?«, jammerte er. »Sie wollen sich rächen für alles, was ich ihnen angetan habe!«

Er wollte zum Colt greifen, doch dann fiel ihm ein, wie wenig ihm dieses Kintopp-Requisit bei einer Schießerei nutzte. »Scheiße«, klagte er sein Schauspieler-Schicksal an, »ich hab nicht einmal eine Waffe – nur eine Spielzeugpistole vom Film. Mit Platzpatronen!« Er wischte zu mir herum und flehte mich an: »Frank, gib mir deinen Colt!«

»Nein«, mauerte ich.

»Du bist mein Bruder!«

»Eben deshalb: Nein!«

Ich wollte, dass ihn die Bürger genauso zuquatschten wie zuvor mich, nur dass ich diesmal hoffte, sie würden damit Erfolg haben. Jack kauerte sich wimmernd in eine Ecke. Was für einen Kontrast bot dazu der einst von uns als Feigling verlachte Sheriff! So würdevoll, als befänden wir uns im Salon eines englischen Lords, schritt er zu der verrottenden Tür, die die Winterstürme schon fast aus ihren Angeln geblasen hatten, und klappte sie auf.

»Kommt herein!«, sprach er ins Dunkel hinein. »Der Herr Bandit ist jetzt bereit, euch zu empfangen.«

Und dann schneiten die Wortführer der ängstlichen Bürger herein. Ja, »schneiten« – anders kann ich ihr lautlos-zögerliches und zugleich unwiderstehliches Hineindringen nicht beschreiben. »Wie hat Howland sie benachrichtigen können?«, fragte ich mich. Er war die ganze Zeit über bei uns gewesen und es gab niemanden, den er als Boten hätte auf den Weg schicken können. In diesem Moment begriff ich, wie vorausschauend er dachte. Bevor er am Morgen aufbrach, musste er den Bürgern von Dead Gulch Jacks Versteck verraten haben. Er hatte ihren Auftritt bestellt – aber wie kam es, dass sein Zeitplan so genau stimmte? Auf die Minute genau? Er war ein Fuchs und uns konnte wohl nichts Besseres passieren, als ihn mit im Boot zu haben. Am Ende erwiesen sich der ruppige Desperado und der verschlagene Sheriff noch als ein Dream Team! Vorausgesetzt, dass es überhaupt zu einem Team kam. Erst einmal waren die Bittsteller an der Reihe – oder richtiger: Unsere Auftraggeber. Die verarmten, über die Jahre ausgeplünderten Bürger legten alle Wertgegenstände, die sie noch besaßen und alles Geld, das sie auftreiben konnten, ihrem früheren Feind feierlich vor die Füße. Cartwright wurde vorgeschubst, damit er eine Ansprache hielt, bei der ihn so viele seiner Mitbürger unterstützten, dass sie mir wie der Chor in einer antiken Tragödie vorkamen: »Das ist alles, was wir dir anbieten können, Jack! Alles andere haben uns die Seven Sisters geraubt. Good old Jack, sei wieder böse, sei wieder grausam! Vertreibe die Seven Sisters.«

Wahrscheinlich war es das rührendste Ständchen, das je einem Gesetzlosen dargebracht wurde, jedenfalls verfehlte das kollektive Gebrabbel seine Wirkung auf Jack nicht. Der einstige Bürgerschreck sonnte sich geradezu in dem Gefühl, jetzt der Anführer einer Bürgerwehr zu sein. Wie früher unsere Beute zählte er das gespendete Geld und rechnete in Gedanken durch, was sich damit erwerben ließ: »Zehn Winchester ... eine Stange Dynamit ... Hm.« Als er kurz den Blick hob, erzitterten Alle. Sicherlich würde er sie gleich anbellen: »Das reicht mir nicht! Ihr habt doch irgendwo noch was versteckt!«, doch in seinen Augen blitzte nur irgendein Zweifel auf. Er wischte diesen Zweifel beiseite, indem er sich an den Irrtum klammerte, der sich ihm verdammt schwer würde ausreden lassen: »Also: Es geht gegen sieben Schwule, ja?« Bevor ihn Jemand aufklären konnte, drehte er sich wieder beiseite, um seine Grübelei fortzusetzen. »Der einzige Brauchbare, der mir jetzt einfällt, ist Chuck.«

»Lebt good old Chucky noch?«, fragte er den Sheriff.

»N-o-ch«, sagte Howland betont langsam. »Good old Chucky hat noch ...« Er trat ins Licht, um auf seine Taschenuhr zu sehen. »... genau zwölf Stunden zu leben.«

12

Um Good old Chucky mehr Lebenszeit zu verschaffen, suchten wir am nächsten Tag einen Ort auf, um den wir normalerweise einen Riesenbogen machten. Gefängnisse gehörten ja nicht zu unseren bevorzugten Ausflugszielen – außer wenn es galt, einem der Unsrigen bei einem Ausbruch zu helfen. Und genau das hatten wir vor: an eine gute alte Tradition anzuknüpfen. Zu diesem Zweck fanden wir uns vor einer Gefängnismauer ein. Um unsere Chancen zu erkunden, bildeten Jack, der Sheriff und ich eine Räuberleiter. Ich war das obere Drittel der Leiter, Jack bildete das mittlere Segment und unten versuchte Howland, das Gewicht von uns beiden auf seinen Schultern auszuhalten. Sein Schnaufen und Prusten verriet, welch schwere Arbeit er dabei verrichtete. Ich verfluchte, dass Jack sein Wachstum bei einem Meter und Siebzig eingestellt hatte und dass der Sheriff mehr breit als hoch war, denn ich musste mich ziemlich strecken, um mit Müh und Not die Mauerkrone zu erreichen und darüber hinweg zu spähen. Wie hypnotisiert starrte ich auf ein hölzernes Gerüst im Gefängnishof, in dessen Mitte ein Galgen emporragte.

Gerade öffnete sich eine Fallluke und plumps verschwand ein Delinquent im Nirgendwo.

»Scheiße!«, stöhnte Jack in der Mitte unserer Räuberleiter. »Das war Chuck! Ich wusste: Wir kommen zu spät. Chuck war unser bester Schütze. Ohne ihn schaffen wir's nicht.«

»Das war noch nicht Chuck«, beruhigte ich ihn. »Es geht schön der Reihe nach und Chuck ist als siebzehnter dran.«

»Wieviel Zeit bleibt uns noch?«, fragte Jack hektisch, was als eine Aufforderung an Howland gemeint war, seine Taschenuhr zu Rate zu ziehen.

»Das hängt von den Letzten Worten ab«, sagte ich.

Gerade war zu hören, dass einer der Todeskandidaten seine letzten reuevollen Worte an die Nachwelt richtete.

»Hoffentlich quasselt der noch lange«, sagte Jack.

»Hoffentlich hört er gleich auf!«, widersprach der Sheriff keuchend. »Ich kann nicht mehr.«

»Halt durch, Howland!«, zischte Jack und schärfte dann mir ein: »Wenn Chuck dran ist, schießt du, klar? Und du musst genau den Strick treffen.«

»Das kann ich nicht«, wandte ich ein, »wenn ihr so wackelt.«

»Der Sheriff wackelt, ich nicht«, entschied Jack und wandte sich wieder nach unten: »Howland, kannst du das nicht auf dem Dienstweg regeln?

Du bist doch das Gesetz.«

»Ja, aber nicht hier«, erwiderte der Sheriff. »Das ist nicht mein Distrikt und der Gouverneur hat Chucks Todesurteil gestern bestätigt. Der Fall ist abgeschlossen.«

»Also ich schieße«, fasste ich Jacks grandiosen Plan zusammen. »Ich treffe, keine Ahnung wie, den Strick – und dann?«

»Dann muss Chuck improvisieren«, sagte Jack. »Weißt du nicht mehr, wie er das in Santa Fé gemacht hat?«

»Ja, aber da waren wir alle noch ein bisschen jünger und fitter.«

Es gab nur eines, was uns bei unserem Plan (sofern man bei so einer Hals-über-Kopf-Aktion überhaupt von Planung sprechen konnte) entgegenkam. Die Gruppen-Exekution zog so viel Aufmerksamkeit auf sich, dass die Wachen nicht auf uns achteten und die meisten Türme sogar unbesetzt waren. Sollten wir uns an das Tor heranschleichen und es sprengen? Wir waren dazu rein technisch in der Lage, denn das Packpferd, das wir mit uns führten, war nicht nur mit zehn Winchester-Gewehren, sondern auch mit ein paar Stangen Dynamit beladen – Jacks Großeinkauf vom Vormittag. Doch einmal davon abgesehen, dass wir dieses Kriegsmaterial noch zum Kampf gegen die ›Seven Sisters‹ benötigten und unser schmales Budget einem weiteren Einkauf entgegenstand – mit zwei Mann (Howlands Teilnahme konnten wir ausschließen) gegen dutzende von bewaffneten Wärtern anzurennen, wäre glatter Selbstmord gewesen. Was also tun? In dieser aussichtslosen Lage kam uns ein unerwartetes Ereignis zu Hilfe. Dem Gefängnistor näherte sich ein Planwagen. Auch wenn er völlig verstaubt war, konnte ich die Schrift auf der Plane erkennen: ›McDonalds. The fastest food in the West‹ Auf dem Kutschbock saß ein fetter Koch.

»Sehen so heute die Gefangenentransporte aus?«, fragte Jack.

»Nein, aber der Proviant sieht so aus«, antwortete der Sheriff.

»Für die Henkersmahlzeiten?«

»Für die Wachen.«

»Proviant?«, mischte ich mich ein. »Für die Wachen? Ich ...«

Plötzlich funkte es in meinem Gehirn. Ein Geistesblitz! Ich versuchte etwas von diesem Blitz den unteren Teilen unserer menschlichen Pyramide mitzuteilen, was mir aber misslang, weil der Kutscher mit einem Mal am Tor einen Heidenlärm veranstaltete. Er bimmelte mit einer Handglocke und krakeelte mit einem, wie mir schien, holländischen Akzent: »Patates frites! Patates frites! Hamburger! Hotdogs!«

»Ich hab eine Idee«, zischte ich in einer kurzen Bimmel-Pause.

Ich hatte kaum das Wort »Idee« ausgesprochen, als auch schon der Streit mit meinem Bruder losging, der seit jeher das Copyright für alle Ideen beanspruchte.

»Frank«, höhnte er, »du hattest nie eine Idee – und jetzt erst recht nicht! Es ist ganz allein meine Idee!«

»Nein, meine, du Schwachkopf!«, zeigte ich keine Bereitschaft, zurückzustecken.

»Kann mir mal einer sagen, um welche Idee es hier geht?«, wollte der Sheriff wissen. Er erhielt keine Antwort, denn Jack und ich hatten bereits begonnen, uns zu prügeln. Da die Räuberleiter für eine solche Auseinandersetzung zwischen ihren Bestandteilen nicht ausgelegt war, klappte sie in sich zusammen.

Jack hatte tatsächlich dieselbe Idee wie ich gehabt. Deshalb verbarg der Wagen, der ein paar Minuten später, nachdem das Gebimmel endlich erhört worden war, in den Gefängnishof einrollte, ein Gemeinschaftswerk der McKenzy-Brüder. Der holländische Kutscher war daran nicht mehr beteiligt, weil er gefesselt und geknebelt im Planwagen so von einem Berg von geschälten Kartoffeln begraben wurde, dass von ihm nur noch der Kopf herausguckte. Er war halbnackt, weil wir seine Klamotten benötigten, um Sheriff Howland zu verkleiden, der nun auf dem Kutschbock die Pferde lenkte. Unser Waffenarsenal befand sich im Inneren des Planwagens, in den keine Mücke mehr hineingepasst hätte, denn außer unserem Gefangenen und dem Kartoffelberg hatten hier noch Jack, ich, eine Fritteuse, eine Menge Küchenbesteck und sämtliche Zutaten für Hamburger und Hotdogs Platz gefunden. Außerdem eine Menge Schnüre, die Jack vorsorglich eingekauft hatte, falls wir irgendwelche Leute zu fesseln hatten. Das Chuck-Befreiungskommando war bereit. Mir fiel vorerst nur die Aufgabe zu, die Lage zu erkunden. Die Plane wies mehrere Löcher und Risse auf, die mir dabei behilflich waren. Natürlich wagten wir es nur, mit extrem gedämpften Stimmen zu sprechen. Im Gefängnishof lief das immergleiche Ritual ab. Letzte Worte – Trommelwirbel – Exitus – der nächste bitte. Gerade absolvierte wieder einer seine letzten Worte.

»Nummer Sechzehn«, zählte ich an meinem Ausguck mit. »Gleich ist Chuck an der Reihe.«

Jack hatte inzwischen im Wagen Schnüre verspannt. »So, Frankylein«, flüsterte er, »jetzt kannst du erleben, was eine militärische Planung ist.«

Er brachte, zwischen den Kartoffeln umherkriechend, die Gewehre so an den Seiten in Stellung, dass sie unter der Plane hindurchgeschoben werden konnten.

»Was soll das werden?«, fragte ich.

»Ein Kanonenwagen.«

Er verband die Auslöser der Gewehre so mit seinen Schnüren, dass er sie gleichzeitig abfeuern konnte. Diese Tätigkeit wurde kurz unterbrochen, als der Sheriff von außen seinen Kopf durch die

Plane steckte und mit einem leeren Tablett herumwedelte.

»Hotdogs! Schnell!«

Jack bediente ihn rasch aus der Fritteuse. Glücklicherweise hatte der holländische Koch alles perfekt vorbereitet. Schneller konnte ein Schnellimbiss nicht funktionieren. Nachdem Jack ihn versorgt hatte, bot der Sheriff vom Kutschbock aus den Wachen seine Waren an. Er spielte seine Rolle so gut, als hätte er sein Leben lang nichts anderes gemacht.

»Hamburger!«, rief er. »Hotdogs – die neueste Erfindung aus St. Louis! Hamburger! Hot-dogs! Zugegriffen, meine Herren! Bei Hinrichtungen gratis! Nehmen Sie ruhig zwei Hot-dogs – in jede Hand einen! Dazu eine ... auch das eine nagelneue Erfindung! Zu Hamburgern und Hotdogs gehört eine Coke! Im Riesengratisbecher!«

Die Wachen griffen gierig zu. Der Plan funktionierte, der vorsah, dass wir ihre Schussbereitschaft erheblich einschränken mussten. Jeder brauchte drei Hände zum Essen und Trinken – keine idealen Voraussetzungen für ein plötzlich über sie hereinbrechendes Gefecht. Hinzu kam, dass Jack in jeden Coke-Becher einen riesigen Schluck Wodka hineinfüllte. Er hatte wirklich an alles gedacht, sogar an die Wodkaflaschen zur Bestechung von Wachen. Jetzt dienten sie dazu, sie besoffen zu machen.

Plötzlich begann ein Trommelwirbel. Dann ertönte ein Raunen, das immer weiter anschwoll. Schließlich ein Fallgeräusch. Stille.

»Chuck ist an der Reihe«, meldete ich leise.

Abgesehen vom Sterben, das ihn sicherlich schreckte, lag vor dem armen Chuck noch eine andere schwierige Aufgabe: seine letzten Worte zu formulieren. Es hätte mich sehr überrascht, wenn er sich dabei als ein begabter Redner erwiesen hätte. Tatsächlich stammelte er etwas völlig Zusammenhangloses vor sich hin. Nach etlichen Worten, die sich zu keinem Satz, geschweige denn einer Aussage zusammenfügten, unterbrach ihn der Henker: »Zur Sache!«

Plötzlich gelang es Chuck etwas von sich zu geben, das nicht nur artikuliert war, sondern tatsächlich Sinn ergab: »Dass ich nichts bereue, wollte ich sagen. Und ich wollte noch irgendwen grüßen. Ach ja: Jack! Und Frank! Und Jimmy!«

»Die sind alle schon in der Hölle«, kommentierte der Henker, der auch einiges vom Alkohol abbekommen hatte. »Du wirst sie gleich wiedersehen.«

»Und ob er uns gleich wiedersehen wird!«, zischte Jack.

»Außer Jimmy«, setzte ich leise hinzu, in dem Bewusstsein, dass dessen Verlust der wunde Punkt in der Geschichte unserer Bande war.

»Jetzt fällt mir wieder ein, was ich grad vergessen habe«, hörte ich erneut Chuck reden. »Dass ich zwölfmal ausgebrochen bin, bereue ich nicht und dass ich schon zweimal unter dem Galgen stand, auch nicht.«

»Du meinst wohl: aller guten Dinge sind drei!«, grölte der Henker, der offensichtlich schon beschwipst war.

Er erntete damit so viel Gelächter, dass er noch einen Spruch drauflegte: »Diesmal wird dich keiner mehr rausholen. Kein Jack, kein Frank ...«

Gejohle und Beifall. Die Hinrichtung geriet zum Volksfest.

Ich konnte durch meinen Sehschlitz erkennen, dass Chuck eine Kapuze über den Kopf gestülpt wurde. Dann zog der Henker den Strick um seinen Hals straff.

»Es ist so weit«, flüsterte ich Jack zu. »Ready?«

»... steady, go!«, nickte er. »Action!«

Im nächsten Moment zog er an der Schnur und feuerte eine erste Gewehrsalve ab, die etliche Wachmänner niedermähte. Gleichzeitig wühlte ich mich durch den Kartoffelberg hindurch zur vorderen Planwagenöffnung. Über die Schulter des sich duckenden Sheriffs hinweg zielte ich auf Chucks Strick. Vergeblich. Jack griff derweil zum Colt und streckte den Henker nieder.

Erst jetzt erwiderten die überrumpelten Wachen das Feuer. Chuck versuchte, wegzulaufen, aber der Strick hinderte ihn, so dass er sich selbst zu erdrosseln drohte. Durch seine unkoordinierte Zappelei scheiterte ich immer wieder bei dem Versuch, den Strick zu treffen. Howland verzog sich feige hinter den Kutschbock. Endlich durchtrennte einer der Schüsse, die die Wachen abfeuerten, den Strick – Chuck war frei. Er sprang vom Schafott, aber weil ihn die Kapuze blind machte, wusste er nicht, wohin er rennen sollte.

»Hiiiier, Chuck! Hiiiiierhin!«, brüllten Jack und ich gleichzeitig. Ohne Erfolg, denn Chuck lief orientierungslos den Wachen entgegen.

»Kaaaaalt!«, riefen wir. Es war wie beim »Topfschlagen«, aber was sollten wir anderes tun? Ein erstes Ergebnis: Chuck kehrte um.

»Waaaaarm!«, riefen wir und Chuck vollführte einen Zickzackkurs.

»Kaaaaallll ...!«

Endlich lief Chuck auf den Planwagen zu.

»Heeeeeiiiißßßßß!!!«, brüllten wir solange, bis er gegen den Kutschbock stieß. Wir griffen zu und zogen ihn in den Planwagen hinein. Ich durchtrennte mit einem Messer, das ich immer bei mir trug, seine Handfessel und befreite ihn von der Kapuze.

»Ihr seid's?«, staunte Chuck, als er wieder sehen konnte.

»Ja, wir sind's – die Toten«, grinste ich. »Willkommen im Jenseits.«

Für mehr an Wiedersehensfreude fehlte die Zeit. Zum Zeichen, dass er wieder in der Bande war und sich an seiner Befreiung zu beteiligen hatte, drückte ich ihm einen Colt in die Hand. Nun schossen wir alle drei – Jack, indem er mittels der Schnüre mit zehn Gewehren gleichzeitig feuerte. Die Wachen sanken reihenweise zu Boden. Endlich beschloss auch der Sheriff, sich wieder ins Team einzureihen. Er sprang auf den Kutschbock zurück und trieb die Pferde an. Der Planwagen jagte durch das offene Gefängnistor. Geschafft! Die Befreiung war geglückt.

13

Wir deponierten den Planwagen, der für unsere
weiteren Pläne zu langsam war, mitsamt dem gefesselten Holländer vor einem Farmhaus (bei der
Gelegenheit stahlen wir für Chuck ein Pferd) und
ritten dann zu Jacks provisorischer Behausung in
den Bergen zurück. Dort beratschlagten wir über
die Rekrutierung der weiteren Bandenmitglieder.
Den Gedanken, auch Rupert, Bloody Burns und
Mad Max aus dem Gefängnis herauszuholen,
wischte Jack mit einer Handbewegung beiseite.
Wir hatten in Chucks Fall einfach nur Glück gehabt und dass uns ein zweites Mal ein derartiger
Zufall zu Hilfe kam, konnten wir ausschließen. Ein
anderes, kurzfristiges Problem fiel buchstäblich ins
Auge: Chucks Sträflingskleidung. Wir mussten ihn
auf der Stelle in neue Klamotten stecken – aber in
welche? Ich hatte meine Wechselkleider ja leider
eingebüßt und Jack … Selbst wenn er eine zweite
Garnitur besessen hätte – er war einen Kopf kleiner als der lange Lulatsch Chuck. In dieser Lage
drängte sich Jemand auf, der sich ganz sicher nicht
mehr auf die Straße begeben würde: der tote Goldgräber, bei dem wir campierten. Die Ausdünstun-
gen, durch die er seinen aktuellen Verwesungsgrad

mitteilte, ließen sich kaum noch ertragen – außer von Jack, der sich daran gewöhnt hatte. Ein Blick auf die im Hintergrund vor sich hingammelnde Leiche überzeugte ihn davon, dass der Kerl genau die richtigen Maße besaß.

»Tut mir leid, Mister«, wandte er sich an die Mumie, »dass wir Ihre Totenruhe stören, aber wir müssen Sie leider um eine Kleiderspende bitten für unseren entlaufenen Sträfling.«

»Komisch, Jack«, sagte ich, mir die Nase zuhaltend, »dass du immer nur zu Toten so höflich bist.«

Der Kleidertausch war eine umständliche Sache. Obwohl wir uns die Banditenhalstücher umbanden, um unsere Riechorgane wenigstens ein bisschen zu schützen, hatte jeder von uns nur eine Hand frei, weil wir die andere zum Zukneifen der Nasenflügel benötigten. Als Chuck endlich in der Goldgräbermontur steckte, sprang der Verwesungsgeruch von der Leiche auf ihn über.

»Der müffelt wie ein Puma«, sagte ich.

»Puma?!«, horchte Jack auf. In seinem Hinterkopf hatte er die ganze Zeit über nach Kandidaten für unsere Bande gesucht. Jetzt rief er, schlagartig inspiriert, aus: »Das ist es! Wir brauchen für die Bande einen wie ... Wie hieß der noch? Power-Puma? Nein. Panther? Black Panther? Der rosarote Panther? Nein. Jetzt hab ich's: Red Panther. Nein. Red Horse ... Crazy Horse ...«

»Du meinst doch nicht etwa ›Wild Pony‹?«, fragte Howland. »Der ist doch so etwas von außer Dienst!«

Wie tief der einst legendäre Krieger ›Wild Pony‹ gesunken war, konnten wir am nächsten Tag in einer elenden Indianerbehausung am Rande von Dead Gulch besichtigen. Während Jack auf den offenbar schwer Betrunkenen einredete, floh ich vor dessen Elend ins Freie. Vor der Hütte befand sich eine Pferdetränke, die Chuck zum Urinieren einlud. Nicht einmal unter freiem Himmel ließen sich die Geruchsrückstände, die ihn zu einem lebenden Kadaver machten, ignorieren.

»Chuck«, fragte ich, »wie wär's, wenn du das nicht als Pissoir ansiehst, sondern als Badewanne?« Er reagierte nicht. »Hast du mich verstanden? Du solltest dich mal waschen!«

In diesem Moment schleifte Jack Wild Pony zur Tür hinaus. Er versuchte, den besinnungslos vor sich hin Lallenden zur Tränke zu schleppen. Kaum hatte Chuck die Beiden vernommen, zog er blitzschnell den Colt, drehte sich in Nullkommanichts um und schoss die Adlerfeder, die den Hut des Indianers schmückte, in Stücke.

»Yippie!«, bejubelte er seinen Kunstschuss. »Ich kann's wieder!«

»Bist du wahnsinnig, Chuck?«, schimpfte Jack. »Du hättest ihn um ein Haar umgenietet. ›Wild Pony‹ brauchen wir unbedingt.«

»Was willst du denn mit der Schnapsleiche?«, bezweifelte Chuck die Verwendbarkeit der Rothaut.

»Der war mal der größte Krieger aller Sioux-Stämme«, keuchte Jack unter der Last seiner Neuerwerbung, die jede Mithilfe bei ihrem Transport verweigerte. Dann warf er Wild Pony mit Chucks Unterstützung in den Trog.

»Ich glaub nicht, dass wir den wieder nüchtern kriegen«, zeigte ich mich wenig überzeugt vom therapeutischen Sinn dieser Kur. Jack zog den Sioux an dessen verfilzter Haarpracht wieder aus dem Wasser heraus. »Hauch mich mal an«, befahl er, schnupperte prüfend und erklärte uns dann: »Der ist nicht besoffen, der ist bekifft.« Dann redete er auf den Rauschgiftsüchtigen ein. »Hör zu, stolzer Krieger, du musst wieder auf den Kriegspfad ziehen.«

»Dann wollen wir mal die Rothaut auf die Probe stellen«, sagte Chuck mit einem abschätzigen Grinsen und drückte Wild Pony seinen Colt in die Hand. »Versuch zu treffen – das da!«

Er nannte ihm ein Ziel, an das ich mich nicht mehr entsinne, aber dass Wild Pony katastrophal danebenschoss, weiß ich noch genau. Vor allem erinnere ich mich an die weiteren, von dem Zugedröhnten abgegebenen Schüsse, die für uns so gefährlich wurden, dass wir hinter der Pferdetränke in Deckung gingen.

»Das heißt gar nichts, Leute!«, tat mein Bruder die Fehlschüsse ab. »Der konnte noch nie mit 'ner

Knarre umgehen.«

Er zog Wild Pony, der alles willenlos über sich ergehen ließ, dessen Tomahawk aus dem Gürtel und drückte es ihm in die Hand. Dann flüsterte er ihm ein Ziel ins Ohr, das doppelt so weit entfernt und dreimal kleiner war als das zuvor von Chuck genannte. Der Indianer holte torkelnd aus. Augenblicklich sprangen Chuck und ich wieder in Deckung. Dann sahen wir, wie das Tomahawk durch die Luft schwirrte und das Ziel exakt traf.

»Wusst ich's doch!«, sagte Jack befriedigt. »Mein roter Bruder ist nur bekifft einsatzfähig. Mit dem Messer ist er noch besser. Und mit Pfeil und Bogen völlig unschlagbar. So, Jungs, wir haben die Nummer Fünf.«

Wild Pony schien von seinem triumphalen Wurf nichts mitgekriegt zu haben. Er fluchte in irgendeiner Indianersprache, bevor er sich an seine rudimentären Englischkenntnisse erinnerte: »Where – my – medicine? Medizinbeutel!«

»Er braucht seinen Stoff«, lachte Jack anerkennend. »Ein echter Künstler! Ich würde sagen, darauf ...«

»Genehmigen wir uns einen Drink!«, rief Chuck freudig aus. Er drehte sich zu dem abseitsstehenden Sheriff herum. »Was, Howland?«

»Howland ist im Dienst!«, sagte Jack schnell, um zu verhindern, dass Howland, der nie einen Tropfen verschmähte, den Nutzen, den er für uns besaß, vollends verlor. »Sheriff, überwachen Sie das Alkoholverbot für Indianer. Mein roter Bruder darf keinen Tropfen anrühren – aber kiffen so viel wie er will, sonst trifft er nicht.«

Nachdem er den Sheriff zum Babysitten verdonnert hatte, marschierten er, Chuck und ich zum Saloon, der uns mit vertrauten Klängen empfing. Im Inneren tobte nämlich eine heftige Schlägerei. Als wir die beiden Stufen zum Eingang hinaufgingen, flog gerade ein Cowboy durchs Fenster. Der Saloon war rappelvoll. Der Grund für den ungewohnten Ansturm bestand in einem Plakat, das neben der Tür hing: »Großes Wettprügeln – wer darf in die neue McKenzy-Bande? Jury: Jack und Frank McKenzy – the Real Legends.« Diese Ankündigung hatte sich in allen umliegenden Farmen in Windeseile herumgesprochen. Sie ging auf eine von Jacks Schnapsideen zurück, die sich oftmals im Nachhinein als goldrichtig erwiesen, egal wie beknackt sie mir im ersten Moment vorkamen. Ich hatte darüber nur den Kopf geschüttelt: Wir brauchten keine Haudraufs, die sich im Wirtshaus durchsetzten, sondern professionelle Revolverhelden. Jack und ich nahmen die für die Juroren reservierten Plätze ein – an dem einzigen Tisch, der bei der Massenschlägerei noch nicht zu Bruch gegangen war. Bis zu unserem Eintreffen hatte die Keilerei nur ein Aufwärmen dargestellt; jetzt ging es richtig los. Jack winkte und schon wurde uns eisgekühlter Champagner gebracht. Während wir die mit der größten Leidenschaft vorgetragenen

Talentproben begutachteten, tat Jack so, als ob er gleich einschlafen würde und gähnte wie ein Löwe. Plötzlich zog er den Colt und zerschoss alle Spiegel und Lampen. Schlagartig brach die Schlägerei ab.

»Leute, das ist ein Casting!«, donnerte er in das Lokal hinein. »Wir haben schon den besten Schützen des Wilden Westens und den besten Skalpierer, jetzt fehlt uns noch der Mann mit dem härtesten Schlag. Und was ihr uns bisher geboten habt ... So kommt keiner von euch in die Bande. Also: Ich will mehr Einsatz sehen! Und Technik! Eine richtig saubere Technik.«

»Mein Bruder will Blut sehen«, übersetzte ich. »Habt ihr das verstanden? Blut!«

Die Schlägerei wurde mit einer solchen Intensität wieder aufgenommen, dass Jack vor Behaglichkeit schnurrte wie ein satter Kater. Da ich dieses Festival der Fäuste für nicht allzu zielführend hielt, sah ich gelegentlich zur Schwingtür hinüber, in der immer wieder Howland auftauchte – so regelmäßig wie eine Figur in einem Karussell. Zum Karussell gehörte auch Wild Pony, der Howland tomahawkschwingend vor sich hertrieb. So gut die Distanzwürfe des Indianers waren, bei dem Versuch, Howlands Kopf vom Rumpf zu trennen, scheiterte er stets von neuem an der Türschwelle, über die der Sheriff, rückwärts ausweichend, stolperte, so dass der tödliche Hieb ins Leere ging. Anschließend knallte dem Sioux die Schwingtür vor den Latz, so dass er sich kreiselnd auf die nächste Karussellrunde begab. Dieses mechanische Figurenspiel fand ich recht unterhaltsam. Aber dann begann mich das Geschehen am Tresen zu interessieren. Chuck schrie gerade: »Bedienung! Whiskey!«, was auf Harry dieselbe Wirkung ausübte, als ob Jemand mit der Peitsche auf ihn einschlug. Dass er in Chuck den Mann wiedererkannte, der ihm einmal ein Ohr abgeschnitten hatte, war unverkennbar. Entsprechend stark zitterte die Hand, mit der er, halb hinter der Theke verkrochen, den verlangten Whiskey einschenkte. Am anderen Ende der Theke saß der Totengräber und trank, ohne dem hin- und herwogenden Geschehen in seinem Rücken irgendeine Beachtung zu schenken, seelenruhig einen Bloody Mary. Zu unserer Zeit hatte es den Kerl hier nicht gegeben. Er musste erst später hinzugezogen sein, was in diesem verlorenen Nest nicht gerade häufig vorkam. Sein Beruf ließ sich an seiner Kleidung genauso leicht ablesen wie bei einem Schornsteinfeger. Er konnte gar nichts anderes als ein Totengräber sein. Dass sich seine Tätigkeit auch auf das Sargtischlern erstreckte, wurde deutlich, als er sich wie auf Katzenpfoten an Chuck heranschlich, wobei er aus seiner Tasche ein Maßband zog und an ihm Maß nahm. »In deiner Größe habe ich noch einen übrig«, sagte er mit einer rauen Stimme, die so gar nicht zu seinen schleichenden Bewegungen passte. »Nussbaum. Der würde auf die Gemeindekasse gehen. Es sei denn, dass ihr ...« Er kniff die Augen zusammen, so dass sie einen gierigen, lauernden Ausdruck annahmen. »Auf welcher Honorarbasis arbeitet ihr eigentlich? Provision? Fixgage? Kopfgeld?«

Chuck kam nicht dazu, ihm zu antworten, weil urplötzlich ein Stuhl heransauste. Zwar flogen laufend irgendwelche Mobilarteile durch die Gegend, doch dieses Geschoss war, da es auf seinen Kopf zielte, für ihn gefährlich. Jetzt konnte er beweisen, dass seine Reflexe unter den Gefängnisjahren nicht gelitten hatten. Er duckte sich nicht, ja, er drehte sich nicht einmal um, sondern griff scheinbar blind zu, wobei er im letzten Bruchteil einer Sekunde ein Stuhlbein erwischte. Gleichzeitig zog er den Colt und richtete ihn auf den Totengräber. Weil der Mann keine Miene verzog, verstärkte er die Demonstration noch, indem er mit dem Stuhl auf den Schädel eines Cowboys einschlug, der gerade gegen den Tresen krachte.

»Siehst du, wie schnell ich noch bin?«, warf er sich in die Brust. »Mein Name ist Chuck L. Berry und ich bin als der schnellste Scharfschütze des Westens bekannt. Also: kein Bedarf!«

Der Totengräber hob nicht einmal die Augenbrauen. Er bedachte Chuck mit einem abschätzigen Blick, ganz so, als ob ein Sechsjähriger vor ihm stünde, der ihn mit einer Spielzeugpistole zu beeindruckten suchte. »Noch einen Bloody Mary«, wandte er sich wieder Harry zu. »Aber ein bisschen mehr bloody als der letzte.«

Ich hatte in meinem Leben fast immer ältere Totengräber erlebt, zähe, krähenhafte Gestalten, die den Eindruck erweckten, sie könnten ihr Gewerbe auch noch als Hundertjährige ausüben, doch dieser Mann war nicht nur erheblich jünger (etwa in meinem Alter), er trug auch irgendein Geheimnis in sich, das ich gerne geknackt hätte. Er hatte seinen Spaten neben sich auf dem Tresen abgelegt wie ein Schwert. Daneben lag die Geige, die ihn bei uns im Westen zu einem Exoten machte, aber das, worauf seine Andersartigkeit tatsächlich beruhte, war ... Ja, was war es nur? Nicht seine stoische Ruhe, die sich bei uns so mancher angewöhnte, sondern ... Jetzt hatte ich's: das genaue Gegenteil davon – die Explosivität, die sich darunter verbarg. Ich hatte das Gefühl, der Mann war ein ruhender Vulkan, der jederzeit ausbrechen konnte. Dass ich damit richtig lag, sollte ich nur eine Minute später erleben, doch zunächst einmal rutschte Chuck zu ihm hinüber, um ihn anzuraunzen: »Wie teuer ist bei dir eigentlich ein Sarg?«

»Wie war das vorhin mit ›kein Bedarf‹?«, fragte der Totengräber, ohne sich ihm zuzuwenden.

»Ich brauche sieben«, erklärte Chuck im Bewusstsein des sicheren Sieges. »Sieben Särge für die sieben ›Schwestern‹.«

»Es wird mir ein Vergnügen sein, sie zu verscharren«, erwiderte der Totengräber mit einem sinistren Lächeln. »Kostenlos. Nein, für ...« Wieder trat der gierige Ausdruck in seine Augen. »Für eine Provision von zehn Prozent ihrer Hinterlassenschaft. Das dürfte bei deren Beute mindestens ...«

Er rechnete stumm etwas durch. Dann hob er, als wollte er auf ein lukratives Geschäft anstoßen, sein Glas, doch bevor er dazu kam, daraus zu trinken, hatte es sich schon zur Hälfte geleert, weil man ihm von der Seite einen Hieb verpasste. Da die Massenschlägerei jetzt gegen den Tresen brandete, handelte es sich um einen rein zufälligen Schlag, der irgendein Cowboykinn verfehlte, aber der Totengräber nahm es persönlich. Er starrte sein halbvolles Glas an und dann den halbstarken Schläger, der sich die Ungeheuerlichkeit erlaubt hatte, ihn zu berühren und sagte halblaut: »Vade retro, Beelzebubi!«

Hätte er nicht seine Bildung durchschimmern lassen, wäre vielleicht nichts passiert, so aber packte ihn der Cowboy beleidigt an der Schulter. »Bubi – ich?«, kreischte er. »Und ›Wade‹ – was? Hier wird kein Ausländisch geredet.«

»Das war Latein, du Hillbilly und heißt: Meter Abstand, Junge, Meter Abstand!«

Der Totengräber sprach diesen Satz so drohend aus, als würde gleich eine Bombe hochgehen. Zeitlupenhaft, ohne den Cowboy aus den Augen zu lassen, führte er sein Glas wieder an die Lippen. Und dann erwischte ihn ein zweiter Hieb. Diesmal erwischte es ihn noch stärker. Und es erwischte ihn von hinten. Das Glas rutschte aus seiner Hand und zersprang auf dem Boden. Schlagartig war es mit seiner stoischen Ruhe vorbei. Er riss den Spaten vom Tresen und bevor man mitbekommen konnte, dass er zuschlug, sank der Mann, der ihn belästigte, auch schon mit einer klaffenden Kopfwunde zu Boden. Wie auf Kommando, als wäre ein Sturm schlagartig zum Stillstand gekommen, brach die Prügelei ab. Alle Schläger starrten den Totengräber an. Ohne dass es dazu einer Absprache bedurfte, vereinigten sie sich gegen ihn. Jacks Ermunterung »Blut, ihr Weicheier, Blut!« war überflüssig, denn mit einem Mal wirkte der Automatismus einer vielarmigen Maschine. Der erste gezielte Schlag gegen den Totengräber wurde ausgeführt, dann der zweite und dann kam die Antwort; sie war fürchterlich. Nun zeigte sich, was für eine furchtbare Waffe ein Spaten sein konnte. Das Furchtbarste daran war die Geschwindigkeit; entweder sah man, wie der Totengräber ausholte oder wie er zuschlug, aber beides gleichzeitig wahrzunehmen, überforderte das menschliche Auge. Als endlich Ruhe eintrat, troff der Spaten von Blut. Der Totengräber nahm wieder seine gewohnte, undurchdringliche Mimik an. Er schulterte den Spaten, warf eine Münze auf den Tresen und verließ den Saloon.

»Wir haben genug Blut gesehen«, sagte ich, damit dem Massaker kein weiterer Blutrausch folgte. Obwohl mir der Kerl unheimlich war, überlegte ich, ob uns der Prügel-Contest nicht wider Erwarten zu unserem sechsten Mann verholfen hatte. »Meinst du nicht, das wäre einer für uns?«, fragte ich meinen Bruder.

»Nein«, winkte Jack ab. »Oder glaubst du, wir können die ›sieben Schwestern‹ mit Schaufeln besiegen?«

14

Ausgerechnet Jenny Jaspers! Howland erkannte die Reiterin, die sich vom Ortseingang her näherte, sofort. Die drahtige Gestalt im Sattel war unverkennbar und sie bedeutete, wenn schon keinen Überfall (dann wären die Seven Sisters vollzählig gekommen), so doch in jedem Fall eine Menge Ärger. Jenny Jaspers war diejenige aus der Bande, die am wenigsten nachdachte und am schnellsten handelte. Sie hatte die kürzeste Zündschnur. Nur: Warum kam sie allein?

»Früher ritten sie nur zu zweit aus«, dachte er, »aber jetzt rechnen sie mit keinem Gegner mehr.« Dann zischte er: »Ruhe, du Lachsack! Sonst kannst du deinen nächsten Joint in den Ewigen Jagdgründen rauchen!« Leider erzielte er mit dieser pädagogischen Ermahnung keine Wirkung, weil Wild Pony viel zu bekifft war, um noch auf irgendetwas zu hören. Howland hatte ihn mit Hilfe einer Whiskeyflasche, die er ihm wie eine Angel vor der Nase herumführte, erfolgreich vom Saloon fortgelockt. Jetzt sprang er, um nicht von Jenny Jaspers erblickt zu werden, hinter die nächste Hausecke und zog den Indianer mit sich. Er hoffte, dass Jenny durch die Dorfstraße hindurchreiten würde, ohne irgendjemanden niederzuschießen (der Ort war ja wie leergefegt), doch dann tauchte wie aus dem Nichts ein junger Bursche auf, um sich der Banditin entgegenzustellen. Nach Jahren des Terrorregimes gab es praktisch in keinem Haushalt mehr eine Schusswaffe – und wenn, dann eine so tief versteckte, dass sich niemand traute, sie hervorzuholen. Der Sheriff war der Einzige, den die Seven Sisters nie entwaffnet hatten, weil sie sich auf seine Feigheit verlassen konnten; aber der Junge fuchtelte (Howland traute seinen Augen kaum) mit einem nagelneuen Gewehr herum. Howland kannte ihn, auch wenn der kaum Achtzehnjährige nicht zu den Dead Gulchern zählte, sondern von einer der im Umland liegenden Farmen herkam, die einmal von den Seven Sisters ausgeraubt und niedergebrannt worden war, so dass ihn ein ganz persönlicher Hass beseelte.

Noch war Jenny Jaspers, die sich für ihren Machtdemonstrationsritt viel Zeit ließ, weit genug von ihnen entfernt, um das Schlimmste zu verhindern, deshalb rief Howland dem Jungen zu: »Bist du verrückt? Hannes Hutter!«

»Ich werd euch zeigen«, markierte der Jüngling den Helden, »dass ich der richtige Kerl bin für die Bande – ich lege nämlich das Miststück da um.«

»Wo hast du die Waffe her?«

»Aus dem Camp da draußen. Die haben alles stehen und liegen lassen, als ob der Teufel hinter ihnen her wäre.«

»Was für ein Camp?«

»Weiß nicht«, zuckte Hannes mit den Schultern und beschrieb dann mit der Ahnungslosigkeit eines Hinterwäldlers, der noch nie eine Kamera erblickt hatte, ein Camp, das der Sheriff nur allzu gut kannte: »Ein Batzen Kostüme, Schminkspiegel, ein aufgebockter Pferdekopf, ganz komische Apparate ...«

»Die Filmleute!«, durchzuckte es Howland. Gleichzeitig dämmerte ihm, dass man aus dem Gewehr keinen Schuss abfeuern konnte, aber es war für ihn zu spät, um einzugreifen, denn Jenny Jaspers hatte einen Zwischengalopp eingelegt. Sie nahm das Duell-Angebot bereitwillig an und zögerte keine Sekunde, den Jungen, der sich ihr in den Weg stellte, umzulegen. Bevor er auf sie anlegen konnte, blitzte aus ihrem Colt ein Schuss auf und das, was einmal Hannes Hutter gewesen war, fiel wie ein leerer Sack in sich zusammen. Wer nun dachte, Miss Jaspers würde nach getaner Arbeit weiterreiten, sah sich getäuscht. Da sie eine erfahrene Menschenjägerin war, konnte ihr keine Bewegung hinter einer Häuserecke entgehen, so dass sie längst spitzgekriegt hatte, dass sich der Sheriff vor ihr zu verbergen suchte. Sie stoppte und rief: »Das war ein klarer Fall von Notwehr, Sheriff.«

Allerdings hatte sie es nicht mehr mit einem Sheriff zu tun, der sich noch vor zwei Tagen nicht hervorgetraut hätte, sondern mit einem Mann, der seine Gesetzeshüteraufgaben wiederentdeckte.

Wild Pony, der sich in seinem Schlepptau bewegte, kannte sowieso keine Furcht und so traten (respektive torkelten) die beiden jetzt auf die Straße hinaus.

»Notwehr?«, zweifelte der Sheriff Miss Jaspers Version an. »Das werden wir gleich sehen.«

Er ging zu Hutters Leiche, nahm dessen Gewehr, legte damit auf Wild Pony an und drückte ab. Es gab zwar einen lauten Knall, aber der Indianer blieb stocksteif stehen.

»Dacht ich's mir doch!«, sagte Howland grimmig. »Das ist keine Waffe, sondern ein Spielzeuggewehr. Mit Platzpatronen! Du hast einen unbewaffneten Mann erschossen und darauf steht der Galgen, Jenny Jaspers.«

»Dann kommt's ja auf einen Toten mehr oder weniger nicht drauf an.« Die ehrwürdige Lady hatte diesen Satz kaum ausgesprochen, als die Mündung ihres Revolvers bereits auf Howland gerichtet war. Seine Reaktion erfolgte deutlich verzögert. Dass sich gleich sein fetter Körper zu der Leiche des Jungen gesellen würde, stand außer Zweifel, doch völlig unerwartet ... Der Schuss, der den Colt aus Jennys Hand fliegen ließ, fiel so überraschend, dass es unmöglich war, die Richtung zu bestimmen.

Bei dem unsichtbaren Schützen handelte es sich um keinen anderen als den Totengräber. Er erledigte diesen Job nur beiläufig, weil er gerade die Getränke loswerden musste, die er im Saloon zu sich genommen hatte und zu diesem Zweck seine Blase an einer Hauswand entleerte. Da er dafür nur eine Hand benötigte, hatte er ein paar Finger frei gehabt, um einen unter seinem weiten, schwarzen Gewand versteckten Colt zu ziehen.

»Wir haben noch eine Rechnung offen, Jenny Jaspers«, kommentierte er seinen unglaublich präzisen Schuss, »falls du dich erinnerst.«

Dann verstaute er den Revolver wieder so, dass man annehmen musste, er wäre nur mit seiner Geige und seinem Spaten bewaffnet. Jenny Jaspers riss ihren Hengst herum und machte kehrt. Ausgerechnet sie, die Verwegenste der Seven Sisters, ergriff ... Ja, man konnte es nicht anders bezeichnen: Sie ergriff tatsächlich die Flucht. Dieser Anblick flößte Howland endlich den Mut ein, den er während der letzten Jahre hatte vermissen lassen.

»Halte sie auf!«, forderte er Wild Pony auf. »Ziel auf das Pferd!«

So beduselt der Indianer auch wirkte – »halte sie auf!« musste man ihm nicht zweimal sagen. Er schwang sein Tomahawk und drehte sich wie ein Kreisel. Anscheinend waren es ein paar Umdrehungen zu viel, denn das Wurfgerät flog weit über das Ziel hinweg.

»Niete!«, schimpfte der Sheriff. Er wollte sich schon enttäuscht abwenden, doch dann wurde er Zeuge einer wundersamen Verkettung. Auf Jenny Jaspers Weg lag die katholische Kirche. Das Tomahawk flog so weit, dass es das Seil vom

Glockenturm durchtrennte. Die Glocke fiel herunter, sauste über das Kirchendach und riss dabei etliche Dachziegel mit sich. In diesem Moment ritt die entflohene Mörderin gerade an der Kirche entlang. Die Glocke knallte ihr auf den Kopf, woraufhin sie wie vom Blitz getroffen vom Pferd stürzte und unter einem Berg von Dachziegeln begraben wurde.

»Volltreffer!«, staunte der Sheriff und klopfte Wild Pony anerkennend auf die Schulter.

Von all dem sollte ich erst später erfahren, weil ich erst in diesem Moment zusammen mit Jack und Chuck aus dem Saloon kam. Da wir in Richtung des Sheriffbüros gingen, wandten wir der auf der Straße liegenden Jünglingsleiche den Rücken zu, wie wir überhaupt nichts von dem mitbekamen, was geschehen war. Chuck war mit einem Haufen Flaschen beladen.

»Gewöhn dir diese Banditenmanieren ab, Chuck!«, tadelte ihn mein neuerdings gesetzestreuer Bruder. »Wir rauben nicht mehr, das war einmal! Dafür sind jetzt die Weiber zuständig, so etwas ist nur was für Mädchen. Was ein richtiger Kerl ist, ein echter Bandit, der steht jetzt auf der Seite des Gesetzes.«

Chuck drückte das Diebesgut an seinen Leib. »Rauben – ich? Ich wollte euch doch nur zeigen, wie gut ich wieder zielen kann.«

Er suchte für seine Schieß-Vorführung die Grundmauer eines Hauses aus, das die Seven Sisters einmal niedergebrannt hatten. Während er seine hochprozentigen Zielobjekte auf der Mauer platzierte, erklärte er: »Sieben Sisters – sieben Flaschen!«

»Sechs!«, korrigierte Jack. »Das sind sechs Flaschen, Chuck.«

»Früher konnte Chuck nur bis drei zählen«, scherzte ich, worauf mein Bruder flachste: »Zuchthaus bildet.«

Unsere Lockerheit war nur gespielt. Tatsächlich fieberten wir der Vorstellung entgegen, hing doch unser Erfolg in einem erheblichen Maße davon ab, dass Chucks Qualitäten unter den Gefängnisjahren nicht gelitten hatten. Jetzt musste sich zeigen, warum wir unser Leben aufs Spiel setzten, als wir ihn vor dem Galgen bewahrten. Er nahm von der Mauer so zeremoniell Abstand, als ob er zu einem Duell schreiten würde. Er zielte (routiniert wie eh und je), er schoss und er ... Er schoss (was für eine Enttäuschung) daneben. Knapp nur, aber es war (früher undenkbar bei ihm) unzweifelhaft ein Fehlschuss.

»Passt auf!«, versuchte er die Katastrophe zu bagatellisieren. »Der nächste sitzt!«

Und wie der nächste saß! Und der übernächste! Die Flaschen zersprangen in immer kürzeren Abständen. Aber es war nicht Chuck, der sie zerballerte. Als wir uns umdrehten, sahen wir den wahren Schützen, der in einem deutlichen Abstand hinter uns stand. Es war der Totengräber. Bis zu diesem Auftritt hatte er seinen Patronengürtel unter seinem weiten, schwarzen Mantel verborgen, doch jetzt breitete er den Mantel aus wie ein Exhibitionist. Kein Muskel in seinem Gesicht rührte sich, nur seine Augen blitzten. »Das nenn ich eine astreine Bewerbung«, sagte ich zu Jack in Hinblick auf den sechsten Mann, den wir so dringend benötigten. Ich unterdrückte meine Antipathie und versuchte so objektiv wie möglich zu sein: »Mir gefällt er.«

»Mir nicht«, knurrte mein Bruder. »Ich kenn ihn von irgendwoher.«

Der Totengräber steckte den Colt ein, knöpfte seinen Mantel wieder zu und ging würdevoll zu der Leiche des Jungen hinüber. Erst jetzt bemerkten wir, dass auf der Straße jemand herumlag. Der Totengräber stellte sich vor dem Frischverblichenen auf, nahm seine Geige zur Hand und begann das traurige Motiv zu spielen, das er immer vor sich hin fidelte, wenn es einen neuen Kunden zu begrüßen galt. Sein Geigenspiel klang lieblos. So wie bei einem Dritte-Klasse-Begräbnis, bei dem ihm nicht mehr als ein paar Dollar aus der Gemeindekasse zustanden. Als er uns einen Blick zuwarf, sah ich die Gier wieder aufflammen, die mir schon im Saloon auffiel, als er auf das Thema Kopfgeld zu sprechen kam – und auf die Beute der Seven Sisters. Ich war mir sicher, dass er uns seine

Schießkünste nicht nur aus Spaß an der Freude vorgeführt hatte.

Wieder traf uns der lauernde Blick, der zu sagen schien: ›Kommt her und fragt mich.‹

Langsam löste sich Jack von uns und ging zu dem Violinvirtuosen. Er unterbrach die feierliche Zeremonie und begann, ihn ins Kreuzverhör zu nehmen: »Bevor du nach Dead Gulch kamst, warst du da auch schon Leichenbestatter?« Keine Reaktion. Geigenspiel. »Jedenfalls ist Totengräber für dich nicht gerade eine Berufung, oder?«

Statt der verlangten Antwort kratzte der Totengräber noch eine Kadenz auf seiner Violine. Dann sagte er mit einer Arroganz, die man sich gegenüber jedem erlauben konnte, nur nicht gegenüber einem Jack McKenzy: »Eine Berufung« (ein Blick von hoch oben herab) »gibt es nur bei Künstlern.«

Entgegen seiner aufbrausenden Natur ließ sich mein Bruder nicht provozieren, sondern setzte die Befragung ungerührt fort: »Und du bist einer?«

Der Totengräber schulterte wieder die Geige und war dann so gnädig, ihm ein Nicken zu schenken.

»Ursprünglich Musiker?«

»Nein, Pistolero«, brach es plötzlich aus dem armen Künstler heraus. »Ich kam mit der Kavallerie in den Westen. Später war ich Kunstschütze im Zirkus. Ich trat ein paar Jahre lang in der Buffalo-Bill-Show auf, dann folgten ein paar Gelegenheitsarbeiten, auch als Sargtischler – was bleibt einem brotlosen Künstler heute anderes übrig? Und dann ...«

Der brotlose Künstler verstummte und biss sich auf die Lippen wie jemand, dem etwas unendlich peinlich ist.

»Und dann?«, bohrte Jack nach.

Verschämt wie ein Mädchen gestand der Totengräber: »Dann habe ich mich um einen Job als Revolverlady beworben.«

»Als ... Lady???«, fragten wir synchron.

»Ja«, stöhnte der Ex-Zirkusschütze verzweifelt, »was soll man denn sonst machen – mit meinem verfluchten Talent?«

Außer über seine Scharfschützengaben verfügte er auch über ein beträchtliches Schauspieltalent, denn er spielte uns mit verteilten Rollen eine Szene vor, die wir einfach nicht fassen konnten, so unglaublich kam sie uns vor. Dabei erhielten wir einen ersten Hinweis darauf, wo sich die Seven Sisters versteckten; er hatte sie nämlich tatsächlich in ihrem Lager aufgesucht – verkleidet als Frau. Die notwendige Ausstattung (Perücke, Kunstbusen, Schminke, Kostüm und Revolver-Handtäschchen) hatte er sich auf seine gewohnt charmante Art, also mit gezücktem Colt, bei einem Tourneetheater ausgeliehen. Woher er die Kenntnis über ihren Zufluchtsort bezog, wollte er uns nicht verraten. Die Szene, die er uns vorführte, spielte am Schießstand im Lager der Seven Sisters, wobei die verrotteten Holzfassaden von Dead Gulch die imposante Kulisse der Rocky Mountains darstellten.

Wir erlebten den Totengräber in der Rolle des Mädchens Sugar, mit einem so komplett veränderten Gang, dass er verblüffend feminin wirkte – zu feminin für die Ladys, die unserem alten Desperado-Ideal nacheiferten. Die Schüsse, die er in der Rolle von Miss Sugar abgab, hatten zwar einhellige Bewunderung hervorgerufen, aber auch im anschließenden Damenkränzchen für eine erhebliche Missgunst gesorgt.

»So ein Klischee von einer Weibse!«, beschwerte sich eine der Sisters, hinter der ich aufgrund seiner Darstellung Abigail vermutete.

»Du bist ja nur neidisch!«, sagte eine andere, bei der es sich nur um Gladys handeln konnte.

»›Neidisch‹?«, ließ sich Jenny in dem für sie typischen kratzigen Timbre vernehmen. »Die verhöhnt alles, wofür wir gekämpft haben – und du am meisten, Gladys!«

»Sagt, was ihr wollt, ich finde Sugar himmlisch«, zwitscherte Gladys verliebt.

»Deine Sugar wirft die Emanzipation um fünfzig Jahre zurück!«, sagte Abigail. Violet und Heather stimmten ihr heftig zu – Heather erkennbar an ihren abstehenden Zöpfchen, die der Totengräber mit ein paar Fingern markierte und Violet an ihrer Brille, die er mit seinen Händen formte. Anschließend verwandelte er sich in die Bandenchefin, in der wir alle (sogar Chuck) unsere alte Puffmutter erkannten.

»Sugar wird aufgenommen!«, entschied Mabel. »Sie hat die mit Abstand besten Ergebnisse am Schießstand vorzuweisen.«

(Da der Totengräber nicht Mabel und Sugar gleichzeitig spielen konnte, deutete er auf den zufällig neben ihm stehenden Chuck.) »Such dir einen Schlafplatz aus – und ein Eckchen für deine zukünftige Beute.«

Eine blitzartige Körperdrehung und aus Mabel wurde Sugar, die sich mit ihrer Revolver-Handtasche hüftschwingend zu einer Höhle (dargestellt von einer Gartentür), begab. Nach dieser Laufstegnummer huschte der Fünf-Rollen-Spieler wieder zurück, um sich selber in Gestalt von Gladys zu verfolgen und dabei eine ungeheure Begierde auszudrücken. Dann war er eine knappe Sekunde lang die Lesbe und ihr unfreiwilliges Sex-Objekt gleichzeitig.

GLADYS (betatscht ›Sugar‹): »Na, Süße?!«

Körperdrehung und Rückverwandlung in Sugar, die versucht auf die Freundlichkeiten einzugehen – aus einem instinktiv männlichen Drang heraus und zu spät bemerkt, dass das ein Fehler war. Gladys geht ihm/ihr an die Wäsche. Im Nu ist der kleine Unterschied entdeckt. Beide schreien auf.

TOTENGRÄBER (wieder mit männlicher Stimme): »Eine Lesbe!«

GLADYS: »Ein Mann!!!«

Den Rest erzählte uns der erfolglose Bewerber ohne alle theatralischen Hilfsmittel. Die Seven

Sisters griffen zu ihren Colts, so dass er Hals über Kopf die Flucht ergriff, wobei ihn sein Kleid so sehr behinderte, dass er mehrfach in dem von Felsen übersäten Gelände stürzte. Zu guter Letzt blieb seine Perücke an einem Ast hängen, so dass auch noch die letzte weibliche Illusion flöten ging. Ihn verfolgten Schmährufe und Revolverkugeln, aber er entkam.

»Hier, das habe ich diesen Satansweibern zu verdanken«, sagte er, während er uns seine Narben vorzeigte. Jack wirkte etwas verstört. Zwar hatte er unsere Gegner schon selber »Mädchen« oder »Weiber« genannt, aber nur, um sie herabzuwürdigen und keineswegs im wörtlichen Sinn.

»Wieso ›Weiber‹?«, fragte er den Totengräber. »Und was hast du da von einer ›Lesbe‹ erzählt?«

»So nennt man heutzutage die Schwulen, Jack«, warf ich schnell ein, denn ich fürchtete, er könnte die Sache noch abblasen, wenn er die Wahrheit erfuhr. »Im Szene-Jargon sagt keiner mehr ›Tunte‹.«

»Komisch, in Kalifornien redet man anders«, brummte mein Bruder, gab sich mit meiner Erklärung aber zufrieden. »Sie sind schon okay, Mister Death«, sprang er endlich über seinen Schatten. »Sie haben Stil.« Er reichte dem Totengräber sogar die Hand, womit er augenblicklich vertraulich wurde. »Tut mir leid, dass ich dich mit irgendeinem hinterhältigen Arschloch verwechselt habe.«

»Ich hatte dich auch mit 'nem hinterhältigen Arschloch verwechselt. Ich glaub, das hieß Jack McKenzy.«

Angesichts dieser Beleidigung konnte sich Jack nicht mehr bezähmen. Seine Hand zuckte zum Colt.

»Jack, lass das!«, hielt ich ihn zurück. »Der zieht schneller als du. Schneller als Jeder im Westen und deshalb sind wir jetzt sechs.«

Damit hatte ich ihm die Entscheidung abgenommen, was bei Chuck für Beunruhigung sorgte: »Sechs? Ihr wollt mich doch nicht etwa rausschmeißen?«

»Chuck, lern endlich zählen«, knurrte ich.

In diesem Moment erschienen der Sheriff und Wild Pony wieder auf der Bildfläche. Mit ihnen kam, offensichtlich nicht ganz freiwillig, die heftig am Kopf blutende Jenny Jaspers, die gerade aus der Bewusstlosigkeit erwachte. Die Beiden hatten sie auf dem Rücken ihres Pferdes festgebunden.

»Was bringt ihr denn da?«, rief ich ihnen zu.

»Post!«, antwortete der Sheriff. »Ich dachte, wir schicken der Gegenseite ein kleines Päckchen und lassen es von Jennys Gaul befördern. Der findet seinen Weg allein. Als Absender schreibt ihr eure Namen drauf – mit ihrem Blut.«

»Geht's auch mit Tinte?«, fragte ich im Stil des New Yorker Gentleman Mister Fox, dessen goldenen Füllfederhalter ich immer noch bei mir trug. Als Gentleman zückte ich den Füller und als

Bandit kratzte ich meine Unterschrift auf Jennys Backe. »Frank McKenzy!«, fauchte sie mit der größten Verachtung. Weil Miss Jaspers sich dagegen sträubte, ein Brief zu sein, verwischte das F in »Frank«, aber indem ich dreimal ansetzte und Howland und ich ihren Kopf gewaltsam festhielten, kriegte ich's schließlich leserlich hin. Dann übergab ich den Füller an den nächsten von uns: »Chuck, drei Kreuze bitte!«

Derweil erwachte Jack aus der Betäubung, die der Anblick einer gefangenen Banditin in ihm ausgelöst hatte. Die Erkenntnis, dass die ›Seven Sisters‹ kein Synonym für Schwule waren, traf ihn wie ein Schlag, aber er schien jetzt bereit, sich der Realität zu stellen. Mit unsicherem Schritt ging er auf uns zu und wurde von Jenny Jaspers begrüßt, indem sie in seine Richtung spuckte.

»Verdammt!«, stieß Jack aus. »Ich fass es nicht! Jenny Jaspers, die dreckigste Hure, die es je in einem Freudenhaus gab.«

»Jack McKenzy, der dreckigste Bandit, der je …« Bevor diese Liebeserklärungen ausuferten, fiel ich Miss Jenny ins Wort: »Mein Bruder ist leider zu erschüttert, um dir zu antworten, aber ich glaube, er möchte dir sagen …« Da Jenny nicht aufhörte, Unflätigkeiten von sich zu geben, holte ich mit der Faust aus. »Schnauze!« Der Schlag saß und stellte endlich die Ruhe her, die mir für eine gesittete Unterhaltung vorschwebte, so dass ich fortfahren konnte: »Miss Jenny Jaspers, Ihnen kommt die

Ehre zu, den anderen Nutten zu sagen: Eure Zeit ist abgelaufen, denn wir sind wieder im Geschäft.« Nachdem ich unser Anliegen so gentlemanlike formuliert hatte, sagte ich zu Jack: »Unterschreibe die Kriegserklärung!«

Er kämpfte noch mit sich, aber sollte Jenny den anderen ›Sisters‹ berichten, dass er vor der Kampfansage kniff? Das hätte ihn zum Gespött des ganzen Wilden Westens gemacht. Er nahm den Füllfederhalter, um sich an der Autogrammstunde auf Desperado-Art zu beteiligen: Er tunkte die Feder in Jennys Kopfwunde und signierte mit ihrem Blut. Zum Abschluss der feierlichen Zeremonie gab ich dem Pferd einen Klaps und schickte es auf die Reise.

Während ich dem Rappen und der verschnürten Jenny hinterher sah, konnte ich mich nicht mehr beherrschen. Abbys »Verpiss dich!«, klang mir noch zu frisch in den Ohren, um jetzt nicht auszurufen: »Und einen schönen Gruß an Abigail!«

Im nächsten Moment hörte ich Jack in meinem Rücken aufheulen: »Abigail?! Willst du sagen, sie ist auch dabei?«

15

Howland lag richtig, als er sagte, dass Jennys Pferd den Weg alleine finden würde. Die Seven Sisters hatten sich in ihr zentrales Camp in den Bergen zurückgezogen. Dort diente ihnen eine Höhle als Schatzkammer, in der die Beute gehortet und sortiert wurde. Einmal wöchentlich händigte Gladys die Anteile aus, so auch an diesem Tag. Die Ladys standen Schlange – außer Mabel. Außerdem fehlte natürlich Jenny, die sich aus den uns bekannten Gründen verspätet hatte. Violet trug, da sie als Einzige schreiben konnte, alles in einem Buch ein.

Gerade hielt Gladys eine Brieftasche hoch – es war meine, die mir in der Kutsche aus der Kleidung gerutscht war. Dass man bei einem Postkutschenüberfall einen auf den Boden gerutschten Tiefschläfer übersah, konnte passieren, aber es musste sich rächen, wenn einem dabei die Fahrlässigkeit unterlief, einen gefährlichen Gegner am Leben zu belassen. Gladys klappte die Brieftasche auf und zog meinen Ausweis hervor, den sie an Violet weiterreichte.

»Für die Passfälscherwerkstatt«, sagte sie dabei, bevor sie die Abwesenheit von Geldscheinen stutzig machte.

Violet schlug den Ausweis auf und kicherte. »Hey, Mädels, wisst ihr, wie der Typ heißt – oder hieß, bevor wir ihn umgelegt haben? Flibberty! Flibberty Fox!«

Sie hatte recht: Der Name war ulkig genug, um ein fröhliches Gelächter auszulösen. Und es stimmte auch, dass es Mister Fox nicht mehr gab – nicht, weil sie ihn umgelegt hatten, sondern weil ich es vorzog, mich dieser Identität nicht länger zu bedienen. Hätte ich als Mister Fox nicht so perfekt mein Äußeres der Rolle angepasst, die ich spielte, wäre Violet beim Blick auf das Lichtbild sicherlich zusammengezuckt, so aber entging ihr die frappierende Ähnlichkeit, die ich mit Frank McKenzy aufwies. Von der Erkenntnis, dass ich zurückgekehrt war, trennten die Sisters in diesem Moment allerdings nur noch wenige Minuten, denn Fury stampfte im Eiltempo heran. Vorerst beschäftigte die Damen eine ganz andere Frage: Geld. Das fehlende Geld. Meine Brieftasche sah nämlich viel zu edel aus, um nicht einen Haufen Dollars zu enthalten.

»Da war doch bestimmt Geld drin«, sagte Gladys und baute sich herrisch vor den Anderen auf. »Wo ist die Kohle geblieben? Ich sage nur: Regel drei! Wer von euch hat gegen Regel Drei verstoßen?«

Regel Drei war ein gefährliches Schwert, vor allem, wenn es wie in diesem Fall um eine erhebliche Summe ging. Möglicherweise wusste Heather etwas über deren Verbleib, jedenfalls verbarg sie sich schuldbewusst hinter Abigails Rücken. Sie hatte schon immer eine Schwäche für George Washington gehabt, dessen Antlitz sie, wenn sie es auf einem Geldschein erblickte, nur schwer widerstehen konnte. Zu ihrer Erleichterung wurde Gladys kurzfristig abgelenkt, weil es in diesem Augenblick der kleinen Patty gelang, bei ihren Erkundungsgängen bis zur Schatzkammer vorzustoßen. Diesen Zwischenfall nutzte Heather, um das fehlende Dollarbündel auf den Beutehaufen zu werfen. Niemand bemerkte es – außer Patty. Kaum hatte das Kind entdeckt, was sich in der verbotenen Zone befand, stürzte es sich auf den Geldhaufen, riss ein Bündel an sich und hielt es stolz in die Höhe.

»Geld!«, rief es. »Meins! Ich bin jetzt eine richtige Räuberin.«

»Patty, gib Mama das Geld«, sagte Abigail streng. »Es gehört uns allen, Patty.«

»Nein«, bestand die Sechsjährige auf ihrer Beute. »Es gehört mir, nur mir. Ich bin eine Räuberin.«

Im nächsten Moment war sie die Beute wieder los, weil Gladys sie ihr brutal entriss. Zum Ausgleich schnappte sich Patty die auf den Boden geworfene Brieftasche und rannte damit ab.

»Das sind bestimmt tausend Dollar«, sagte Gladys, während sie das Bündel Pattys Mutter unter die Nase hielt. »Wie viele Stunden müssen wir dafür arbeiten?« Abigail kam nicht dazu, etwas zu erwidern, weil sich plötzlich die Chefin mit ihrem unverkennbaren, energischen Schritt ankündigte. Mabel hatte einen untrüglichen Riecher dafür, wenn es Ärger gab. Immer wenn eine Situation von ihr verlangte, ein Machtwort zu sprechen, tauchte sie todsicher auf. Und immer, wenn sich ihre Stellvertreterin mal wieder anmaßte, die Rolle der Bandenchefin zu spielen. Ihre Machtworte klangen meist schroff, doch diesmal sagte sie unerwartet nachsichtig: »Patty ist noch zu klein, um unsere Regeln zu verstehen.«

»Aber ihre Mutter ist nicht zu klein, um sie zu kapieren«, nahm Gladys weiter Abigail aufs Korn. »Du kennst die Regeln, Abby: Die Kleine darf niemals hier rein.«

»Gladys«, verteidigte sich Abigail, »du weißt, dass während meiner Arbeitszeit Debby auf sie aufpassen muss.«

»Deborah!«, rief Mabel in einen der Höhlengänge hinein, was, als es nicht fruchtete, Gladys in ein wildes Geschrei übersetzte: »Her mit der verfluchten Tucker!«

Sofort erschien die verfluchte Tucker – mit einem Haufen nasser Wäsche in der Hand, weil heute nicht nur der Tag war, an dem die Verteilung der Beute anstand, sondern auch der Waschtag, an dem all der Schweiß, den man als Banditin vergoss und diverse Blutflecken aus der Kleidung der Ladys entfernt werden mussten.

»Deborah Tucker«, verkündete Mabel, »du wirst wegen Verstoßes gegen Regel elf bestraft.«

»Das Strafmaß ...«, setzte Gladys genussvoll an.

»... überleg ich mir noch«, sagte Mabel säuerlich, weil ihr Gladys Vorwitzigkeit mehr und mehr auf die Nerven ging. Dann entließ sie die Mulattin wieder aus der Gemeinschaft der Schwestern: »Und jetzt fahr fort mit deiner Arbeit!«

»Ja, scher dich fort!«, ließ sich Gladys das letzte Wort nicht nehmen.

Als Abigail ins Freie trat, empfing sie vor der Höhle ein warmes Sonnenlicht – und Patty, die derweil meine Brieftasche durchwühlt hatte. Da sowohl Gladys als auch Violet Brieftaschen vor allem auf Geldscheine hin filzten, war ihnen entgangen, dass in einem der Fächer ein altes Foto steckte, das Abigail zusammen mit Jack und mir vor dem Saloon zeigte.

Wie kam das Bildchen dort hinein? Ach, was bin ich doch für ein lausiger Erzähler! Auslassungen ohne Ende. Unverzeihlich! Wie soll der Leser verstehen, wieso ich die Fotografie bei mir trug, wenn ich vor sieben Jahren splitternackt geflohen war? Splitternackt, ja, aber, aber doch nicht ohne Hut! Und infolgedessen nicht ohne Hutband, hinter das ich den Abzug, den ich keine Stunde vorher aus der Fixierwanne des Fotografen fischte, in Ermangelung eines besseren Depots gesteckt hatte. Ich hatte am Skeleton Creek dem erschossenen Herrn

Flibberty meinen Hut gespendet, ich hatte ihm meine Identität verliehen, ich konnte mich von allem trennen, das ich am Leibe trug, sogar von meinem Colt – aber nicht von diesem Schnappschuss, der alles zusammenfasste, was mich noch mit meinem einstigen Leben verband. Ich gönnte Flybberty meinen Tod, aber ich gönnte ihm nicht die Erinnerung an den Mann, der ich gewesen war; und an die Frau, die ich liebte; und an den Bruder, den ich rächen musste.

Jetzt befand sich der verwaschene Abzug in Pattys Hand, die damit Abigail aufgeregt entgegenlief.

»Ma! Ma! Guck mal!«

»Patty, was hast du denn da?«

»Ma, hier ist ein Foto von dir – zusammen mit zwei Männern. Mama, wer sind die beiden Männer?«

Wie sollte Abigail ihrem Kind unsere ménage à trois erklären? Sagte sie: »Hey, das sind Frank und Jack, meine beiden Lover«? Nein, das sagte sie nicht. Stattdessen stammelte sie: »Ach ... Äh ... Tja. Weißt du, die ... Die McKenzys ... Ich ... ich kannte sie nur flüchtig.«

»Flüchtig?«, hörte Abby eine höhnische Stimme in ihrem Rücken. Es war die von Deborah, die aus der Höhle trat, um die frisch gewaschene Wäsche aufzuhängen. »Warum sagst du deiner Tochter nicht endlich die Wahrheit? Dass einer von den beiden ihr Vater ist.«

»Mein Pa?«, rief Patty und starrte das Foto an. »Welcher?«

»Hör nicht auf das Geschwätz einer Niggerin«, sagte Abigail barsch und entzog ihr das fatale Foto. »Komm, mein Liebling, geh spielen.«

Patty ließ sich nicht abwimmeln und fragte immer wieder: »Wo ist Pa?«, bis ihrer Mutter die gutmütige Heather zu Hilfe kam, die sich immer gerne mit dem Kind beschäftigte.

»Geh zu Tante Heather«, sagte Abigail, als Heather den Höhlenunterschlupf verließ. »Komm, Patty, wir spielen Überfall, ja?«, rief die blonde Naive, die genau wusste, was Pattys Lieblingsspiel war. Sie griff sich einen am Boden liegenden Ast, um ihn mit einem magischen »Peng-Peng-Peng-Peng!« zu einem Spielzeuggewehr umfunktionieren. »Du bist jetzt eine richtige Revolverlady«, lobte Heather die Kleine, während sie mit ihr im Gebüsch verwand.

»PÄÄÄÄNGGG!!!! Pä...ggg! ... P...«, entfernten sich Pattys fröhlichen Laute. Nachdem sie völlig verstummt waren, drehte sich Abigail zu Deborah herum, die die Wäsche auf Felsbrocken zum Trocknen auslegte. (An eine Wäscheleine war in diesem Desperado-Haushalt nicht zu denken, weil alle verfügbaren Schnüre zur Fesselung von Gefangenen dienten.)

»Deborah Tucker«, wies sie die Mulattin zurecht, »ich möchte so etwas nicht noch einmal erleben. Du bist hier nur geduldet, um ...«

»... um eure Wäsche zu waschen«, fiel Deborah Abby wütend ins Wort, »um euer Essen zu kochen, um für euch die Pferde zu stehlen, mit denen ihr Banditinnen spielt. Und um eure Kinder zu hüten, ja, die keine Väter haben oder keine Väter haben dürfen. Warum bin ich weniger wert als ihr? Wir waren doch alle gleich, damals, als wir noch Huren ...«

»Ich war nie eine Hure.«

»Hure oder nicht, du hast dich von denselben Männern bezahlen lassen wie wir – von den McKenzys. Du hast mit ihnen geschlafen, damit du ein Stück abbekamst vom Beute-Kuchen. Was ist denn der Unterschied zwischen uns?«

»Der Unterschied? Sieh mal in den Spiegel – für den Fall, dass du deine Hautfarbe vergessen hast.«

»Deborah Tucker!«, ließ sich Gladys herrische Stimme vernehmen. »Die Küche ist dreckig! Wann lernst du endlich, zu arbeiten?«

Debby verschwand zornrot (soweit dies bei ihrer Hautfarbe möglich war) wieder im Dienstbotenreich, also in einem halbverfallenen Blockhaus, das wohl einmal zum Claim eines Goldgräbers gehörte. Während sie dort zum Putzeimer griff, erhielt sie einen Fingerzeig des Himmels. Zwar erschien ihr kein Engel, der ihr wie weiland Jeanne d'Arc befahl, in den Krieg zu ziehen (sie hätte auch gar nicht gewusst, wie sie sich so einen Engel vorstellen sollte), aber ihr erschien statt des Scheuerlappens ein Patronengurt und statt der Bürste sah sie einen Colt.

Derartige visionäre Kräfte konnte man Miss Jenny Jaspers nicht nachsagen, auch wenn sie während des unruhigen Rittes, den sie, an Fury festgebunden, überstehen musste, nicht nur einzelne Sterne, sondern ganze Kometenschauer aufblitzen sah, weil sie mit dem Kopf wieder-und-immer-wieder gegen ihr Gewehr schlug. Trotzdem brachte sie so viel Geistesgegenwart auf, dass sie sich Stück für Stück von ihren Fesseln befreite, indem sie die Stricke mit den Zähnen durchbiss. »Fury, nicht so ruckeln!«, bat sie, wenn ihr Rappen wieder über einen Wildwasserbach sprang und sich seine Hufe so abrupt ins andere Ufer bohrten, dass ihre Zähne ins Leere glitten; oder wenn Fury einen allzu steilen Abhang hinaufstürmte; oder einem Felsen mit einem plötzlichen Schlenker auswich. Einen beschwerlicheren Weg konnte es für ein Postpferd nicht geben – allerdings auch nicht für Kavalleriepferde, so dass sich die in den Bergen versteckte Festung der Seven Sisters leicht verteidigen ließ. Der Schmach, gefesselt im Lager anzukommen, entging Jenny, weil es ihr auf dem letzten Teilstück (dem steilsten) gelang, eine Hand freizubekommen, mit der sie ein Messer, das in ihrem Gürtel steckte, ergreifen konnte. Während sie die Fesseln durchzuschnitt, liefen Abigail und Heather auf sie zu. Unter den unentwegten Peng-Peng-Peng-Schreien von Patty begutachteten sie die Platzwunden und die blutigen Striemen, die Jenny vergeblich zu verbergen suchte.

»Hast du mit einem Grizzlybären gekämpft?«, bestaunte Heather die beeindruckenden Wundmale, die von dem heroischen Kampf mit einer wildgewordenen Kirchenglocke herrührten. Abby dagegen ließ sich kein X für ein U vormachen. Sie packte die gefolterte Kollegin am Kinn und drehte ihre Wange zu sich herum, so dass das scharf gebündelte Sonnenlicht die Unterschriften von Jack und mir sowie Chucks Kreuze enthüllte.

»Jack!«, stellte sie grimmig fest, worauf Jenny ihre Gefangennahme nicht länger verschweigen konnte. »Ja!«, bestätigte sie, »Sie fordern uns heraus – mit einer neuen Bande.«

»Was ist mit Jenny passiert?«, erkundigte sich Mabel, die sich in diesem Augenblick zu ihnen gesellte.

Niemand musste ihr die dramatischen Ereignisse erklären, es reichte, dass Abby auf Jennys Backe zeigte; es reichte, dass Mabel die Krakel erkannte, mit denen wir uns dort verewigt hatten; es reichte, dass ihr Jacks ›J‹ ins Auge sprang und einen uralten Hass in ihr wachrief. Sie erbleichte erst, dann wurde sie puterrot, dann ballte sie die Faust zusammen und schließlich befahl sie: »Schlagt Hells Bell!«

Nie zuvor war ›Hells Bell‹ geschlagen worden, weil nie zuvor der Ruf »Alarm!« durch das geheime Versteck gellte, doch nun schlug die Höllenglocke, ein schweres, vor der Höhle baumelndes Eisenrohr, bei dessen Klang die Ladys, egal wo sie sich gerade befanden, alles stehen und liegen ließen, zu den Waffen griffen und zusammenströmten.

16

Der Abend brach herein, als sich die Ladys vor der Höhle um ein Feuer versammelten, das ihre Schatten flackernd an die Felswände warf. Abseits stand Deborah und spitzte die Ohren, damit ihr nichts von der Beratung entging. Hin und wieder warf sie einen Blick auf Fury, Jennys Pferd.

Gladys führte das Wort, denn sie war überzeugt, dass ihre Stunde gekommen war.

»Mabel«, redete sie auf die Chefin ein, »jetzt kannst du dich endlich an Jack rächen.«

»Ja!«, pflichtete ihr Jenny bei, die darauf brannte, die frische Scharte auszuwetzen. »Und deinen Jimmy würde es auch freuen, wenn an den Bäumen nicht ihre Fahndungsplakate hängen, sondern ihre Leichen.«

Abigail war ungewohnt schweigsam; dabei kochte es in ihr. Sie kämpfte mit sich selbst, sie kämpfte mit Jack, sie kämpfte mit Gladys, die sie nicht ausstehen konnte und sie kämpfte mit den Worten, die ihr einen klaren Gedanken verweigerten, bis endlich ... »Nein!«, rief sie aus, »nein!« Sie sprang erregt auf und wischte dabei mit einer Geste alles beiseite, was Gladys gesagt hatte. Sie wollte, von einer Idee beseligt, weitersprechen, aber Gladys ließ sich die Gelegenheit zu einem höhnischen Konter nicht entgehen: »War ja klar, dass ihre Ex-Geliebte querschießt. Alte Liebe rostet nicht!«

»Denkt doch mal nach!«, forderte Abby ihre Genossinnen auf. »Die McKenzys haben keine Angst vor dem Tod. Wir müssen sie härter treffen!«

»Was ist denn härter«, fragte Jenny, »als eine Kugel, bitteschön?«

»Wir werden ihnen beweisen, dass wir besser sind als sie«, erklärte Abby.

»Genau davon reden wir doch, Abby!«, lachte Gladys.

»Mit einer Kugel im Kopf haben sie keine Zeit, mehr uns zu bewundern.«

»Sie sollen einfach nur abtreten!«, fauchte Jenny.

»Nicht nur abtreten, sondern kapitulieren. Wollen wir, dass sie vor uns im Staub kriechen?«

Heather begriff zwar nicht, wovon ihre Freundin Abby redete, aber aufgrund einer generellen Sympathie, unterstützte sie sie mit einem lautstarken »Ja!«

Davon ermutigt, fragte Abigail in die Runde: »Wollen wir sie demütigen?«

Wieder rief Heather »Ja!« und ballte dazu die Faust, bevor sie kleinlaut hinzufügte: »Aber Chuck bitte nur ein bisschen demütigen, der verträgt das nicht.«

»Ich glaube, dein Chuck wurde längst gehängt, da kann's ihm egal sein«, sagte Gladys, ohne dass ihr Jenny, die es besser wusste, widersprach. Die

Beiden ließen niemals zu, dass zwischen ihre Positionen auch nur eine Rasierklinge passte.

»Wir werden es diesen Machos zeigen«, führte Abigail ihren Gedanken unbeirrt weiter, »durch den größten Coup, den wir je gelandet haben.«

Aus Heathers Stirn stieg eine leere Sprechblase auf, die sich langsam mit Fragezeichen füllte. Gladys und Jenny reagierten mit einem ablehnenden Schweigen, Violet mit einem kaum wahrnehmbaren Nicken und Mabel, indem sie endlich das Wort ergriff. Sie hatte konzentriert zugehört, jetzt kam für sie der Moment, einen Entschluss zu fassen.

»Tote McKenzys sind gut«, sagte sie, »aber ihre Kapitulation ist noch besser. Ich will die McKenzys soo klein mit Hut sehen. Einen Bandenkrieg können wir immer noch führen – wenn sie das Terrain nicht freiwillig räumen sollten. So! Gladys! Jenny! Ihr seid die ersten, von denen ich ernsthafte Vorschläge erwarte!«

Sie hatte so entschieden gesprochen, dass Gladys nichts anderes übrigblieb, als auf den Zug aufzuspringen.

»Ich habe erstmal einen Vorschlag zur Geschäftsordnung«, sagte sie. »Zum Pläneschmieden gehört Whiskey und zum besten Plan gehört der beste Whiskey, den wir je erbeutet haben – der von dem Iren aus der Postkutsche.«

Natürlich wurde ihr Vorschlag begeistert angenommen. Anschließend rief sie Deborah zu:

»Hast du nicht gehört? Bedienung! Aber dallidalli!«

Jetzt konnte die Mulattin zeigen, worin ihre größte Stärke bestand. Sie besaß nämlich eine Kunstfertigkeit, die sie beim Pferdestehlen unentbehrlich machte. Sie nahm ein Lasso, schwang es wie ein Rodeoreiter und warf es in die Höhle hinein. Wenige Sekunden später zog sie eine Kiste aus dem Beutelager heraus. Zum Glück war der Inhalt von dem früheren Besitzer so gut gepolstert worden, dass keine einzige Flasche zu Bruch ging.

»Das nenn ich eine Express-Lieferung«, kommentierte Mabel diese Aktion mit einem Hauch von Anerkennung, der sich Violet mit einem freundlichen Lächeln anschloss. Gladys klappte die Kiste auf, Deborah holte Gläser (diesmal ohne Lassowurf) und schenkte ein.

»Auf uns – die glorreichen Sieben!«, rief Mabel, ihr Glas erhebend – ein Trinkspruch, der Deborah eigentlich einschloss, obwohl niemand auf die Idee kam, sie einzuladen. »Ich erkläre das Brainstorming für eröffnet.«

Vom (in der Tat ausgezeichneten) Whiskey befeuert, wurden nun Pläne für Banküberfälle entworfen, die unsere alten Heldentaten bei weitem in den Schatten stellten. Nur Violet beteiligte sich nicht. Sie saß abseits und las in einer Zeitung. Jede der Seven Sisters hatte in der Höhle eine Ecke mit ihren anteiligen Schätzen. Sie war die einzige, die keine Wertgegenstände hortete, sondern Bücher und Zeitungen. Plötzlich meldete sie sich mit einem Vorschlag zu Wort: »Wir steigen ins Entführungsbusiness ein.«

»In was für ein Business?«, fragte Heather ratlos.

»Geiselnahme«, erklärte Violet. »Als erstes entführen wir den Präsidenten der Vereinigten Staaten.«

»?????!«, lautete die wortlose Reaktion aller Anderen.

»Sollen wir nach Washington?«, überraschte Heather mit der Tatsache, dass sie den Namen der Hauptstadt kannte.

»Nein, Washington kommt zu uns«, sagte Violet und stöhnte. »Warum nur bin ich hier die einzige, die Zeitung liest?«

»Weil du als einzige in der Schule warst«, sagte Heather nicht ohne Bewunderung.

»Hier!«, sagte Violet und schwenkte die Zeitung. »In der ›New York Tribune‹ steht ...«

»Komm, Schätzchen«, wurde sie von Gladys unterbrochen, »die hast du bei dem Überfall auf den Krämerladen erbeutet. Die ist mindestens zwei Jahre alt.«

»Nein, die habe ich in der Postkutsche erbeutet – und sie ist erst drei Tage alt«, sagte Violet und las dann den Zeitungsartikel vor, der ihr Interesse erweckt hatte. Kurzfassung: Der Wahlkampf war eröffnet und der Präsident George Doubleju Humvee kämpfte als Kandidat der Republikaner um eine Wiederwahl mit dem Slogan: »Wehret dem Terror.«

»Und wo ist das Zentrum des Terrors?«, beschloss sie ihren Vortrag. »In Dead Gulch. Und wer ist der Terror? Das sind wir. Deshalb hält er seinen Wahlkampfauftakt in Dead Gulch ab.«

»Aber«, wunderte sich Heather, »da kommen doch gar keine Zuschauer.«

»Ja«, sagte Jenny, »die haben viel zu viel Angst.«

»Vor uns, genau«, nickte Violet, »vor uns haben sie Angst. Aber wichtiger als die Zuschauer sind die vielen, vielen Securityleute, die wir ausschalten. Also: Wir schnappen ihn uns. Und wisst ihr, was das Schärfste daran ist? Der Wahlkampfauftakt wird auf Zelluloid aufgenommen.«

»Auf – was?«, fragte Jenny.

Ohne diesen Einwurf zu beachten, fuhr Violet fort: »Eine Woche später läuft der Film dann im Kino: ›The Seven Sisters – die große Geiselnahme.‹«

»Was ist das – ›Kino‹?«, warf Heather ein.

»Und was ist ein ›Film‹?«, wollte Jenny wissen.

»Ihr seid so ungebildet!«, brach es aus Violet heraus. »Ihr kriegt nichts von der Welt mit! Ihr seid so richtig hinterwäldlerische Cowgirls!«

»Glaub ja nicht, dass du was Besseres bist, nur weil du lesen kannst!«, entgegnete Jenny.

An diesem Punkt griff wieder Mabel ein. »Ein bisschen Bildung würde euch auch gut bekommen«, sagte sie und drückte Jenny, die rauflustig aufgesprungen war, in die Sitzposition zurück. »Hinsetzen, ich erklär euch ...« Jenny sprang wie ein Schnappmesser auf. »›Hinsetzen‹ gilt auch für dich, Jenny Jaspers! Also: Thema ...«

»... des heutigen Unterrichts ...«, sagte Jenny spitz und wurde von Mabel sofort wieder zurechtgewiesen. »Ruhe!«, zischte die Chefin und baute sich hinter einem imaginären Pult auf. »Was ist ein Film und was ist Kino? Ein paar von euch sind ja mal Showgirls gewesen ...«

»Ich war 'ne richtige Schauspielerin«, widersprach Heather, »bevor ich in den Westen gelockt wurde.«

»Quatsch, du warst immer nur 'ne Nutte.«

»War ich nicht!«, beharrte Heather. »Angeblich gab's hier ein Theater! Sagte mein Agent.«

»Dein Zuhälter«, grinste Gladys.

»Das hab ich doch nicht geahnt! Es war eine Vorspiegelung falscher Tatsachen!«

»Du hättst mal«, sagte Violet, »deinen Vertrag lesen sollen, bevor du ihn unterschreibst.«

»Die konnte ja gar nicht unterschreiben«, stichelte Jenny.

»Wie willst du behaupten, eine Schauspielerin zu sein«, sagte Violet, »wenn du deinen Text nicht lesen kannst?«

»Den muss man doch nicht lesen, den muss man nur sprechen.«

»Könnt ihr mal alle die Klappe halten?«, fuhr Mabel dazwischen, um ihre Lektion fortzuführen. »Also: Ein Kino ist ein Theater, in dem eine Schauspielerin nicht wirklich auftritt, aber sie ist trotzdem auf der Leinwand zu sehen, auch wenn sie gerade fünftausend Meilen entfernt ist.«

»Das ist Zauberei!«, rief Heather.

»Nein«, stöhnte Violet entnervt, »das ist Kino, ihr Blödmänner ... äh ... Blöd ...!«

»Ruhe!!!«, schrie Mabel und fuhr fort: »Das wäre mal ein richtiger Coup: Wir schnappen uns den Präsidenten – der bringt hunderttausend Dollar. Und außerdem werden wir Filmstars. Aber dafür sollen die in ...« Da sie einen Moment lang nicht weiterwusste, wandte sie sich an ihre Tochter: »Wie heißt dieses Dorf im Westen?«

»Hollywood«, half ihr Violet aus.

»Ja, dafür sollen die ordentlich was springen lassen! Wir beschlagnahmen die Kurbel-Kiste, diese ...«

»Kamera!«, soufflierte Violet.

»Ja, aber hinterher, wenn wir die Katze ... äh ... den Präsidenten im Sack haben und rücken die ... äh ... Wie?«

»Ka-me-ra.«

»Die rücken wir erst wieder raus, wenn wir ...«

»... unsere Gage kriegen!«, rief Abigail aus, die mit einem Mal Feuer und Flamme war. »Meint ihr, ich soll beim Überfall singen?«

»Das kannst du dir sparen«, sagte Violet trocken. »Der Tonfilm ist noch nicht erfunden worden.«

Im nächsten Moment begannen alle durcheinander zu schnattern, wobei das Palaver nicht zuletzt einer Frage galt, die für Banditinnen unerheblich, aber für Filmstars vordringlich war: Was sollen wir anziehen? Da diese Debatte endlos zu werden drohte, zog es die Sonne vor, unterzugehen. Die Nacht brach herein.

17

Von all dem ahnten wir in dieser Nacht nichts. Wir schliefen den Schlaf der Gerechten – an dem unwahrscheinlichsten Ort, den es für das Hauptquartier einer Desperado-Bande geben konnte: dem Sheriffbüro. Als die Sonne am nächsten Morgen ihre Strahlen zum Fenster hereinschickte, stießen diese als erstes auf Chuck, der halb angekleidet und wie ein Walross schnarchend in einer Hängematte schlief. Er hatte am Vorabend etwas zu tief in das Whiskeyglas geguckt, das ihm der Sheriff immer wieder nachfüllte. Unter der Hängematte campierte (für die Lichtstrahlen vorerst noch unerreichbar) Wild Pony, der sich erst gegen zehn Uhr mit der schwierigen Aufgabe befasste, zu sich zu kommen. Den Fußboden vor ihm übersäte ein Haufen abgerauchter Joints. Immer wieder hob er den Kopf, stieß mit der Stirn gegen Chucks Hintern und fiel wieder auf den Boden zurück. Ich fand es amüsant, ihn dabei zu beobachten, während ich für die ganze Mannschaft Kaffee kochte. Mir mundete der Kaffee vorzüglich, Jack meinte, er sei ungenießbar und der Totengräber nippte nur kurz daran und goss ihn dann wortlos aus. Der Rest des Frühstücks bestand aus einem steinharten Brot, das mein Bruder mit Hilfe eines Tomahawks in Scheiben zu zerlegen versuchte und einem genauso harten Ei, an dem alle Messer zerbrachen. Während dieser Sisyphus-Arbeit zermampfte Jack Kautaubak, dessen Sud er immer wieder auf den Boden spuckte. Der Totengräber saß am offenen Fenster mit dem Colt in der Hand. Er reagierte auf jedes Geräusch aus der Außenwelt, indem er aufsprang und aus dem Fenster schoss. Wenn ich mich richtig entsinne, bestanden diese Störfaktoren aus: 1.) einem Hundebellen 2.) einem Miauen und 3.) ertönte in einem der Häuser auf der anderen Straßenseite einmal eine Kuckucksuhr. Der Ablauf war immer derselbe: Geräusch – Aufspringen – Schuss – Stille. Schließlich zwitscherten nur noch die Vögel der Sheriffs in ihrem Käfig. Der Ex-Zirkuskunstschütze starrte sie grimmig an und spannte, zu jedem Massaker bereit, den Hahn. Daraufhin brachte ich vorsichtshalber den Vogelkäfig in den Nebenraum. Von dort kehrte ich mit einem Eimer voll Wasser zurück, das ich über Chuck und Wild Pony ausschüttete, um ihren Aufwachvorgang zu beschleunigen. Bevor Chuck richtig aufgewacht war, rief er schon: »Sheriff, wo bleibt mein Frühstück?«

»Hier ist dein Frühstück«, knurrte Jack und schob Chuck Kautabak in den Mund.

»Wo ist denn Howland?«, fragte Chuck, sich benommen umblickend.

»Getürmt«, brummte der Totengräber.

»Howland türmt nicht«, sagte Jack. »Er ist viel zu scharf darauf, dass wir seine Arbeit erledigen.«

»So einer ist nur scharf auf seine Wiederwahl«, widersprach der Totengräber in seiner lakonisch-trockenen Art.

»Chuck, bevor du frühstückst, geh dich erstmal waschen«, sagte ich. »Im Hof ist Wasser.«

»Und hier ist dein Badetuch«, ergänzte Jack. Er riss das Sternenbanner von der Wand und warf Chuck die US-Flagge hin.

»Chuck, könntest du den Gebrauch von Seife in Erwägung ziehen?«, verlangte ich nach einer gründlichen Säuberung.

»Die isst der doch bloß wieder auf!«, winkte Jack ab. »Dann hat er drei Tage Dünnschiss und riecht noch schlechter.« Er begann in der Stube umherzugehen. »Ich bin ganz froh, dass Howland nicht da ist, denn bei dem, was wir jetzt vorhaben, kann er unmöglich mitmachen.«

»Was haben wir denn vor?«, verlangte ich zu wissen.

»Das frage ich euch«, schob uns Jack mit einem listigen Grinsen den Ball zu. »Ich warte auf Vorschläge. Wir wollen ... Na?«

»Die Ladys killen«, sagte der Totengräber.

»Sie ... killen?«, fragte ich entsetzt und flüsterte meinem Bruder zu: »Denk an Abigail!«

»Ich denke die ganze Zeit an sie«, murmelte Jack und wandte sich dann an die ganze Bande: »Also, was wollen wir? Wir wollen Angst und

Schrecken verbreiten. Mehr Schrecken als sie, damit sie merken, wer hier der Herr im Hause ist. Aber wir wollen nicht der Schrecken von Dead Gulch sein – nicht der Schrecken von einem so unbedeutenden Nest, nein, wir werden der Schrecken der ganzen Vereinigten Staaten.«

Wir starrten ihn alle verblüfft an – sogar der Totengräber, dessen mimische Erstarrung ihm normalerweise keinen Ausdruck der Verblüffung erlaubte. Jack genoss ersichtlich unsere Ratlosigkeit.

»Jack, spann uns nicht mehr auf die Folter«, sagte ich. »Was hast du vor?«

»Habe ich etwas vor?«, fragte er scheinheilig und grinste immer breiter. »Als erstes will ich euch verraten, wo Howland steckt. Er spielt die Zeitung – weil das hiesige Käseblatt sein Erscheinen vor ein paar Jahren einstellen musste.«

»Nachdem ich den Redakteur abgeknallt habe«, erinnerte sich Chuck an seine schönsten Zeiten.

»Die Druckerei musste auch dichtmachen«, zwinkerte ihm Jack zu.

»Diese Fahndungsplakate konnte ich mir nicht mehr gefallen lassen.«

»Chuck, du warst so hässlich wie du auf den Plakaten aussahst«, unterbrach ich das Zwiegespräch.

»Zur Sache!«, sagte der Totengräber. »Der Plan!«

»Ja«, stimmte ich ihm zu, obwohl mir seine Vorstellung eines Plans ganz und gar nicht gefiel.

»Was machen wir mit den Seven Sisters, wenn wir sie nicht abknallen?«

»Wir besiegen sie. In einem sportlichen Wettstreit.«

»Wobei denn? Beim American Football?«, entfuhr es mir, da ich mich von ihm veräppelt fühlte.

»Jack, wo steckt denn nun der Sheriff?«, nervte uns Chuck mit der augenblicklich wohl unwichtigsten Frage. Jack nickte seinem Stichwortgeber zufrieden zu und winkte uns ans Fenster.

»Howland hat eine amtliche Bekanntmachung zu machen und geht dazu von Haus zu Haus. Seht ihr?«

Durch das Fenster konnten wir erkennen, auf welche absurde Weise Howland sein Von-Haus-zu-Haus-gehen praktizierte: Auch wenn er nur zehn Meter zu gehen hatte, um zu einem Haus auf der anderen Straßenseite zu gelangen, stieg er erst auf sein Pferd (bei seiner Körperfülle eine umständliche Prozedur), ritt die zehn Meter und stieg wieder ab.

»Jetzt erwarte ich von Chuck«, sagte Jack, »dass er fragt …«

»Was für eine Bekanntmachung?«, lieferte Chuck das von ihm erwartete Stichwort.

»Eine exzellente Frage«, lobte Jack. »Aber bevor ich eine noch exzellentere Antwort gebe, fragen wir uns: Wie kann eine solche Bekanntmachung Dead Gulch überhaupt erreichen? Es gibt keine Poststation, aber es gibt …« (Sein Zeigefinger fuhr die Häuser ab) »... das da!«

»Ein Telegraphenmast«, sagte ich ungeduldig.

»Sehr gut erkannt! Und ...« Jacks Zeigefinger wanderte an den Gebäuden entlang. »... in dem Haus dort gibt es einen Telegraphenapparaten und einen arbeitslosen Telegraphisten. Sein Apparat wurde sieben Jahre lang nicht mehr benutzt – bis gestern Abend. Da erhielt Howland ein Telegramm aus Washington. Er war zu besoffen, um es gleich zu lesen, also erlaubte ich mir, es mir mal auszuborgen und abzuschreiben. Hier!«

Er zog einen Zettel aus der Tasche und zeigte ihn mir vor. (Chuck schied ja zur Begutachtung des Textes aus.) Sofort schob sich der Totengräber hinter mich und sah mir über die Schulter. Dass er zu den Lesekundigen zählte, hätte ich ahnen können.

»Na, ist das eine Bombe?«, fragte Jack, erwartungsvoll auf den Fußsohlen wippend. Als er sicher war, dass wir die Reichweite der Nachricht erfasst hatten, verkündete er: »Und nun die Version für die Analphabeten.« Er baute sich vor Chuck auf, der ihn so erwartungsvoll wie ein Sechsjähriger anstarrte, dem man eine Eintrittskarte zu einem Weihnachtsmärchen spendierte. Dann bezog er auch Wild Pony, dessen Gesichtsausdruck so gleichmütig blieb, als ob er einer leeren Wand gegenüberstand, in seine Darbietung ein und trompetete: »Da ich ein professioneller Schauspieler bin, spiele ich euch den ganzen Film vor – so wie ich ihn inszenieren werde. Ich bin ich, ich bin ihr, ich bin die Bodyguards und ich bin der Präsident der Vereinigten Staaten. Passt auf!«

Nach dieser Ankündigung begann er im Büro hin und her zu hüpfen. »Er spielte uns irgendetwas Chaotisches vor, wobei er sich schließlich am Boden wälzte und pantomimisch einen Haufen Schüsse abgab.«

»Eine Woche später«, schloss Jack die Darbietung ab, »sieht das die ganze Nation im Kino unter dem Titel ›Die große Geiselnahme‹.«

»Was ist ein Kino?«, fragte Chuck, ohne dass ihn jemand aufklärte. Jack trat wieder ans Fenster und winkte uns zu sich heran.

»Da tut sich was!«, stellte er fest. »Sieht nach einer ›breaking news‹ aus.«

Wieder versammelten wir uns am Fenster und sahen, wie der Telegraphist aufgeregt auf den Sheriff zulief. Dann verschwanden beide im Telegraphenhäuschen.

»Ob der wieder Post aus Washington kriegt?«, kommentierte der Totengräber.

Jetzt bemerkte Jack, dass in unserer Runde außer Howland noch jemand fehlte – jemand, der sich auf eine geheimnisvolle Weise in den letzten Minuten entmaterialisiert hatte.

»Wo ist Wild Pony?«, fragte er.

»Da!«, sagte ich, auf den Telegraphenmasten deutend. Der Indianer hatte sich an dem Telegraphenmasten hinauf gehangelt, doch was uns alle erstaunte, war nicht diese sportliche Leistung, sondern die Tatsache, dass er mit einem seltsamen Rohr den Draht abhörte. Er erinnerte mich an einen Arzt, der mit einem Stethoskop die geheimen Vorgänge in der Lunge erkundete.

»Es geht doch nichts über den Nachrichtendienst der Sioux«, sagte Jack zufrieden, weil er wieder einmal den richtigen Riecher für die Mannschaftsaufstellung bewiesen hatte.

Wenige Sekunden später trat unser roter Geheimdienstler zur Tür herein.

»Und?«, bestürmte ihn Jack. »Was vermeldet der ›singende Draht‹?«

Wild Pony setzte sich an den Tisch und klopfte die taufrische Nachricht mit Kurz-Lang-Signalen auf die Tischplatte.

»Frank, was heißt das, laut Morsealphabet?«, bezog mich Jack wieder ein, weil ich mich auf die Entzifferung von Morsezeichen besser verstand als er. Leider gelang es mir nicht, das mysteriöse Geklopfe komplett zu verstehen. »Ich würde sagen, es heißt ›okay‹. Aber ... Hm ... Das da beunruhigt mich.«

Ich klopfte noch einmal einen Teil der Nachricht auf den Tisch.

»Was ist das?«, fragte Jack.

»Ihre Truppenstärke. Sie schicken dreihundertfünfzig Mann von der Nationalgarde.«

Das war nun wirklich eine Bombe, ein Schuss ins Kontor, der alle unsere Pläne zunichtemachte.

»Ich sehe, ihr seid auf dem Laufenden, Jungs«, hörten wir plötzlich den gutgelaunten Sheriff. Er war von uns unbemerkt ins Fenster getreten und lehnte sich von außen herein. Offensichtlich hatte er den letzten Teil unserer Beratung belauscht. Als wir uns ertappt zu ihm umdrehten, huschte er zur Tür. Gleich darauf trat er, sich zufrieden die Hände reibend, auf. »Sehr gut, sehr gut«, sagte er. »George Doubleju ist gut und gerne hunderttausend Dollar Lösegeld wert.« Er grinste so verschlagen, als wäre er seit jeher ein Kidnapper. Während er zu seinem Whiskeyschrank hinüberging, um Jacks Idee zu begießen, erklärte er feierlich: »Commander Jack McKenzy, ich erwarte Großes von Ihrer Truppe. Wirklich ein sehr guter Plan. Meine Stimme hat dieser Trumpel jedenfalls nicht gekriegt. Ich bin ein eingefleischter Demokrat.«

»Was ist das: ›Demokrat‹?«, raunte Chuck mir zu.

Angesichts der Katastrophe, die uns bei Jacks Draufgängertum drohte, gab ich jede Zurückhaltung auf und antwortete, ohne die Stimme zu dämpfen: »Demokratie, mein lieber Chuck, ist, wenn man seinen Boss wählt – also ist Demokratie das, was wir in dieser Bande nicht haben, denn sonst wäre Jack nie unser Boss geworden, sondern ...«

Selbstredend dachte ich bei dem besseren Anführer an mich, Chuck hatte allerdings einen anderen im Sinn – den einzigen Mann, den wir je

geopfert hatten, so dass er flüsterte: »... Jimmy!«
Selbst wenn er es nur gehaucht hätte – Jacks
Luchsohren konnte nichts entgehen. Er wirbelte
herum und schrie, außer sich vor Zorn: »Erwähne
diesen Namen nie wieder. Den nächsten, der hier
›Jimmy‹ sagt, bringe ich um!«

Jeder wusste, wie gefährlich es war, Jack in
seinem Jähzorn zu reizen. Auch Howland wusste
es, trotzdem durchbrach er die Stille, indem er
»Jimmy!« ausrief. Der Ruf galt der Whiskey-
marke, die er ausgewählt hatte. »Es geht doch
nichts über einen Jim Beam!«, schnalzte er genießerisch. Er goss sechs Gläser mit dem kostbaren
Jimmy voll und hob sein Glas: »Auf meine ehemaligen Gegner! Auf euch – den Schrecken der Vereinigten Staaten!«

Ich warf Jack einen Blick zu und stellte fest,
dass er die Provokation schluckte. Er nahm in
Kauf, dass seine Worte als heiße Luft erschienen –
nicht weil er vor Howland kuschte, sondern weil er
ihn brauchte. Ausnahmsweise war ich mit ihm
einer Meinung: Wenn wir auch nur den Hauch
einer Chance besitzen sollten, mussten wir uns
einer List bedienen und was konnte es dabei
Besseres geben als einen Doppelagenten, der auf
beiden Seiten stand? ›Mit List und Tücke‹ musste
unser Wahlspruch lauten und der listig grinsende
Sheriff, der mit dem Glas in der Hand vor uns
einfror, war geradezu der Inbegriff dieses Mottos.
Ich ahnte nicht, dass Howland die kriegsent-

scheidende List bereits im Hinterkopf hatte, als er uns zuprostete: »Auf euch!«

»Nein, auf uns, Howland!«, korrigierte ich, um ihm klarzumachen, dass er von nun an zu uns gehörte.

18

Nach diesem historischen Trinkspruch trat unsere stolze Streitmacht im Gänsemarsch auf die
Straße hinaus. Commander McKenzy vorneweg.

»Durchzählen!«, rief der Commander. »Eins!«

»Zwei!« brummte ich.

»Drei?«, fragte Chuck. »Stimmt das? Kommt
jetzt wirklich Drei?«

»Howgh!«, brüllte Wild Pony, zum Kampf bereit.

Dann war der Totengräber an der Reihe, dessen
schneidende Stimme »Fünf!« verkündete.

»Howland zähle ich mal großzügigerweise mit«,
sagte Jack: Er zündete sich eine Zigarre an und
blieb den Rauch genießerisch in die Luft. »Jetzt
brauchen wir nur noch den siebten Mann.«

»Angesichts dieser Übermacht würde ich sagen:
Wir brauchen den neunundneunzigsten und den
hundertsten Mann«, wandte ich ein, aber Jack
beharrte auf seiner lebensgefährlichen Theorie:
»Ein guter Plan ist fünfzig Männer wert, Frankie,
ein perfekter Plan neunzig – vorausgesetzt, die
Bande stimmt. Wir sind gut, aber noch nicht gut
genug, weil uns noch einer fehlt, der ...«

»... der was kann, Jack?«

Schweigen. Vielleicht konnte uns ja ein Geist zum Sieg verhelfen, der sich nach Belieben in Luft auflöste. Ich wiederholte meine Frage und Jack murmelte: »Wenn ich das wüsste, hätten wir den Sieg schon in der Tasch...« Er hatte den Satz noch nicht zu Ende gesprochen, als die Attacke kam. Sie kam ohne jede Ankündigung und sie kam aus dem Nichts. Der erste Schuss riss die Glut von Jacks Zigarre fort. Bevor wir begriffen, was geschah, zerstörte der zweite Schuss das Whiskeyglas, das Cuck gerade an die Lippen setzte. Der dritte Schuss hinderte Wild Pony daran, weiter aus seiner Tonpfeife zu rauchen, weil sie in seinem Mund in tausend Stücke zersprang. Der einzige von uns, der es fertigbrachte, schnell genug auf den unerwarteten Beschuss zu reagieren, war der Totengräber. Er warf sich auf den Boden und erwiderte das Feuer.

»Ein Heckenschütze!«, rief er. »Er muss irgendwo auf den Dächern sein. Da!«

Er hatte eine Bewegung bemerkt und nahm das Ziel unter Beschuss. Leider handelte es sich einen extrem wendigen Schützen, der in Sekundenschnelle die Position wechselte. Der Irrwisch verschwand hinter einem Schornstein. Ein Fall für Wild Pony, dessen Tomahawkwürfe anders als Pistolenkugeln in der Lage waren, einen Bogen zu beschreiben. Er verwandelte sich in einen rotierenden Kreisel, damit er um die Ecke zielen konnte. Sirrrrrrrrrr ... Ein Schrei schien den

Erfolg zu melden: »Aaaaah!«

Ich hatte mich hinter einem Zaun versteckt und atmete auf: »Treffer!«

»Nein, leider nicht!«, widersprach der Totengräber. »Gut getäuscht!«, erklärte er den vermeintlichen Schmerzschrei zur Finte. Er schoss kurz nacheinander in drei verschiedene Richtungen, in denen sich etwas regte, bevor er kapitulierte: »Er bietet zu viele Ziele auf einmal an. Verdammt, ist der Junge schnell!«

Im nächsten Moment hatte ich einen Geistesblitz. Wenn der Junge so gut ist, dachte ich, und wenn er es auf Jack, Chuck und Wild Pony absah, warum hat er sie dann nicht erschossen, statt ihnen Zigarre, Pfeife und Glas vom Mund wegzuschießen? Das waren doch keine Fehlschüsse, sondern gezielte Schüsse gewesen! Präzisionsschüsse! Von dieser Eingebung beflügelt, stand ich auf und bot mich als Zielscheibe an.

»Duck dich wieder, Frank!«, befahl Jack, der ebenfalls hinter dem Zaun Schutz suchte.

»Nein«, sagte ich. »Ich teste ihn!«

Todesmutig wagte ich einen Schritt auf die Straße hinaus, ohne dass etwas geschah. Kein Schuss. Nichts. Nur Stille.

»Seht ihr: Er will uns nicht treffen. Wer immer das ist, er spielt mit uns ›Casting‹«, sagte ich. »Das haben wir doch überall plakatiert: ›Jury: Jack und Frank McKenzy‹. – Und jetzt wundern wir uns, wenn Bewerber kommen?« Ich wandte mich nach allen Seiten und rief: »Wer bist du?« Keine Antwort. Stille. »Bist du unser ... siebter Mann?«

»Wenn er das wäre, hätte er sich längst gezeigt«, sagte Jack.

»Ich glaube trotzdem, dass das unser Mann ist. Beschäftigt ihn. Ich schleiche mich von hinten ran.«

Bevor ich davonhuschte, überzeugte ich mich, dass Chuck und der Totengräber tatsächlich alles unternahmen, um den Heckenschützen zu beschäftigen. Dagegen hielt sich Jack merklich zurück. Offensichtlich hatten meine Worte gefruchtet und er wollte nicht versehentlich unseren siebten Mann erschießen. Noch etwas konnte ich, als ich mich kurz umblickte, sehen: Der Sheriff hatte sich in sein Büro verzogen und verfolgte das Gefecht Whiskey trinkend vom Fenster aus, während Wild Pony ... Unsere Rothaut zog sich am Fensterbrett seelenruhig eine Linie Koks rein und verteidigte dann unsere Stellung mit Pfeil und Bogen.

Ich versuchte, in den Rücken des Heckenschützen zu gelangen, indem ich Howlands Haus umrundete, doch auch von hinten sah ich nichts, was irgendwelche Rückschlüsse auf die Identität des Mannes zugelassen hätte. Wie konnte er sich derartig unsichtbar machen? Immerhin entdeckte ich ein hinter den Häusern wartendes Pferd. Es war nicht angebunden, sondern schien bereit, sofort davon zu galoppieren, sobald sein Reiter zurückkehrte, Es handelte sich um einen Rappen, der mir sehr bekannt vorkam. Das pechschwarze Tier erinnerte mich stark an Jennys ›Fury‹, was meine Verwirrung noch steigerte, denn wenn dort tatsächlich Fury stand – wie sollte ich mir das erklären? Die skrupellose Lady Jaspers hätte doch so viele von uns wie nur möglich erschossen! Hatte vielleicht irgendein Verwegener das Kunststück fertiggebracht, Jennys Rappen zu stehlen? Aber dann hätte er Fury anbinden müssen, weil dieses Pferd nur seiner Herrin gehorchte! Ich hörte die Schüsse, mit denen der Totengräber versuchte, den Kerl, der sich irgendwo auf den Dächern, vor uns verbarg zu erwischen, und ich sah den Pfeilhagel, der auf den Kerl herniederprasselte (und ihn, da keine Schmerzlaute zu vernehmen waren, immer wieder verfehlte), aber noch immer konnte ich nicht erkennen, wer sich dort oben versteckte, bis urplötzlich ... Es ging so schnell, dass ich kaum etwas mitbekam: Ein waghalsiger Sprung, der punktgenau im Sattel endete, dann der Staub, den die Hufe aufwirbelten ... Weg war er, der ... Ich glaubte meinen Augen nicht, denn das, was ich zwei, drei Sekunden lang gesehen hatte, war ein ... Dunkelhäutiger gewesen! Mehr als die Hautfarbe und das wilde, krause, schwarze Haar hatte ich nicht erkannt. Während ich noch fassungslos staunte: »Ein Schwarzer?!«, wuchs der Totengräber neben mir aus dem Boden. Er musste sich von der anderen Seite des Hauses her herangeschlichen haben.

»Ein Nigger!!!«, stieß er verächtlich aus, spuckte auf den Boden und ballerte dann sein ganzes Magazin leer. Vergeblich, denn der Farbige war schon außerhalb unserer Reichweite.

Als ich zum Sheriffbüro zurückkehrte, stellte ich fest, dass Jack und Chuck verschwunden waren. Ich traf nur noch Wild Pony an, der sich gerade wieder eine Koks-Prise gönnte. Ich riss ihn aus seinen Drogen-Träumen, indem ich ihn fragte: »Wo ist Jack?« In einer Mischung aus Englisch, Zeichensprache und irgendeinem Sioux-Dialekt teilte er mir mit, dass Jack und Chuck dem Flüchtigen nachgeritten waren, um ihn zu fangen.

»Und dann nimmt er ausgerechnet Chuck mit?«, zog ich den Sinn dieses Unternehmens in Zweifel. »Chuck kann niemanden fangen. Er kann nur töten.«

»Genau das ist der Job: Töten«, sagte der Totengräber, der wieder unmerklich neben mich getreten war.

»Aber warum sollen wir Leute töten, die uns helfen können?«

»Ein Nigger kann niemals zur Bande gehören. Schlimm genug, dass wir eine Rothaut dabeihaben. Aber ein … Nigger?« Der Totengräber spuckte aus. »Hast du schonmal was vom Ku-Kux-Klan gehört?«

»Erzähl mir nicht, du warst dabei.«

»War ich.«

»Du warst bei der Army, du warst im Zirkus ...
Gibt es irgendeinen Verein, der auf deine Dienste
verzichten musste?«

»Ja, die Heilsarmee.«

So brauchbar dieser Mann, rein handwerklich
gesehen, war, ich fing an, ihn zu verachten. *Was ist
der nur für eine Pistolero-Nutte*, dachte ich, *wenn
er seine Dienste an Jeden verkauft!*

»Ein Bandit«, legte ich ihm meine Überzeugung dar, »das ist jemand, der zu nichts, aber
auch gar nichts dazugehört. Er ist kein Söldner
wie du, sondern ein Outlaw. Für ihn gibt es nichts
außer der Bande. So haben Jack und ich das
immer gehalten.«

Ich wollte mich aufs Pferd schwingen, um
meinem Bruder nachzujagen, aber der Auftritt
des Sheriffs, der in diesem Moment aus seinem
Büro herauskam, hielt mich davon ab.

»Howland, ich muss mit dir reden«, sagte ich,
ihn von dem Totengräber wegziehend.

»Mit mir als Sheriff?«

»Nein, mit dir als einem assoziierten Mitglied
der Bande.«

»Dann reden wir am Abend, wenn ich besoffen
bin«, versuchte er sich dem Gespräch zu entziehen. »Dann bin ich dein Freund, Frank. Noch drei
Whiskey und ich gehöre dazu.«

»Howland«, beschwor ich ihn, »Jack glaubt, die
Bande immer noch genauso wie früher zu führen,
dabei merkt er nicht, wie sie ihm entgleitet.«

»Wieso entgleitet?«

»Weil diese Bande anders ist als alles, was wir kannten.« Ich deutete auf den Totengräber und Wild Pony. »Sieh sie dir an: Ein Rauschgiftsüchtiger und ein blutrünstiger Killer – sollen das unsere Leute sein? Howland, wir waren Banditen, aber keine Psychopathen.«

»Warum erzählst du das ausgerechnet einem Gesetzeshüter?«

»Weil wir – egal auf welcher Seite wir standen und egal welche Meinungsverschiedenheiten wir beide ...«

»... hinsichtlich eures Gewerbes hatten ...«

»Wir gehörten trotzdem zur selben Welt.«

»Die beiden da gehören vielleicht nicht zu deiner Welt«, sagte Howland, »aber sie gehören zur Bande. Weil das genau die Bande ist, die diese Stadt jetzt braucht. Die Bande, die die Bürger geholt haben. Sie brauchen Killer, denn so lautet nun einmal die Aufgabe, Frank: töten. Das wird Jack bald einsehen. Zum Teufel mit eurer Desperado-Ehre: ›Wir töten keine Frauen und Kinder‹, ha!«

»Kinder schon gar nicht – und Violet ist noch ein Kind.«

»Sie war mal ein Kind – in deiner Jugend, Frank. Wach endlich auf! Die Seven Sisters sind eine Pest und die kann man nur ausrotten mit Stumpf und Stiel. Man muss sie totschlagen wie räudige Hunde und glaub mir, das ist der einzige Weg für euch, um eine Amnestie zu erlangen.«

»Sagtest du ›Amnestie‹?«

»Ja, der Präsident hat einen Gnadenerlass zugesichert. Natürlich nur, weil ihr ein Instrument in seinem Wahlkampf seid. Frank, es ist manchmal sehr hilfreich, nützlich zu sein.«

»Aber wir sind Banditen«, beharrte ich auf meinen Grundsätzen, »und wir werden niemals ein Instrument sein, Für niemanden!«

Die Jagd auf den flüchtigen Schwarzen fand eine halbe Stunde später ihr Ende – ein paar Meilen von Dead Gulch entfernt. Sie endete damit, dass Chuck in die Falle ging. Die Gegend war für eine Falle wie geschaffen, denn die Prärie wurde durch eine gebirgige Waldlandschaft abgelöst, einem verwinkelten Labyrinth aus Felsen und Bäumen, in dem man sich nur noch schwer orientieren konnte. Die veränderten Umstände hatten Jack und Chuck vorübergehend getrennt. Unser Scharfschütze bewies gerade seine Kunstfertigkeit, indem er einen zwitschernden Vogel von dessen Ast herunterschoss.

»Yippie!«, jubilierte Chuck. »Ich treffe wieder! Ich bin der Grössss...«

Im nächsten Moment stoppte ihn ein Lasso, das ihm von hinten über den Leib geworfen wurde. Dann gab sich der Heckenschütze, der uns so lange genarrt hatte, endlich zu erkennen. Er hatte das Ende des Lassos an einem Baum festgebunden, damit es ihm nicht aus der Hand gleiten konnte.

Einmal kräftig am Lasso gezogen und Chuck stürzte vom Pferd. Er wälzte sich am Boden und versuchte vergeblich, an seinen Colt heranzukommen, der bei seinem Sturz in einem weiten Bogen davongeflogen war. Dann hob er den Blick und starrte verdattert Deborah an, die ihn genauso verblüfft anglotzte.

»Oh Scheiße, Chuck!«, rief sie aus. »Und ich dachte, ich hätte Jack McKenzy erwischt.«

»Eine Frau???«, jappste Chuck. »Du bist …?«

»… Deborah, ja, auch wenn du mich immer nur ›Niggerschlampe‹ genannt hast. Was soll die Niggerschlampe jetzt mir dir machen?« Ihr Pferd wieherte und scharrte mit den Hufen. »Danke, Fury«, sagte sie, »für deine Meinungsäußerung.« Dann wandte sie sich wieder an Chuck. »Mein Pferd möchte dich gerne zertrampeln. Verdient hättest du's. Aber ich glaube, Fury sollte dich besser ins Lager der ›Seven Sisters‹ schleifen. Das wird eine lustige Schlittenpartie für dich. Und ich schätze, die Ladys werden sich über so einen Fang freuen.«

Kurzer Blick zu Fury, kurzes Nachdenken, Kopfschütteln. Sowohl der große, lange Kopf des Pferdes als auch der deutlich kleinere Kopf der Mulattin schüttelten verneinend die Mähne. Sie hatten mit den Seven Sisters gebrochen und dabei blieb's.

»Du wusstest immer, dass du zu mir gehörst, nicht wahr?«, flüsterte Debby, sich an den Rappen schmiegend. »Auch wenn ich immer nur heimlich mit dir ausritt.«

Fury schnaubte wohlig und Debby tätschelte ihn, wobei ihre Finger ein Seil erfühlten.

»Wie gut,«, sagte sie erfreut, »dass Miss Jenny Jaspers mir noch ein zweites Lasso spendiert hat, mit dem ich Jack angeln kann.«

»War meine Schuld, dass du mich schnappen konntest«, jammerte Chuck. »Ich pass einfach nicht auf, ich tret in jeden Scheißhaufen. Jack wäre das nie ...«

»Dein Jack wird genau in denselben Scheißhaufen treten wie du«, fuhr ihm Debby in die Parade. »Wo ist jetzt dein Herr und Meister? Wo ist er langgeritten?«

Die Antwort auf diese Frage folgte auf den Fuß, denn man hörte Jack in der Nähe rufen: »Chuck!«

»Antworte ihm«, befahl Deborah ihrem Gefangenen und zielte mit dem Colt auf seinen Kopf. »Aber du hälst dich genau an den Text, den ich dir vorgebe. Rufe: ›Ich hab sie!‹ – Nein, die Überraschung wollen wir uns noch aufsparen. Ruf: ›Ich hab ihn!‹ Na los.«

»Ich hahab ihn!«, rief Chuck, um sein Leben zitternd.

Als der Erfolg ausblieb, spannte Debby den Hahn ihres Colts und befahl: »Lauter!«

Jetzt schrie Chuck so verzweifelt, als ob er am Spieß gebraten würde: »I-I-ICH H-bbn!«

Man hörte Jacks Stimme: »Chuck?«, dann verrieten die Geräusche, dass er in einem raschen Tempo heranritt.

Deborah ging in die Wurfposition. Sobald Jack unter ihr zwischen den Felsen auftauchte, schwang sie das Lasso. Diesmal gelang ihr ein noch kunstvollerer Wurf. Das Seil flog über einen dicken Ast und schnürte sich dann um Jacks Hals zusammen.

»Wie fühlt man sich unter dem Galgen, Jack McKenzy?«, fragte die Mulattin, wobei sie ihre Stimme so tief und heiser machte, dass sie fast wie ein Mann klang. Dabei zog sie den Strick so an, dass er sich tief ins Jacks Haut schnitt. Dann trat sie soweit hervor, dass er – sich umdrehend – im Gegenlicht ihre Hautfarbe erkannte.

»Ein N-Nigger!«, ächzte mein Bruder, worauf sie noch einen Schritt weiter zwischen den Bäumen hervor ins Licht trat. »Eine Nigger ... in!«

»Ja, Jack«, sagte Chuck. Er versuchte, zu seinem Herrn und Meister zu krabbeln, bis ihn das Seil um seinen Leib stoppte. »Es ist Deb...«

»Depp?«, unterbrach ihn Jack wütend. »Der einzige, der hier den Namen ›Depp‹ verdient, bist du, Chuck.« Dann wandte er sich an Debby, die das Seil jetzt lockerer hielt, damit er reden konnte. »Wie hast du gelernt, so mit dem Lasso umzugehen, Deborah Tucker?«

»Ich hab's wohl von meinem Vater geerbt«, antwortete die Mulattin mit dem Stolz einer Banditentochter. »Er hatte eine genauso weiße

Haut wie du – und eine genauso schwarze Seele. Er wurde gehenkt und er soll, am Strick baumelnd, ein letztes Mal gelacht haben.«

»Ich hätte mir denken können«, sagte Jack, »dass du eine von den Seven Sisters bist.«

»So hatte ich's mir auch gedacht – aber dann hieß es bei den Ladys: Die Neger-Nutte brauchen wir zum Schikanieren, sie kriecht vor uns auf allen Vieren. Und deshalb hast du jetzt noch eine Chance, wenn schon nicht der Hölle zu entgehen, so doch dem Tod am Strick. Indem du mich akzeptierst – als euren siebten Mann.«

»Was hast du mir anzubieten, außer meinem Leben, das für mich nichts zählt?«

»Ich kenne die Pläne der Ladys.«

»Dann suche dir einen Anderen«, ächzte Jack, den die Luftnot daran hinderte, so heroisch zu klingen, wie es ihm vorschwebte, »einen, der Nigger nimmt ...« (Debby zog die Schlinge fester zu.) »... und ... Frauen.«

Der Strick schnürte sich noch enger um Jacks Hals zusammen. Gleichzeitig wurde sein vierbeiniger Untersatz immer zappliger. »Bleib ruhig, Jolly Jumper, ganz ruhig!«, flüsterte er dem nervösen Schimmel zu, der sich immer wilder gebärdete und auszubrechen drohte. »Du wirst jetzt doch nicht weglaufen, Jolly Jumper – und mich baumeln lassen?«

So sehr sich Jack um eine mutige Haltung bemühte, so sehr ließ Chuck jede Männlichkeit vermissen.

»Jack, du warst immer mein Held!«, weinte er, während er, am Lasso hängend, versuchte, zu ihm zu kriechen. »Und deshalb ...«

Er kämpfte verzweifelt um Jacks Leben, der weiterhin den Todesmutigen spielte und verächtlich hervorstieß: »Chuck, deinem erbärmlichen Gesichtsausdruck nach zu urteilen, suchst du jetzt nach dem Wort ›flehen‹.«

»Ja!«, greinte Chuck. »Ich flehe dich an: Verlass mich nicht! Was soll ich ohne dich anfangen? Nimm sie! Um Gottes Willen, nimm sie!«

Nun sah ich den Moment gekommen, um die Beiden aus ihrer misslichen Lage zu befreien. Ich hatte den Schauplatz schon ein paar Minuten zuvor erreicht, mich aber bis dahin hinter einem Felsblock versteckt. Jetzt erlöste ich meinen Bruder von seinen Qualen, indem ich den Strick, an dem er hing, mit einem gezielten Schuss durchtrennte. Zu meiner Genugtuung gelang mir das bereits im ersten Versuch – mit einem Kunstschuss, der auch dem Totengräber zur Ehre gereicht hätte. Dann trat ich hervor: »Jack McKenzy, Ihre Hinrichtung ist auf unbestimmte Zeit verschoben. Deborah Tucker, Ihrem Aufnahmeantrag ist stattgegeben.« Damit enthob ich meinen Bruder damit de facto seines Postens. Meinen Worten wurde durch Wild Pony Nachdruck verliehen, der so magisch wie ein Flaschengeist auftauchte. »Howh!«, bekräftigte er meine Entscheidung.

»Unser Roter Bruder hat gesprochen: Unsere schwarze Schwester ist dabei«, stellte ich zufrieden fest, aber ich hatte die Rechnung ohne den Sheriff gemacht, der sich unbemerkt zwischen den Felsen herangepirscht hatte.

»Aber das Auge des Gesetzes hat noch nicht gesprochen«, widersprach er mir grimmig. Seine Dienstbeflissenheit drohte, alles zunichte zu machen, als er die Waffe auf Debby richtete. »Deborah Tucker«, schnarrte er, »ich verhafte Sie. Und ich verurteile Sie im Schnellverfahren ...«

»... zum Tod durch den Strang«, hörten wir die Stimme des Totengräbers, der so lautlos wie ein Schatten in die Szenerie hineinglitt. Er hob die Geige ans Kinn, um sein Todesmotiv zu fideln, er setzte er den Bogen aber sofort wieder ab, weil der Sheriff seine Urteilsverkündung fortsetzte: »... zu einer vierundzwanzigstündigen gemeinnützigen Arbeit. Ich überstelle Sie an Commander Jack McKenzy.«

Nach dieser überraschenden Begnadigung blieb meinem Bruder nichts anderes übrig, als seinen neuen Schützling zu akzeptieren: »Ich nehme sie in der Bande auf – aber nur wegen dem Zeitdruck.« Er deutete auf die Sonne, die langsam dem Zenit zukroch. »Morgen um diese Zeit sind wir entweder tot oder gemachte Leute. Entweder haben wir den Präsidenten ...«

»Oder die Ladys haben gewonnen«, nahm ihm Deborah das Wort aus dem Mund. Dann schloss sie die Konferenz mit einer Neuigkeit ab, die uns alle aus dem Sattel fegte: »Denn sie haben genau dasselbe vor.«

19

Der Tag der Entscheidung brach an. Er brachte die Entscheidung für die Seven Sisters, für unsere Bande und für einen Herrn namens Georges Doubleju Humvee, seines Zeichens Präsident der Vereinigten Staaten. Um alles, was an diesem Tag in der Umgebung von Dead Gulch geschah, darstellen zu können, müsste ich eigentlich ein Vogel sein (zum Beispiel ein auf Beute erpichter Geier), der zwischen den Schauplätzen hin und her schwirrt, doch das Manko meiner beschränkten Perspektive wird durch die inzwischen verstrichene Zeit wettgemacht, in der ich mir so viele Augenzeugenberichte anhören konnte, dass ich sie mit meinen eigenen Wahrnehmungen zu einem einigermaßen kompletten Bild zusammenfügen kann. Das erste Teilstück unserer Handlungsmontage zeigt (es ist vormittags, etwa gegen zehn Uhr) eine staubige Sandpiste kurz vor Dead Gulch. Die Bezeichnung ›Straße‹ ist für diesen kaum erkennbaren Weg etwas übertrieben, gleichwohl wird er durch eine Straßensperre blockiert, die aber noch nicht ganz fertig ist, denn Jenny, Abigail, Gladys und Heather legen noch letzte Hand an ihr Barrikaden-Kunstwerk an. Sie sind bis an die Zähne bewaffnet und erwecken den Eindruck, als wollten sie in einen Bürgerkrieg ziehen. Abseits, immer wieder mit verwunderten Blicken bedacht, pinselt Violet an einem Transparent.

Damit haben die fleißigen Wegelagerinnen die Szenerie aufgebaut

»Meine erste Geiselnahme!«, zwitscherte Heather aufgeregt. »Wenn ich daran denke, dass wir heute Abend um hunderttausend Dollar reicher sind ...«

»So schnell geht das nicht, Schätzchen«, sagte die ausgebuffte Gladys. »Nach einer Geiselnahme wird erstmal verhandelt. Die bieten zwanzigtausend zu wenig, wir schicken ihnen ein abgeschnittenes Ohr ...«

»Debby würde ich am liebsten auch ein Ohr abschneiden!«, schimpfte Abigail.

»Ich auch!«, riefen Jenny und Heather im Chor.

»Drei Ohren hat sie nicht«, bemerkte Gladys.

»Dafür hat sie jetzt drei Colts!«, ereiferte sich Abigail darüber, was die ausgebüxte Ex-Sister alles hatte mitgehen lassen.

»Und zwei Lassos«, ergänzte Heather.

»Und mein Pferd!«, erinnerte sich Jenny an das, was für sie am meisten zählte.

»Wir haben genügend Waffen und Pferde«, versuchte Gladys ihre Mit-Schwestern zu beruhigen. »Lasst uns über diese Niggerin kein Wort mehr verlieren.«

»Du hast gut reden, Gladys!«, sagte Abby. »Es war ja nicht deine Babysitterin, die uns im Stich gelassen hat.«

Wie auf Stichwort rumorte in diesem Moment die kleine Patty hinter der Barrikade, was Jenny zu der spitzen Bemerkung veranlasste: »Wir hätten niemals eine Mutter mit Kind aufnehmen dürfen.«

Auf welche Weise man bei den Seven Sisters die Kinderbetreuung bei dem bevorstehenden Kidnapping regelte, zeigte ein Blick hinter die Barrikade. Dort war Abigails Töchterchen an die Bretter und Baumstämme angebunden und protestierte lautstark gegen ihre Fesselung: »Ich will nicht mehr Geisel spielen!«

»Wann gibt die endlich mal Ruhe?«, stöhnte die überforderte Mutter. »Heather, sag ihr, wenn sie nicht artig ist ...«

»Dass sie einen Geißel der Menschheit ist, musst du ihr sagen«, machte Jenny der naiven Blondine einen vergifteten Vorschlag.

»Tante Heather, bind mich los!«, rief Abigails kleine Tochter.

»Patty, was hast du denn?«, fragte Heather, zu ihr eilend. »Geißel ist doch die beste Rolle, die es gibt. Als ich noch Schauspielerin war, wollte ich immer die Geißel spielen.«

»Geisel!«, rief Violet, ihre Pinselei unterbrechend. »Das heißt Geisel, verdammt noch mal! Mit weichem S. Und außerdem: Anbinden – was ist das für eine mittelalterliche Pädagogik? Ich muss euch wohl mal einen Erziehungsratgeber vorlesen.«

Statt eine Vorlesung zu halten, schritt sie zur Aktion und band Patty los. Da sie sich als Tochter der Bandenchefin einiges herausnehmen konnte und da auch Gladys, der Kinder völlig egal waren, nichts gegen diese Befreiungsaktion unternahm, stellte das das Ende von Pattys Geiselhaft dar, wobei die mittelalterliche Pädagogik nahtlos in ein wildes, unbeaufsichtigtes Herumtoben überging.

»Wo bleibt eigentlich unsere Chefin?«, fragte Abby nach einer Weile. Sie klang wie eine Musterschülerin, die angesichts des Radaus in der Klasse nach der Lehrerin verlangte, die aus unerfindlichen Gründen die Unterrichtsstunde versäumte. Sicherlich ging dem nun folgenden Auftritt mindestens eine Viertelstunde quälenden Wartens voran, aber wir wollen einmal so tun, als ob er wie auf Stichwort erfolgte: Mabel rumpelte in einem, von einem Maulesel gezogenen Leiterwagen heran, auf dem sich allerhand an einem Garderobenständer hängende Kostüme befanden.

Sofort kletterte Patty, von ihren Fesseln befreit, auf den Leiterwagen und jauchzte: »Ich will Verkleiden spielen!«

»Wo hast du das denn her, Mum?«, fragte Violet verblüfft.

Ihre Mutter deutete in die Ferne. »Da hinten wollten sie offensichtlich einen Film drehen und haben alles stehen und liegen lassen. Wahrscheinlich, weil ein Tornado über sie hereinbrach.«

»Ich wette tausend zu eins«, sagte Abigail, »dass der Tornado Jack McKenzy hieß.«

»Dem wünsche ich viel Spaß mit den erbeuteten Platzpatronen«, kicherte Violet und alle Anderen nahmen dankbar das Angebot, sich zu amüsieren, an. Nachdem das Gelächter verebbt war, wollte Abby wissen: »Mabel, was willst du mit dem ganzen Theaterplunder?«

Mit dieser Frage sprach sie allen aus der Seele, aber Mabel war noch nicht bereit, sich in die Karten blicken zu lassen.

»Wartet's ab!«, sagte sie und wechselte dann in einen strengen Ton, während sie ihre martialische Truppe kopfschüttelnd betrachtete. »Was soll das sein?«, blaffte sie ihre Getreuen an. »Das sieht ja aus wie eine Straßensperre.«

»Das ist ja auch eine Straßensperre, Mabel«, sagte Heather mit dem Stolz einer Schülerin, die alle Vorgaben mustergültig erfüllt hatte.

»Natürlich ist das eine Straßensperre«, erwiderte Mabel, »aber es darf nicht danach aussehen. Violet, dekorier das mal ordentlich!«

Auf diese Worte hatte ihre Tochter gewartet. Sie schritt triumphierend zur Tat, wobei auch der Transparent, an dem sie so lange gepinselt hatte, endlich zum Einsatz kam. Nach einigen Minuten bot die Straßensperre einen völlig anderen Anblick. Sie war jetzt mit US-Fahnen, Luftballons und Violets ausgerolltem Transparent: ›Welcome Mr. President!‹ geschmückt.

»So, das hätten wir«, stellte Mabel zufrieden fest. Dann wechselte sie wieder in ihren Feldwebel-Tonfall und stauchte die Truppe zusammen: »Jetzt zu euch. Wie seht ihr aus?«

»Wie Desperados!«, erklärte Heather mit dem besten Gewissen.

»Eben!«, faltete sie ihre Chefin zusammen. »Genau wie die Ladys, die die Leute vom Präsidenten niederknallen sollen. Seven Sisters …«

»Mum«, fiel ihr Violet ins Wort, »wir sind nur noch Sechs. Oder zählst du jetzt Patty mit?«

»Sechs Frauen«, verbesserte sich Mabel säuerlich, »gegen hundert plus x Nationalgardisten – wie stellt ihr euch das vor? Ich will nicht, dass auch nur eine von euch dabei draufgeht, habt ihr das verstanden? Wir besiegen sie mit List. Und deshalb werdet ihr jetzt wieder das, was ihr einmal wart.«

Nach dieser Ansprache sprang sie auf den Leiterwagen, wühlte unter den Theaterkleidern und warf die von ihr ausgesuchten Kostüme ihren Mitschwestern zu.

Da es diesmal nicht um die Dekoration einer Barrikade, sondern um das Dekorieren der Damen selber ging, gestaltete sich die Umdekorierung weniger einfach. Sie ging unter viel Gekreische, etlichen Umtauschaktionen und lautstarkem Protest von sich, aber eine halbe Stunde später waren endlich alle Ladys – außer Violet –in Hurenkostüme à la Pigalle Achtzehnhundertachtzig gekleidet, wobei leider die Maße der eigentlich dafür vorgesehenen Schauspielerinnen von den ihren erheblich abwichen.

»Mabel!«, schimpfte Jenny, »Das ist ein für alle Mal vorbei! Haben wir uns nicht geschworen: Wir werden nie wieder Huren sein?!«

»Ihr sollt sie ja nicht sein, ihr sollt sie nur spielen«, erklärte Mabel. »Das ist der einzige Weg, um an den Präsidenten ranzukommen – und zwar ganz nah. Hautnah. Seht zu, wie ihr mit ihm ins Bett kommt!«

»Aber die werden uns doch bestimmt kontrollieren«, wandte Heather ein, »wer wir sind und wo wir herkommen.«

»Glaubst du, das habe ich nicht bedacht?«, fragte Mabel. »Gladys, gib die Pässe aus!«

Wie immer, wenn Gladys etwas übernahm, ging die Sache militärisch-geordnet ab: In einer Reihe aufstellen-Name-Vortreten-Aushändigung.

»Ich habe mich schon gefragt, warum wir die geraubten Pässe immer aufheben müssen«, sagte Heather.

»Ich will mich ja nicht loben«, sagte Mabel, »aber ich stamme schließlich nicht umsonst aus einer alten Fälscherfamilie. Schon mein Ur-Ur-Ur-Ur-Urgroßvater hat die Golddoublonen mit dem Antlitz Ludwig XV. gefälscht. – So, jetzt lernt ihr erstmal eure neuen Namen auswendig.«

Da diese Aufgabe an der immens hohen Analphabetenrate zu scheitern drohte, sagte Violet: »Ich les euch die Namen vor. Heather, du heißt Miss Monica Levinsky.«

»So einen Polackennamen kann ich mir nie merken!«, maulte Heather, in deren Gedächtnis grundsätzlich kein Name hängenblieb.

»Und jetzt die Waffen!«, kam Mabel zum nächsten Tagesordnungspunkt. »Man darf sie auf gar keinen Fall sehen.«

Nun versuchten die Ladys, nicht nur ihre Colts, sondern auch die viel zu langen Winchester-Gewehre in ihre winzigen Damenhandtäschchen hineinzustopfen.

»Seid ihr verrückt?«, kommentierte Mabel die sinnlose Aktion. Als Jenny triumphierend ihre Handtasche hochhielt, in der tatsächlich ein Colt verschwunden war, riss sie ihr die Chefin aus der Hand und erklärte. »Selbstverständlich werden sie eure Handtaschen durchsuchen.«

»Aber wohin damit, Mabel?«, fragte Heather.

»Ihr müsst alle Waffen direkt am Körper tragen«, erklärte Mabel, »denn in eurer Unterwäsche werden sie nicht herumfummeln – jedenfalls nicht wenn die Presse dabei zusieht.«

Damit setzte ein Riesengefummel, Riesengestopfe und ein Riesenfluchen ein, dessen Ergebnis sich ein paar Minuten später besichtigen ließ. Die Ladys hatten die Waffen unter ihren Trikotagen, in ihren BHs, Korsetts und Netzstrümpfen verstaut. Infolgedessen wiesen sie überall verräterische Beulen auf, doch diese Unförmigkeiten wurden bei weitem durch das Malheur übertroffen, dass sie sich kaum noch bewegen konnten.

»Das funktioniert nicht!«, rief Heather unter Tränen aus und selbst Mabel war für einen Moment ratlos.

Die allgemeine Verwirrung dauerte an, bis die Ladys durch die Geräusche eines sich nähernden Pferdefuhrwerks aufgeschreckt wurden. Sofort traten die eintrainierten Reflexe in Kraft.

»Feind im Anmarsch!«, rief Gladys.

Die seven ... nein, die six Sisters sprangen hinter die Barrikade und versuchten ihre so mühsam versteckten Waffen wieder aus ihrer Unterwäsche herauszuziehen.

Auf der Sandpiste näherte sich eine Staubwolke. Darin eingehüllt: Der McDonalds-Planwagen, der uns bei Chucks Befreiung so gute Dienste geleistet hatte. Auf dem Kutschbock thronte unser alter Freund, der holländische Koch. Wagen und Koch waren festlich geschmückt. Der Koch trug jetzt einen Zylinder mit aufgenähtem Sternenbanner. Aus dem Wagen ragten US-Fahnen heraus. Als erkenntlich wurde, dass es sich um einen Proviantwagen handelte, rief eine der Ladys: »Der kommt ja wie gerufen!« Sie ließ jede Vorsicht fahren, sprang über die Barrikade und lief auf den Wagen zu. Im Nu folgte ihr eine zweite Lady und schrie: »Ich hab auch Kohldampf!«

Als der rollende McDonaldsimbiss bei der Barrikade angelangte, wurde er von allen Desperado-Damen umringt. Violet las die am Wagen angebrachte Speisekarte vor: »Hamburger – Hotdog ...«

»Was soll das denn sein – ein heißer Hund?«, wunderte sich Heather.

»Ist doch egal«, erwiderte Jenny, sie beiseiteschiebend, »irgendetwas zu essen.«

»Aber Hunde sind doch viel zu süß, um sie zu essen!«, protestierte Heather, während Mabel die militärische Ordnung wiederherzustellen versuchte: »Halt! Zurück! Gegessen wird erst nach getaner Arbeit.«

»Mister ... äh...«, wandte sie sich an den Koch.

»McDonalds«, kam ihr Violet zu Hilfe, den Namen von der Plane ablesend.

»Mister McDonalds!«

»So heißt mein Chef«, korrigierte sie der Koch in seinem holländischen Akzent. »Mich nennt man ›The flying dutchman‹.«

»Mynher Dutchman! Wir haben eine kleine Bitte bezüglich der Aufbewahrung unserer ...«

»... Waffen, ich verstehe!«, nickte der Koch verständnisvoll, wobei er das vor der Barrikade verstreute Kriegsgerät musterte. »Ja natürlich, ich kenne das – ich bin ein expert für so etwas. Was soll es diesmal werden – ein Überfall? Sehr gut. Bei meinem letzten Abenteuer half ich, einen Mann vom Strick herunter zu holen. Einen gewissen Chuck.«

»Chuck?«, rief Heather erfreut. »Meinen Chuckie?«

Jenny dagegen lief puterrot vor Zorn an und keifte: »Was? Der Typ hat Chuck befreit?«

Sie griff zum Colt, doch bevor es ihr gelang, den Koch niederzuballern, hielten sie die Anderen zurück.

»Jenny Jaspers«, wies sie Mabel zurecht, »benimm dich gegenüber unseren holländischen Gästen!«

»Da ich offiziell vom Weißen Haus für das Catering bestellt worden bin, dürfte auf mich kein Verdacht fallen«, sagte der Koch und löste dann das Dilemma der Damen. »Ich schlage vor, wir verstecken die Pistolen unter den patates frites ... äh ... den Kartoffeln. Und die Gewehre ... Für die Gewehre habe ich noch eine ganz spezielle Idee. Meine ureigenste Erfindung.«

Er begann, Verpackungsschnüre zu verknoten, wobei er sich, um Jacks Erfindung, die bei Chucks Befreiung zum ersten Mal zum Einsatz gekommen war, als seine eigene auszugeben, beinahe wie ein Zauberkünstler aufführte, der ein magisches Kunststück vorführte. Zwei, drei Minuten später hatte sich der Planwagen in einen Kanonenwagen verwandelt. Indem er sie, an den Schnüren ziehend, vom Kutschbock aus betätigte, demonstrierte der Koch die automatische Feuerung. Die Ladys waren beeindruckt.

»Das hätten wir gelöst«, stellte Mabel fest und baute sich vor ihrer Bande auf. »So, meine Lieben, ihr habt jetzt alle wieder eure alte Arbeitskleidung und wie euer Handwerk ging, das wisst ihr ja noch.«

»Außer Violet«, scholl es ihr von ihrer ehemaligen Bordell-Belegschaft entgegen. »Und mir!«, machte Abigail ihren Sonderstatus als fromme Katholikin klar. Dann brachte Mabels Tochter einen gewichtigen Einwand: »Mum, glaubst du im Ernst, George Doubleju hält landauf, landab seine Reden über den Verfall der moralischen Werte, um sich dann hier, in aller Öffentlichkeit mit ein paar Nutten einzulassen?«

»Hm«, sagte Mabel und kratzte sich am Kopf. »Richtig, Violet«, gab sie nach einigem Nachdenken zu, »wir dürfen nicht gleich mit der Tür ins Haus fallen.«

Sie kletterte wieder auf den Leiterwagen und wühlte unter den Kleidern, »Was ein richtiger Fundus ist ...«, brummte sie dabei. »Da gibt's doch für jeden Zweck etwas!« Und siehe da: Sie wurde fündig! Dank der Filmkostüme waren Violet und Abigail ein paar Minuten später als Nonnen verkleidet. Die anderen Ladys steckten in bigotten Kostümen, die das konservativste Frauenbild bedienten. Alle trugen Bibeln in der Hand und sangen die Nationalhymne. Von hinten gesehen war die fromme Kulisse allerdings kaum überzeugend, da die zu engen Kostüme nicht schlossen und allerhand Reizwäsche hervorlugte.

20

Damit kommen wir zu den Herren der Schöpfung, also zu uns, die wir derweil eine nicht minder raffinierte Falle stellten. Wieder eine staubige Sandpiste – ein paar Meilen vom vorigen Schauplatz entfernt. Chuck dreht gerade einen Wegweiser ›Dead Gulch 10 Meilen‹ so um, dass er in die falsche Richtung weist. Der Totengräber steht mit dem Spaten dabei und klopft die frisch umgegrabene Erde fest. Wild Pony hat weitere Wegweiser wie ›Dead Gulch fünf Meilen‹ geschultert. Der Sheriff steht abseits und genehmigt sich einen Schluck aus der Whiskeyflasche.

»Na, Howland«, sagte ich zum Sheriff. »Jetzt bist du ein richtiger Outlaw geworden! Ich hätte nicht gedacht, dass Jack dich doch noch akzeptiert.«

»Es blieb ihm nichts Anderes übrig, nachdem ich ihm den Tipp mit den falschen Wegweisern gab. Alter Pfadfindertrick, aber lass unseren großen Strategen bloß nicht spüren, dass die Idee von mir stammt.«

In diesem Moment rief Jack: »Meeting!«

Wir alle leisteten seinem Befehl unverzüglich Folge – auch Deborah, die sich uns so zugehörig fühlte, als wäre sie schon immer dabei gewesen. Während wir uns um ihn versammelten, zeichnete Jack mit einem Stock in den Sand eine Landkarte.

»Boss, wie ist der Plan?«, fragte Chuck.

Jack fuhr mit dem Stock die Markierungen ab. »Das letzte Schild pflanzt ihr hier hin. Wir locken sie in die Schlucht vom Skeleton Creek. Dann sitzen sie in der Falle. Damit ...« (Er deutete auf die Dynamitstangen) »... sprengen wir ein paar Felsbrocken so, dass sie den Ausgang verrammeln und wenn sie den Rückweg antreten ... Das Nadelöhr hier ist so eng, dass zwei Scharfschützen ausreichen, sie bis auf den letzten Mann nieder zu mähen. Du trennst dich am Schluchteingang von uns« (er wandte sich an Wild Pony) »und machst den vorgeschobenen Beobachter, so lange, bis sie anrücken. Aber zieh dir nicht so viel Dope rein, dass du uns irgendwelche Halluzinationen meldest. Wir beziehen inzwischen ...« (Sein Stock fuhr die Schluchtmarkierung entlang) »... genau hier unsere Position. Dein Job« (nun war Deborah an der Reihe) »ist der Lassowurf, mit dem wir den lieben George Doubleju vom Pferd holen. Dann haben wir den Fisch an der Angel.«

Ein anderes Team – von dessen Existenz wir nichts ahnten – erreichte zu diesem Zeitpunkt gerade den dritten Schauplatz, die Flusskehre, an die ich noch eine lebhafte Erinnerung hatte, weil ich dort in die Identität des von Indianern getöteten

Mister Flibberty Fox geschlüpft war. Hätte ich den Mann, der am Flussufer von seinem Pony absattelte, sehen können, so wäre ich zweifellos sehr überrascht gewesen, denn er glich dem hier erschossenen Flibberty wie ein Ei dem anderen. An der Satteltasche seines Ponys hing das Schild ›Fox Media‹, während das Pony, das dahinter einher trabte, von dem Schild ›Presse‹ verziert wurde. Darauf saß ein etwa dreißigjähriger Mann, der allem Anschein nach ein Reporter war, denn er hatte eine Reisemaschine umgeschnallt, auf der er während des Rittes fortwährend tippte. Frederic Fox, der eineiige Zwillingsbruder von Flibberty, führte eine 16 mm-Reisekamera nebst einem wackligen Stativ mit sich, das er im Fluss aufbaute. Er hatte die Hosenbeine hochgekrempelt und stand bis zu den Knien im Wasser, während er filmte. Der Reporter tippte seine Worte eifrig mit, wobei er mit zwei klemmenden Tasten kämpfte.

»Mein Zwillingsbruder Flibberty ...«, sagte Fox.

»...bert...«, wiederholte der Reporter. »Schon wieder das verflixte Ypsilon!«

»... ist aus New York kommend ... haben Sie das?«

»Ja, bis auf das Ypsilon!«

»... über den Yellowstone-Park ...«

»Scheiß-Ypsilon!«

»... und den Grand Canyon ...«

»Der Teufel hole das Ypsilon!«

»Ich dachte, das A klemmt«, sagte Frederic Fox, sich umdrehend.

»Das auch«, knurrte sein Begleiter, »aber daran habe ich mich schon gewöhnt. Also: Ihr Bruder ist verschollen und Sie kamen aus ... Bitte aus einem Land ohne Ypsílon und ohne A!«

»Aus Afrika«, fuhr Frederic fort, »und als ich zurückkam, um Flibberty in die Arme zu schließen – was musste ich da erleben? Ein Hochstapler hatte sich seinen Namen angeeignet und unser gemeinsames Vermögen verjubelt. Flibberty war Maler, wissen Sie und ich entschied mich für die bewegten Bilder. Er den Pinsel – ich die Kamera. Er Amerika – ich die Übersee. Das hier« (er deutete auf seine Kamera) »ist meine Erfindung. Eine Reisekamera für Expeditionen, ideal für Sümpfe und Urwälder. Meine Reisefilme haben mich bekannt gemacht, vor allem ›Die Krokodile und ich‹ und mein Meisterstück: ›Picknick bei den Kannibalen‹. Der Kannibalen-Film wurde dem Präsidenten bei einem Dinner im Weißen Haus vorgeführt. Das Ergebnis ...«

»... ist mir bekannt, Mister Fox«, unterbrach ihn der Journalist, »denn ich hatte das Vergnügen, an dieser unappetitlichen Veranstaltung teilzunehmen.«

»Unappetitlich?«, fragte Frederic. »Die Austern waren doch vorzüglich.«

»Ja, aber nur solange sie in meinem Magen blieben«, sagte der Journalist, gegen einen heftigen Würgreiz ankämpfend. »Mir kommt immer noch alles hoch, wenn ich daran denke, wie die Kannibalen das Bein von diesem Missionar abknabberten.«

»Von so etwas lassen Sie sich schockieren?«, wunderte sich Frederic. »Viel besser war doch die Szene, in der sie den Schädel aufsägten und dann zusammen sein Hirn auslöffelten. Ein großer Moment! Danach konnte dieser Trottel aus Follyfood seine Filmrollen einpacken und sich geschlagen geben. Ich hatte den Auftrag. Und welchem Revolverblatt verdanken Sie die Ehre, hier die schreibende Zunft zu vertreten?«

»Texas Today, der einzigen Zeitung, die unser Präsident liest. Sie wissen sicherlich, wie kompliziert sein Verhältnis zur Presse ist.«

Ohne es zu bemerken, passierten sie während dieses Gesprächs Flibbertys Skelett, in dem immer noch der Indianerpfeil steckte. Zu der makabren Maskerade gehörte mein alter Revolvergurt mit dem völlig vermoosten Holster, der die Knochen umschlabberte. Außerdem schmückte den Totenschädel mein vom Schimmel zerfressener Hut. Frederic Fox stapfte ans Ufer zurück und ließ sich neben dem Skelett seines ehemaligen Ebenbilds nieder. Da seine Augen immer noch an der Kamera klebten, sah er nichts außer dem, was er durch den Sucher erblickte. Er schwenkte sein Filmgerät langsam vom Fluss auf den Hut. Erst jetzt bemerkte er, dass sich direkt neben ihm im Gestrüpp Jemand befand.

»Good morning, Sir«, begrüßte er Hut und Totenschädel. Dann ließ er die Kamera wieder vom Skelett seines ermordeten Bruders wegschwenken, bis er stutzte – oder, wie das in seiner Fachsprache hieß, einen ›Doubletake‹ erlitt. Abrupt doubletakeisiert setzte er die Kamera ab und starrte das an, was nach sieben Jahren des Vermoderns von seinem Zwilling übriggeblieben war. Gleichzeitig stapfte der durchnässte Reporter ans Ufer, der immer noch in seine Schreibmaschine tippte. Als der Mann von ›Texas Today‹ den Blick von seinem Blatt abwandte und das Skelett erblickte, fiel er in Ohnmacht. Er kippte rücklings ins Wasser, während Frederic völlig ungerührt blieb.

»Oh, ein Skelett!«, rief er heiter aus und erklärte dem ohnmächtig daliegenden Reporter: »Ich sammle Eingeborenenschädel, müssen Sie wissen – und Schrumpfköpfe.« Er befreite den Totenschädel von meinem inzwischen recht unansehnlichen Hut. »Wie schade, dass das ein Cowboy war – und kein Wilder«, sagte er und rupfte den Schädel vom Skelett. »Diese Augenwülste ...«, sinnierte er und strich sich über seine buschigen Brauen. »Das markante Kinn ...« (Er reckte sein Kinn.) »Wissen Sie, an wen Sie mich erinnern, Mister Cowboy? Sie haben Ähnlichkeit mit meinem Bruder.«

Ohne die ganze Tragweite dieser Feststellung zu erfassen, erhob er sich und ging zu seinem Pony hinüber, während der Reporter, vom eiskalten Flusswasser erfrischt, langsam wieder zu sich kam.

»Ich werde dich Flibberty nennen«, setzte Frederic den Schädel über seine Pläne in Kenntnis, bevor er ihn sorgfältig in der Satteltasche verstaute. »Du wirst das Prunkstück meiner anthropologischen Sammlung.«

Er betrachtete nachdenklich seine Kamera, die vor ihm auf dem Stativ strammstand und kramte dann das Leichenfragment wieder hervor, um mit ihm für die Ewigkeit zu posieren. »Flibberty«, sagte er feierlich, »dieser Film wird uns unsterblich machen. Weißt du was? Wir werden eine Filmgesellschaft gründen, wir zwei. Was hälst du von ›Fox and Fox‹?« Er überlegte und schüttelte, nachdem er auch ›Fix and Foxy‹ verworfen hatte, heftig den Kopf – bis ihm die Erleuchtung kam: ›Twentieth Century Fox‹.

Nach dieser historischen Taufe heftete er seinen Blick auf den Himmel; es fehlte nicht viel und die Zirruswolken hätten sich zu dem Logo der Twentieth Century Fox geformt.

Kurz nach der Ankunft der Medienvertreter schnappte unsere Falle zu. Wie wir erwartet hatten, zog unser falscher Wegweiser einen Trupp Soldaten an, der mit Trompetenstößen und einer großen, wehenden US-Flagge heranritt. Zu diesem Trupp gehörte ein Zivilist, bei dem es sich offenkundig um den Präsidenten handelte. Die Soldaten hielten vor dem Wegweiser. Einer von ihnen studierte eine Landkarte.

»Laut Karte«, stellte er fest, »geht es nach Dead Gulch geradeaus.«

»Zum Teufel mit Ihrer Karte!«, wies ihn sein Vorgesetzter zurecht, der seinen Abzeichen nach den Rang eines Majors bekleidete. »Hier habe immer noch ich das Kommando.«

Der Major gab Anweisung, dem Wegweiser zu folgen. Soweit verlief alles nach unserem Plan. Hätten wir die Situation als Beobachter erlebt, statt uns in der Schlucht des Skeleton Creek zu verschanzen, so wären uns allerdings ein paar Merkwürdigkeiten aufgefallen. Zum einen war der Kavallerietrupp verdächtig klein. Von wegen zweihundert Nationalgardisten! Wurde von diesem erbärmlichen Häuflein wirklich der Präsident der Vereinigten Staaten geschützt? Wie groß aber wäre erst mein Erstaunen gewesen, wenn ich dem Präsidenten direkt ins Gesicht hätte blicken können! Dann wäre mir nämlich klar geworden, dass ich ihn kannte – vom Filmset her. Es war kein Anderer als der Schauspieler, der sich mit »Ich bin der gefürrrchtete Frank McKenzy!« aufgeplustert hatte; es war mein Doppelgänger, der inzwischen in eine andere Rolle geschlüpft war – und in ein anderes Kostüm. Um die Ähnlichkeit mit George Doubleju Humvee perfekt zu machen, hatten sich Maskenbildner an seinen schlaffen, gummiartigen Zügen zu schaffen gemacht.

»Wie fühlt man sich in der Rolle des Präsidenten der Vereinigten Staaten?«, fragte ihn der Major, der neben ihm ritt.

»Sehr gut«, sagte das Präsidenten-Double, »aber warum musste das Weiße Haus so knauserig bei meinem Begleitschutz sein?«

»An Dollars mangelts nicht«, antwortete der Major, »Sie erhalten nicht mehr Begleitschutz, damit Sie als eine leichte Beute erscheinen.«

»Beute?«, schrie das Double auf. »Ich bin ein Charakterdarsteller und kein Lockvogel!«

»Und ich bin Major und kein Kanonenfutter«, sagte der Major bitter, »aber das interessiert kein Schwein. Ich gehorche meinen Befehlen und Sie gehorchen Ihrer Gage. Also: Halten Sie die Klappe!«

»Ich wäre kein Schauspieler, wenn ich die Klappe halten würde!«

»Sie sind hier aber nicht beim Film, sondern beim Militär und da hält jeder die Klappe, dem ich das Reden nicht ausdrücklich erlaube. Ich erlaube Ihnen, den Mund aufzureißen, aber dabei halten Sie sich an Ihren Text, verstanden? Üben Sie Ihre Wahlkampfrede.«

Bis dahin waren sie durch ein offenes Grasland geritten, das keinen Hinterhalt erlaubte, doch nun, da sie ihr Weg ins Gebirge hineinführte, änderte sich die Szenerie ziemlich schlagartig. Felswände schnürten sie von allen Seiten ein und Baumriesen umringten sie. »Ab hier ist Banditenland«, gab der Major den Fremdenführer, wobei er seinen Colt wie einen Zeigestock einsetzte. »Hinter jedem Felsen kann Ihr Publikum stecken und es applaudiert mit blauen Bohnen.«

»Davon steht in meinem Vertrag kein Wort!«

»Ach so, Sie lassen sich jeden einzelnen Zuschauer in den Vertrag reinschreiben. Mein lieber Herr Hamlet, Sie sind hier im Wilden Westen.«

Der reale Wilde Westen erschreckte den gelernten Westerndarsteller so sehr, dass er die Zügel herumriss und zurückreiten wollte. Doch da hatte er die Rechnung ohne den Major gemacht, der sofort den Colt auf ihn richtete. »Hiergeblieben! Sie sehen keinen müden Cent von Ihrer Gage, wenn Sie 'ne Sause machen, Mister ...«

»Regan. Ich bin der berühmte David Donald Regan Junior«, sagte der Schauspieler herablassend. Dabei riss er sich die Perücke vom Kopf, die der Haarpracht von George Doubleju Humvee täuschend echt nachempfunden war.

»So, du erbärmliches Würstchen von einem Double, jetzt langt's!«, brüllte ihn der Major an und stülpte ihm die Perücke verkehrt herum wieder auf. »Du hast auf einer Textrolle bestanden und du hast eine Textrolle gekriegt, also will ich deinen Text auch hören. Na los, mach schon den alten Motherfucker George Doubleju: ›I'm a war president!‹ Wird's bald?«

21

Von allem dem ahnten wir nichts, als wir in der Schlucht des Skeleton Creek unsere Positionen bezogen. Jack, Chuck, der Totengräber und ich hatten inzwischen das von unserem Plan vorgesehene Felsenversteck erreicht, von dem aus wir die Schlucht unter Beschuss nehmen konnten. Der Boden am Fuß der Schlucht wurde durch den Skeleton Creek-Fluss so verengt, dass immer nur ein Reiter hindurchpasste. Es war der perfekte Hinterhalt; trotzdem beschlich mich ein ungutes Gefühl.

»Jack, zähl mal durch«, sagte ich, mich umblickend.

»Wieso?«, fragte mein Bruder bestens gelaunt. »Fehlt wer?«

»Ja, unser siebter Mann. Wo ist Howland? Er wollte doch bei uns bleiben.«

»Der ist zu alt, zu fett und zu besoffen für so eine Kletterpartie«, entgegnete Jack. »Was haben wir davon, wenn er im Vollrausch in den Fluss plumpst. Howland kann uns hier nicht nutzen.«

»Nein«, sagte ich mit einer düsteren Ahnung, »aber er kann uns schaden, wenn er nicht hier ist.«

Ja, wo war der Sheriff abgeblieben? Er schien es selbst nicht zu wissen, so betrunken wie er sich von seinem Pferd durch die Prärie schaukeln ließ. »Oh my darling, oh my darling Clementine«, sang er lallend vor sich hin, »rosy lips above the water ...«

Er schwankte so heftig im Sattel, dass es kaum vorstellbar war, dass er dabei irgendein Ziel verfolgte. Tatsächlich aber ritt er nicht ganz zufällig auf die Barrikade der Seven Sisters zu, denn er hatte die Frauenbande genau dort vermutet, wo er sie nun entdeckte. »Ah, die Ladys!«, sagte er zu sich selber und wurde schlagartig nüchterner. »Da stecken sie also. Gut zu wissen, Howland, gut zu wissen.« Er tätschelte zufrieden sein Pferd. »Wie gut, dass sie mich für viel zu besoffen halten, um sie zu sehen. Der alte Howland, denken sie, sieht nur noch weiße Mäuse.«

Er sang weiter und übertrieb dabei seine Betrunkenheit maßlos. In einem weiten Bogen ritt er um die Ladys herum, die ihn in der Tat nicht mehr ernst nahmen.

Als der Kavallerietrupp mit dem falschen Präsidenten den Eingang der Schlucht erreichte, trat unser Späher in Aktion. Hinter einem Baum verborgen, sah Wild Pony den Trupp, der uns narren sollte, vorbeireiten. Sobald ihn die Soldaten passiert hatten, zog unser Indianer Pfeile aus seinem Köcher. Als gewiefter Stratege hatte Jack alle Möglichkeiten in Betracht gezogen, so dass an jedem Pfeil ein Zettel mit einer anderen Botschaft hing, die aus einem englischen Wort und einem für Wild Pony verständlichen Symbol bestand. Unser Späher wählte den passenden Pfeil aus. Zum ersten Mal lächelte er – zumindest huscht um seine maskenhaft starren Mundwinkel ein Ausdruck der Befriedigung. Da es sich der Entscheidungsschlacht näherte, wirkte er hoch konzentriert. Er spannte den Bogen bis zum Anschlag. Dann schoss er den Pfeil in den Himmel hinein ab.

Der Pfeil schnellte los. Er flog über die Schlucht hinweg und ...

... blieb in einem Baum direkt über unseren Köpfen stecken.

»Phantastisch!«, staunte der Totengräber. »Ich hätte nie gedacht, dass unsere Rothaut aus der Entfernung trifft.«

»Das ist ein Sieben-Meilen-Pfeil«, sagte Jack, den Pfeil abpflückend. Seine Miene hellte sich auf, als er den am Schaft klebenden Zettel las.

»Was steht in dem Briefchen?«, fragte ich.

»Das Code-Wort. Sie sind da. Es geht los, Jungs.«

Chuck und der Totengräber griffen zu den Gewehren und legen sich in ihre Schussstellung. Jack winkte zur anderen Schluchtseite hinüber. Dort gab sich Debby zu erkennen. Sie schwang als Zeichen, dass sie in Bereitschaft war, ihr Lasso.

Die Zeichen standen auf Sturm. Nur dass wir uns keineswegs im Zentrum des Orkans befanden, der bald, sehr bald hereinbrechen sollte. Über *uns* hereinbrechen, denn ... Ja, wo steckten die vielen Nationalgardisten, die das Telegramm angekündigt hatte? Waren sie etwa unterwegs in den Saloons versackt, weil man ihnen mitteilte, sie würden nicht mehr gebraucht? Mitnichten. Sie steckten im Busch. In einer Marschkolonne, die man nicht gerade »militärisch« nennen konnte, weil sie durch das Terrain in viele kleine Trupps zerrissen wurde, näherten sie sich der Schlucht – schneckenhaft langsam, denn das nahezu undurchdringliche Gestrüpp ließ kein höheres Tempo zu. Sofern sich von den Nationalgardisten im Wald überhaupt etwas erkennen ließ, boten sie einen seltsamen Anblick. Sie waren als Indianer verkleidet, wobei ihre Kostümierung sehr unvollständig war. Die meisten trugen noch ihre Armeestiefel und einige sogar ihre Uniformhosen.

»Wieviel Mann haben wir im Gehölz, Lieutenant?«, fragte ein General, dessen Kostüm anscheinend einen Häuptling darstellen sollte.

Pflichtergeben antwortete ihm ein Offizier, der nur ein halbes Kostüm abgekriegt hatte: »Dreihundertfünfzig Mann, Sir.«

»Das dürfte reichen. Aber hören Sie endlich auf mit Ihrem albernen Sir. Nennen Sie mich gefälligst Häuptling Grollender Donner.«

»Jawohl, Sir ... Äh ... Ich meine: General Grollender ...«

In diesem Moment wühlte sich ein unverkleideter Sergeant in Kavallerieuniform, gegen die Zweige ankämpfend, zum General durch.

»Wie sehen Sie denn aus, Sergeant?«, fuhr ihn sein Befehlshaber an.

»Wir hatten nicht genügend Lendenschurze, Sir.«

»Dann stecken Sie sich wenigstens eine Feder an«, donnerte der General. Er rupfte einem der Pseudoindianer eine Feder ab und verpflanzte sie in das Hutband des Sergeanten.

»Unter wem haben Sie früher gedient?«, wollte er wissen.

»Unter General Custer, Sir!«, schnarrte der Sergeant.

»Falsch! Unter Häuptling Sitting Bull! Lernen Sie gefälligst Ihre Rolle auswendig.«

»Darf ich mir eine Frage erlauben, Sir?«

»Nein, dürfen Sie nicht, aber ich erlaube mir eine Antwort. Drei Kavallerie-Schwadrone sind unmöglich zu verstecken – geht das in ihr Gehirn rein? Als Rothäute sind wir unverdächtig, denn die Indianer sind in diesem Konflikt neutral. Haben Sie meine Ausführungen verstanden?«

»Verstanden, Sir!«, schnarrte der Sergeant, die Hacken zusammenschlagend.

»Haben Sie sie nicht nur verstanden, sondern auch kapiert?«

»Kapiert, Sir!«

»Nein, haben sie nicht, sonst würden Sie mich nicht ›Sir‹ nennen, Sie Plattfußindianer. Abtreten!«

Abgang Sergeant, Aufritt einer anderen Pseudo-Rothaut, die atemlos meldete: »Der Präsident der Vereinigten Staaten!«

Sofort nahmen alle ›Indianer‹ eine militärische Haltung an und salutierten. Dann schritt ein Mann durch ihre Reihen hindurch (soweit das Dickicht ein Schreiten zuließ), der dem Präsidenten bis aufs Haar glich. Dass es sich diesmal um den echten George Doubleju Humvee handelte, bewiesen nicht nur seine markanten Augenbrauen, die anders als bei dem falschen keine Tendenz zeigten, sich von der Haut abzulösen, sondern vor allem seine herrischen Gesten, die sein Double nur unperfekt kopierte. Im Unterschied zu seiner lächerlich kostümierten Entourage ließ sein Indianer-Outfit nichts an Authentizität vermissen; er sah aus, als würde er als Häuptling Sitting Bull für ein Historiengemälde Modell stehen. Mit Blick auf die schauspielernde Armee-Einheit begeisterte sich der nationale Oberbefehlshaber: »Eine wunderbare Idee von meinem Freund Frede ... Ah, da ist er ja schon!«

Er begrüßte überschwänglich Frederic Fox, in dessen Gefolge sich der Reporter zu dem geheimen Schauplatz vorkämpfte. »Gentleman!«, rief der Präsident. »Darf ich Ihnen Frederick Fox vorstellen, den berühmten Filmregisseur?«

Die Gentleman, denen seine Worte galten, vermutete er ausnahmslos hinter dem Kameraobjektiv. Der Präsident war eben ein echter Medienprofi – der allerdings nicht wusste, dass der Film keinen Ton aufzeichnete und dass die Kamera nicht lief, wenn niemand an ihr kurbelte. Der berühmte Regisseur holte das Kurbeln jetzt nach, wobei er auf die schwerbewaffnete Statisterie schwenkte. »Das nenne ich einen Indianeraufmarsch!«, jubelte er. »Phantastisch, wie Sie meine Regieanweisungen umgesetzt haben, Georgie.«

»Sie wollten dreihundert Indianer, Foxy«, antwortete Georgie, »und ich dreihundert Soldaten. Auf diese Weise haben wir beides.«

»Und jetzt will ich Action, sehen, Georgie.«

»Du wirst genug Action kriegen, Freddy,« versprach George Doubleju Humvee.

Zum Glück war diese Verabredung zum Massaker nicht unbeobachtet geblieben; denn: Wozu hatten wir den besten Späher des Wilden Westens in unseren Reihen? Nur leider verfügte auch die Gegenseite über einen professionellen Nachrichtendienst – in Gestalt eines Agenten, der Wild Pony dabei beobachtete, wie er, hinter einem Baum verborgen, die Verschwörer belauschte. Der Agent, dessen Kopf so viele Federn schmückten, dass er wie ein Wiedehopf aussah, schlich sich in Wild Ponys Rücken heran. Dann tippte der falsche Indianer dem echten auf die Schulter und zeigte seinen Dienstausweis vor: »Special agent

Dieks vom Doubleju Doubleju Ei S – Wild West Intelligence Service. Dürfte ich um Ihren Namen bitten?«

»Wild Pony von den Oglala-Sioux.«

»Nein, ich meine, wer du wirklich bist!«

Die Aufforderung, sich einen nicht-indianischen Namen zuzulegen, brachte Wild Pony ins Schwitzen. »Äh ... Äh ...«, stammelte er.

»›Äh-Äh‹ ist ein komischer Name«, grinste der Agent voller Vorfreude auf die Entlarvung, die ihm gleich gelingen würde. Zwar schaffte es Wild Pony, auf der Basis seiner Ähs einen Namen zu formen: »Äh ... Allister!«, doch das Verhör ging gnadenlos weiter:

»Unter wem hast du gedient, Allister?«

»Unter General Äh ...«

»Ich kenne keinen General ›Äh‹.«

»Äh ... Äh ... Ellis!«, rettete sich Wild Pony erneut. Dann verkrümelte er sich, indem er sich bei den militärisch marschierenden ›Indianern‹ einreihte. Der Agent blickte ihm grimmig hinterher und wandte sich an den nächsten Offizier, dessen Rang an Federschmuck, Schulterklappen und Säbel zu erkennen war: »Special agent Dieks! Sir, ich möchte eine Meldung erstatten. Unter uns befindet sich ein verdächtiges Subjekt.«

»Warum ... äh ... ver ... äh ... dächtig?«

»Zuviele ›Ähs‹, Sir.«

»Was ... äh ...«, fragte der Offizier und blitzte ihn so furchteinflößend an, als wollte er ihn gleich mit seinem Säbel zerspalten, »meinten Sie ... äh ... mit .... äh ... zuviele ›Ähs‹?«

»Äh ... äh ...«, stammelte der Agent. »Nichts, Sir!«

Derweil überlegte Wild Pony fieberhaft, wie er unauffällig aus der Marschkolonne ausbrechen konnte, um uns zu warnen. Er entschied sich schließlich für die Strategie, Chaos zu erzeugen. Aber wie? Sollte er mit seiner Pfeife versuchen, den Wald in Brand zu stecken? Infolge der hochsommerlichen Trockenheit reichte dazu sicherlich ein einziger Joint! Oder ein paar Krümel aus der Pfeife. Nein, nein, zu einer solchen Verschwendung war er nicht fähig. Wie stand es mit den anderen psychoaktiven Substanzen, die seinen Medizinbeutel füllten? Zum Beispiel die Magic Mushrooms?

Wie ein Opium-Dealer raunte er seinem Vordermann zu: »You want some dope?«

»Dope???«, echote der Soldat verständnislos.

Da er sein kostbares Marihuana nicht hergeben wollte, stopfte ihm Wild Pony ein paar magische Pilzchen in den Mund, versprach: »You'll like the dreams«, und spielte dann den Rausch-Animateur: »Oh, I have a vision: You are a bird, a big bird! Fly, birdy, fly!« Die Masche funktionierte. Der Soldat, der das für ihn ungewohnte Rauschgift genossen hatte, begann wie ein Verrückter zu lachen und zu tanzen. Er sprang herum und versuchte zu fliegen. Die dadurch entstehende Aufregung nutzte Wild Pony, um zu verschwinden. Niemand achtete mehr auf ihn und niemand erinnerte sich später daran, dass er einmal ein Bestandteil der Marschkolonne gewesen war. Als er sich in Sicherheit wähnte, zog er aus seinem Köcher den Alarm-Pfeil und spannte den Bogen. Er war viel zu sehr aufs Zielen konzentriert, um zu bemerken, dass sich ihm in seinem Rücken Jemand näherte. Ein Haufen dürrer Zweige, die unter den Stiefeln zerknackten, kündigte keinen Geringeren als Frederic Fox an, der, am Sucher seiner Kamera hängend, die Wildnis auf der Suche nach Motiven durchkämmte. Der an afrikanischen Wilden geschulte Filmemacher erkannte sofort, dass es sich bei unserem Späher um eine echte Rothaut und nicht um irgendeinen Faschingsindianer handelte. Voller Begeisterung über diesen Fund achtete er nicht mehr auf die Hindernisse, die ihm im Wege lagen, so dass das Unvermeidliche geschah: Er kam, um ein Close-Up zu ergattern, Wild Pony zu nahe, so dass er, als er stolperte, in dessen Rücken knallte – just in dem Moment, in dem Wild Pony den Pfeil losschnellen ließ. Kleiner Anrempler, große Wirkung: Die Alarmbotschaft, durch die wir erkannt hätten, in welcher Falle wir saßen, wurde zwar an uns abgeschickt, nur leider in eine komplett falsche Richtung. Und es gab keinen zweiten Alarm-Pfeil! Wild Ponys Wut kannte deshalb keine Grenzen. Er schwang das Tomahawk, um den Aggressor zu skalpieren. Sir Frederic wich zurück, ohne mit dem Filmen aufzuhören. Hin- und hergerissen zwischen Todesangst und Begeisterung konnte er nicht anders als die rasende Rothaut, die ihn in seine Einzelteile zu zerhacken drohte, auf Zelluloid zu bannen.

Jack hatte kaum übertrieben, als er von einem »Sieben-Meilen-Pfeil« sprach, denn Wild Ponys Wunder-Pfeil schwirrte so weit durch die Lüfte, dass er fast den Ortsrand von Dead Gulch erreichte, wo die Seven Sisters an ihrer Straßensperre ausharrten und sich, weil niemand erschien, mehr und mehr langweilten. Dass ihre Laune auf den Nullpunkt sank, lag auch daran, dass sie in den dicken Filmkostümen, die offenbar für Schneesturmszenen gedacht waren, beinahe einen Hitzekollaps erlitten.

»Ich frage mich allmählich«, schimpfte Gladys und warf dabei ihre Biedermeierhaube ab, »worauf wir eigentlich warten.«

»Ja«, pflichtete ihr Jenny bei, »wir stehen hier wie bestellt und nicht abgeholt.«

In diesem Moment kam der fehlgeleitete Alarm-Pfeil bei ihnen an. Er flog so hoch, dass er aus den Wolken herabzufallen schien, in einem Sturzflug, den die kleine Patty als erste bemerkte. »Ist das toll!«, jubilierte sie, »jetzt kommen die Indianer!« Sie lief dem todbringenden Geschoss entgegen, aber nur ein, zwei Meter, dann sprang ihre Mutter wie von der Tarantel gestochen auf und zog sie hinter die Barrikade. Abigails Rettungsaktion kam um keine Sekunde zu früh, denn der Pfeil hatte es geradewegs auf Patty abgesehen und blieb in Höhe ihres Kinderherzens in der Barrikade stecken.

»Wieso greifen uns jetzt die Indianer an?«, wunderte sich Heather, die mit Mabel zusammen hinter dem Planwagen Schutz gesucht hatte, während die anderen Ladys bäuchlings hinter der Straßensperre lagen.

Abigail sah den am Pfeil befestigten Zettel als Erste. »Das ist Jacks Schrift«, stellte sie fest, ohne die Botschaft entziffern zu können. Sie reichte den Zettel an Violet weiter, die ihn für alle laut vorlas: »›Danger – we're in a trap.‹ Die Männer stecken in einer Falle!«

»Umso besser für uns«, sagte Gladys.

»Aber Jack ist dabei!«, rief Abigail aufgeregt aus. »Und Frank!«

»Du tust ja so, als wäre das ein Liebesbrief«, stichelte Gladys.

»Und das da ist wohl Amors Pfeil?«, assistierte ihr Jenny, den Pfeil höhnisch in die Höhe haltend.

»Sie schmilzt dahin!«, giftete Gladys weiter.

»Ich schmelze bestimmt nicht dahin«, sagte Abigail, »aber einer von ihnen ist der Vater von Patty! Und ich kann wegen meiner Tochter nicht zulassen, dass man sie massakriert.«

»Ist Chuck dabei?«, wollte Heather wissen.

»Ja«, sagte Jenny, deren Erinnerung an ihre schmachvolle Gefangennahme noch taufrisch war, »ich habe ihn selber gesehen – und gerochen.«

»Chuckie!!!«, gackerte Heather wie eine aufgeregte Henne. »Der arme Chuckie! Der Vater von meinem kleinen Jerry.«

»Dein kleiner Jerry war 'ne Totgeburt«, sagte Gladys schroff.

»Ja, aber ich hätte ihn geliebt, den kleinen Jerry.«

»So lange«, warf Jenny ein, »bis du bemerkt hättest, dass er die gleiche hässliche Visage kriegt wie sein Vater.«

Den Streit beendete Mabel auf ihre ruhige, immer um Sachlichkeit bemühte Art. »Das muss ein Pfeil von Wild Pony sein«, lenkte sie die Aufmerksamkeit wieder auf den Anlass der Debatte zurück. »Niemand konnte so weit schießen wie er.«

»Wer ist Wild Pony, Mum?«, fragte Violet.

»Na ja«, versuchte sich Mabel um eine Antwort zu drücken, »er war damals nicht gerade ein Stammgast, aber ... Ach, vergiss es, Violet!«, winkte sie ab.

»Schön wär's, wenn du es vergessen könntest«, zischte ihr Gladys herausfordernd zu, »aber da du schon mal angefangen hast, aus dem Nähkästchen zu plaudern ...«

»›Nähkästchen‹ ist wohl kaum der richtige Ausdruck für einen Puff«, sagte Jenny in ihrer brutal-direkten Art.

»Nun klär sie endlich auf«, forderte Gladys die Chefin auf, »über Wild Ponys Beitrag zu ihrer ...«

»Naja«, kam Mabel der Aufforderung stockend nach, »da war einmal so eine laue Nacht ...«

»Sie meint: eine durchzechte ...«, übersetzte Gladys für Violet, die daraufhin ausrief: »Mama, jetzt komm endlich zum Punkt!«

»Die laue Nacht ...«, ruderte ihre Mutter herum, »naja, ein bisschen durchzecht war sie schon ... Wie das eben so ist: Es wurde ziemlich wild. Und dann noch wilder ...«

»Das Pony wurde immer wilder und wilder ...«, erklärte Jenny und imitierte einen brünstigen Freier, wobei sie wie ein Pferd wieherte. Dadurch sah sich Mabel endlich zu einem Geständnis gezwungen: »Jedenfalls war es wild genug, um ... dich zu erzeugen, mein Kind.«

»Was???«, schrie Violet. »Ich bin eine halbe Rothaut? Und das erzählst du mir erst jetzt, Mum?«

»Sie wollte dir eben das Gefühl der Rassenschande ersparen«, konnte sich Gladys ihren unvermeidlichen Kommentar nicht verkneifen.

»Nein«, widersprach Mabel, »ich wollte ihr ersparen, zu sehen, wie dieser Mann vor die Hunde geht. Weil er alles verloren hat: Seine Jagdgründe, seinen Stolz und seine Fähigkeiten als Krieger.«

»Mein Vater war ein ... Krieger?«, fragte Violet. »Wirklich?«

»Eher ein Künstler«, sagte ihre Mutter. »Genial und durchgeknallt, ein Van Gogh mit Pfeil und Bogen. Es ist besser, gar keinen Vater zu haben als so ein mit Drogen vollgepumptes Wrack.«

»Mum, dieser Pfeil beweist: Er ist kein Wrack mehr«, entgegnete Violet. »He's back, Mum, he's back!«

»Ja, vielleicht erlebt er wirklich ein Comeback«, sagte ihre Mutter, den Pfeil in der Hand hin und herdrehend. Damit sah Abigail ihren Augenblick gekommen.

»Und wer hat ihm diese Chance verschafft«, fragte sie, »wenn es nicht Jack und Frank waren? Mabel, vielleicht ist es an der Zeit, deinen Hass gegen die McKenzys zu begraben.«

Mabel wandte den Blick ab und blickte starr in die Ferne. Es sah aus, als würde sie den weit, weit zurückliegenden Grund ihres Hasses fixieren, aber das vor ihr liegende Grasland, aus dem sich die Rockys erhoben, zeigte ihr nichts außer einer Staubwolke. Die Staubwolke kam langsam näher. Nach einer Weile zückte sie ein Fernrohr und stellte es auf die Reiter scharf, deren Pferde mit ihren Hufen den Staub aufwirbelten.

»Zwei Indianer!«, stellte sie überrascht fest.

»Die beiden letzten Mohikaner«, grinste Gladys.

»Nein«, sagte Mabel, während sie die Reiter durch das Fernrohr studierte, »das glaube ich nicht, denn das sind sehr komische Mohikaner.

Ich fress 'nen Besen, wenn die nicht von der Kavallerie sind.«

»Kavallerie?!!!«, schrien Jenny und Gladys wie auf Kommando. Sie sprangen auf den McDonalds-Planwagen und stürzten sich in den Kartoffelberg, um ihre Waffen hervorzukramen.

»Halt!«, hielt sie Mabel zurück. »Es nutzt uns gar nichts, wenn wir die abknallen.«

»Richtig!«, stimmte ihr Abigail zu. »Es sind nur zwei und da draußen müssen hunderte sein.«

Endlich hatten sich die beiden verkleideten Kavalleristen (darunter der nur mit einer Feder maskierte Sergeant) soweit genähert, dass Alle sehen konnten, was Mabel durch das Fernrohr erkannt hatte. Als die Reiter ihre Pferde zur Seite lenkten, um in einem weiten Bogen um die Seven Sisters herumzureiten, überlegte die Chefin: »Ich frage mich, wo wollen die hin?«

»So schnell wie die unterwegs sind«, sagte Violet, »wollen sie bestimmt eine Nachricht überbringen.«

»Aber welche? Wenn wir das wüssten, würden wir ihre Pläne kennen. Wir bräuchten ...«

»... das FBI!«, rief Violet, von einem Einfall beflügelt, aus.

»Das – was?«

»Feminine Bureau of Investigation«, erklärte Violet und salutierte. »Special agent Violet meldet sich zum Spezialauftrag.«

»Special agent Abby auch!«, schloss sich ihr Abigail an. Beide bewaffneten sich und schwangen

sich – weiterhin mit ihrem Nonnenkostüm bekleidet – aufs Pferd.

In Dead Gulch, dem Ziel der beiden Kavalleristen,
hatten sich die Bürger so ängstlich in die Keller
verkrochen, als erwarteten sie die Belagerung
durch eine Armee. Nur Sheriff Howland sah keinen Anlass, sich zu verkriechen. Die Tür zu seinem
Office stand sperrangelweit offen, als wollte er sig-
nalisieren: »Hereinspaziert! Heute ist Dienstag!
Sprechstunde!«, dabei erwartete er nur einen einzigen Besuch, doch diese Kundschaft hatte es in
sich. Der Klient, den er ungeduldig erwartete, trug
nämlich den klangvollen Titel ›Die Vereinigten
Staaten von Amerika‹, die sich durch die beiden
Reiter vertreten ließen. Sein Büro zeigte deutliche
Verwahrlosungsspuren – was sich weniger auf die
Tatsache zurückführen ließ, dass hier ein Alkoho-
liker hauste als auf das Wandalen-Gastspiel, das
unsere Bande mit einer einmaligen Übernachtung
veranstaltet hatte. Exzessiver denn je gab sich
Howland dem Whiskeykonsum hin, wobei man
das Ausmaß seiner Beduselung seiner Stimme
noch nicht anmerkte. Im Bewusstsein, jetzt der
wichtigste Sheriff der USA zu sein, redete er mit
seinen eingesperrten Singvögeln. »Hello birds!«,
zwitscherte er.

»Willkommen im Käfig!« Wie üblich ärgerte er
die gefiederten Knast-Brüder mit Strohhalmen,
doch an diesem Morgen hatte er sie, seinen Plänen

entsprechend, umgetauft: »Hallo Frank! Hallo Jack! Hallo Chuck!«

»Hallo Sheriff!«, erklang in seinem Rücken plötzlich eine ungewohnte Stimme. Die offene Tür hatten die beiden Boten als Einladung begriffen, ins Büro zu treten.

»Ich soll Ihnen im Namen des Präsidenten ausrichten: Die Nation ist Ihnen zu Dank verpflichtet«, erklärte der gefiederte Sergeant.

»Mich interessieren nur die vereinbarten Dollars«, knurrte Howland.

»Die 50 000 sind Ihnen sicher«, erwiderte der Sergeant.

»Ja, hin und wieder habe ich einen brauchbaren Einfall«, sagte Howland und ließ sich dabei in seinen Schreitischsessel fallen. Weil sich allerhand Wespen für seinen Whiskey interessierten, nahm er die Fliegenklatsche zur Hand, mit der er von Zeit zu Zeit die Insektenschwärme in seiner Bude ein wenig dezimierte. Peng – Treffer! »Zwei Fliegen mit einer Klappe!«, grinste er seine Gäste hintersinnig an und schob ihnen zwei Gläser hin. »Whiskey?«

»Nein danke, wir sind im Dienst«, erwiderte der Sergeant mit dem Anflug eines russischen Akzents.

»Wie wär's, wenn ich's mit Wodka verdünne?«

Das Wort ›Wodka‹ bewirkte, dass der Akzent des Gastes unüberhörbar wurde: »Ah, Wodka! Ein Gruß aus der Cheimat!«

»Cheers! Ich heiße Herbert. Wie mein Vater«, sagte Howland.

»Ich Mike, aber eigentlich Michail Sergejewitsch«, erwiderte sein Besucher. »Mein Vater Sergej Pawlowitsch war der Kurier des Zaren. Nastrowje, Cherbert Cherbertowitsch!«

Auf diese protokollarische Erklärung zur deutsch-russischen Freundschaft folgte eine wüste Zecherei. Sie lockte auf der Straße vor dem Büro zwei Spioninnen an, die ihren Kostümen nach zu schließen, aus einem Nonnenkloster ausgebüxt waren. Nachdem sie sich davon überzeugt hatten, dass es sich bei Howlands Gästen tatsächlich um die von ihnen verfolgten Reiter handelte, verschwanden ihre Köpfe sofort wieder. Glücklicherweise stand das Fenster offen, so dass Abigail und Violet kein Wort, das drinnen gewechselt wurde, entging, umso weniger als der Wodka, der nun in Strömen floss, nicht gerade für eine gedämpfte Lautstärke sorgte. Von Howland fiel jede Zurückhaltung ab.

»Dass ihr die McKenzy-Bande in der Schlucht des Skeleton Creek einkesselt«, lobte er sich, »war mein bester Einfall – eine todsicherere Falle gibt's nicht.«

Damit glaubten unsere Mädchen vom ›FBI‹ genug gehört zu haben. Sie verzogen sich allerdings ein wenig zu früh, denn dadurch entging ihnen, dass der listige Howland die Möglichkeit einer Gegenspionage nicht nur einkalkuliert, sondern auch spitzgekriegt hatte, wer ihn da durch das offene Fenster belauschte. »Hallo birds!«, grinste er. »Hallo Abigail! Hallo Violet! Hallo Ladys!«

Dann wandte er sich wieder dem Sergeanten zu: »Wenn die Seven Sisters den Plan kennen, wird die Sache für uns noch leichter, Michail Sergejewitsch.«

»Ich verstehe Sie nicht, Cherbert Cherbertowitsch.«

»Weil Sie nicht wissen, wie Banditen ticken – und Frauen.«

In jedem Fall tickte jetzt die Uhr, die die verbliebene Zeit bis zur Entscheidung bemaß. Sie tickte im rasenden Herzschlag von Violet und Abby und sie tickte im noch rasenderen Rhythmus der Hufe, die sie zur Barrikade zurückbrachten, damit sie den Rest ihrer Bande davon informieren konnten, dass sie dort völlig sinnlos herumstanden.

»Die Männer sind am Skeleton Creek eingekesselt« – diese Nachricht ließ die aufgestaute Energie im Nu explodieren. Die lähmende Langeweile schlug in Hektik um. Alle stürzten gleichzeitig auf den Planwagen, um sich zu bewaffnen, alle versuchten gleichzeitig, sich der lästigen Filmkostüme zu entledigen, die sie zu Missionarinnen und Großmütterchen machten (wobei dieser Striptease keiner von ihnen wirklich gelang), alle stürzten gleichzeitig zu den Pferden, alle sattelten mehr oder weniger gleichzeitig auf und alle zerschossen im Abreiten die Luftballons auf der geschmückten Barrikade und das ›Welcome-Mr-President‹-Banner. Alle? Wirklich alle? Nein, ein kleiner, verwirrter Rest blieb zurück. Da es sich dabei um Gladys und Jenny handelte, wandelten sie die Verwirrung postwendend in Verachtung um.

»Die spinnen, die ...«, zischte Gladys.

»... Weiber!«, vollendete Jenny.

Ganz anders reagierte der McDonalds-Koch. »Yippie!«, rief er und schwang sich auf den Kutschbock, um die lahmen Gäule, die seinen Planwagen zogen, mit ein paar kräftigen Peitschenschlägen zur Abfahrt zu bewegen. Auf zum Schlachtfeld! Bei all dem Pulverdampf gab es sicherlich auch genügend Kohldampf. Jenny sah dem rollenden Schnellimbiss hinterher. Sie schien zu überlegen, was angesichts ihres Draufgängertums und ihrer oftmals abrupten Entschlüsse nicht gerade häufig vorkam. Natürlich sann sie nicht darüber nach, wie man uns retten konnte, nein, sie fragte sich, wie ... Plötzlich sprang sie entschlossen aufs Pferd.

»Jenny, was hast du vor?«, fragte Gladys.

»Hast du das Lösegeld für den Präsidenten vergessen? Ich hol mir die Geisel!«

22

Derweil gaben wir uns immer noch der Illusion
hin, dass alles nach Plan lief. Von unserem Versteck aus beobachteten wir, wie das erbärmliche
Kavalleristen-Häuflein mit dem Schauspieler, den
wir für den Präsidenten hielten, in die Schlucht
hineinritt. Durch das Nadelöhr, an dem wir sie
erwarteten, konnte sich immer nur ein Reiter hin-
durchzwängen. Als der richtige Moment gekommen war, zündete Jack eine Dynamitstange an und
warf sie. Wie geplant, setzte die Explosion einen
Steinschlag in Gang, der die Kavalleristen stoppte.
Wie geplant, scheuten die Pferde und warfen ihre
Reiter ab. Nur der vermeintliche Präsident, der
Debbys Beute sein sollte, hielt sich noch im Sattel
– umso besser für uns, denn dadurch gab er ein
prima Ziel für ihren Lassowurf ab. Die nächsten
Dynamitstangen, die Jack in die Tiefe hinab-
schleuderte, sollten eigentlich einen Steinschlag
im Rücken der Soldaten in Gang setzen, damit für
sie der Rückweg versperrt wurde, aber sie fielen
in das vorbeirauschende Wildwasser, in dem sie
ohne zu explodieren verzischten.

»Jack, du weißt genau, dass solche Präzisions-
würfe nur Wild Pony beherrscht«, machte ich

meinen Bruder auf diesen ersten Schwachpunkt in seinem Plan aufmerksam.

»Na – und wenn schon?«, wischte er meinen Einwand beiseite. »Das Dynamit brauchen wir sowieso nicht. Ich hatte mit einer Streitmacht gerechnet und nicht mit diesen fünf Hanseln da.«

Er gab Deborah, die auf der anderen Schluchtseite ihres Einsatzes harrte, das vereinbarte Zeichen mit dem Colt. Im Nu warf sie das Lasso und holte das Präsidenten-Double vom Pferd. Die Soldaten, die sich von ihrem Sturz erholt hatten und Schutz hinter den Körpern ihrer Pferde suchten, nahmen sie sofort unter Beschuss. Sie duckte sich weg. Da Deborah alle Aufmerksamkeit auf sich zog, konnten wir unbemerkt vom Felsen herabspringen. Wir machten, aus dem Rücken der Soldaten kommend, mit ihnen kurzen Prozess.

Soweit entsprach alles dem Plan – nur leider nicht unserem Plan. Deborah zückte gerade das Messer für den Nahkampf, um ebenfalls in die Schlucht hinabzuspringen, als sich ihre Augen vor Entsetzen weiteten, weil sie, einer Eingebung folgend, ihren Blick die Felsen auf der anderen Schluchtseite emporsteigen ließ. Das Lasso glitt ihr aus der Hand.

»Oh Shit!«, dachte sie, dann schrie sie: »Alarm!«

Sie hätte allerdings eine Kanone abfeuern müssen, um das Kampfgeschrei zu übertönen – und das dröhnende Wildwasser, das die gefallenen Soldaten davonschwemmte. Sie blickte das Messer in ihrer Hand an und bemerkte, wie sehr ihre Hand zitterte. Sie erinnerte sich an eine Szene, die viele Jahre her war. Damals war sie noch sehr klein gewesen und das Messer in ihrer Hand war sehr groß. Es hatte nicht gezittert, weil sie so entschlossen zugriff, wie man als Sechsjährige überhaupt zugreifen konnte. Durch die Dunkelheit vor dem Fenster tanzte Fackelschein. Und durch die Nacht gellten Rufe. Nicht einzelne Rufe, die sie hätte unterscheiden können, sondern das skandierende Gebrüll einer Menge. »Nigger!«, brüllte die Menge. »Nigger! Nigger!« Und noch viel Schlimmeres, das sie nicht verstand. Sie verstand nur, dass sie Angst hatte. Und sie wusste, was sie gleich tun würde. Was sie mit dem Messer tun würde. Sie wusste es von dem Moment an, in dem die erste von den weißen Kapuzen im Fenster auftauchte, den Kapuzen, mit denen die Männer, die sie bedrohten, ihr Gesicht verbargen. Gleich würden sie die Tür einschlagen – und sie würde zustechen. Immer wieder, so oft, bis sie alle tot wären. Aber es kam nicht dazu, weil sie plötzlich jemand von hinten angriff. Jemand, der ihr das Messer aus der Hand schlug und sie dann zur Hintertür zerrte. Sie wollte schon in die Hand der Person beißen, die sie daran hinderte, sich gegen die Weißen zu verteidigen, aber dann merkte sie, dass es eine schwarze Hand war. Viel schwärzer als ihre. Es war die runzlige Hand ihrer Großmutter, die sie jetzt aus dem Haus herausschleppte.

»Deborah Tucker«, schimpfte Grandma Tucker, »du bist dumm! Weil du nicht warten kannst. Unsere Zeit wird kommen, aber der Herr wird dir sagen, wenn es so weit ist, er hat genug Engel, die dir Bescheid geben werden: Jetzt ist die Stunde des Mutes gekommen – aber bis dahin musst du lernen, feige zu sein, weil dein Mut noch gebraucht wird. Später!«

Damals hatte sie gelernt, klug zu sein – und feige, weil sie die Feigheit rettete. Sie rettete sie auch diesmal und sie rettete, auf lange Sicht, uns. Deborah kletterte zu dem Höhenweg hinauf, auf dem sie ihr Rappen erwartete. »Fury«, sagte sie, »wir müssen hier weg – weil diese Jungs unseren Mut noch verdammt nötig haben. Später!«

»Wo ist Debby?«, wunderte ich mich, da sie sich längst an unserem Nahkampf mit der Handvoll Soldaten beteiligen sollte, die sich uns entgegenstellten.

»Was hast du denn von einer Niggerin erwartet?«, sagte der Totengräber verächtlich, wobei er dem letzten unserer Gegner den Garaus machte. »In Dead Gulch ist sie doch auch weggelaufen.«

»Warum sollten sie sich ausgerechnet jetzt abseilen, da wir am Ziel sind?«, fragte ich. Mein Blick wanderte die Felsen empor »Ich frage mich: Wo ist der Rest von denen? Die Dreihundertfünfzig!« In dem dichten Buschwerk, das die Schluchtkante säumte, glaubte ich Bewegungen zu erkennen und es erschien mir unwahrscheinlich, dass sie von ein paar Mäusen oder von einem Fuchs herrührten. Ich packte meinen Bruder beunruhigt am Arm. »Jack, hier ist was faul!«

»Ja, dein Mundgeruch!«, lachte er. »Zupacken!« Die Aufforderung galt Chuck, zu dessen Füßen sich das Lasso ringelte, das Deborah fallen gelassen hatte. Das Lasso schnellte gerade wie eine Schlange zwischen den Felsbrocken davon, weil sich der ›Präsident‹, um dessen Hüfte es sich schnürte, aus dem Staub zu machen versuchte. Chuck sprang dem Seil hinterher, schnappte es und zog unseren Gefangenen mit einem kräftigen Ruck zu sich heran. Dann sprangen wir auf die erbeuteten Pferde und zerrten den vermeintlichen George Doubleju hinter uns her. Wir hatten es geschafft. »Yippiiiii!«, schrien Jack und Chuck, ihre Hüte schwenkend (der Totengräber schwenkte zumindest den Geigenbogen). »Yippp ...« Alle weiteren Freudenschreie erstickte ein brutales »Attackeeeeee!!!«

Es kam aus der Höhe und bildete den Auftakt dafür, dass über uns die Hölle hereinbrach. Ein Kugelhagel von allen Seiten. Unsere Pferde scheuten. Sie bäumten sich auf. Sie brachen aus. Sie warfen uns ab. Es war genau dasselbe Schauspiel wie ein paar Minuten zuvor, nur dass diesmal wir in einen Hinterhalt gerieten. Diesmal waren wir die heillos Überraschten. Unsere Feinde sprangen in rauen Mengen von den Felsen herab. Uns überfielen Indianer in Kriegsbemalung, so viele, als hätten sich alle Siouxstämme zu einem letzten Kriegszug vereint. Und doch konnten es keine Rothäute sein, denn überall lugten die Resten von Kavallerieuniformen hervor und sie wurden von ihren Häuptlingen mit Kommandos dirigiert, die verdammt nach der Armee der Vereinigten Staaten klangen. Immerhin führte der absurde Maskenball nicht dazu, dass sie uns skalpierten. Sie nahmen uns nur gefangen. Nach der heroischen Überwältigung von vier Banditen durch hundert Faschingsindianer konnte man einen imposanten Triumphzug besichtigen. Inklusive Trompetenstößen und Schwenken der US-Flagge. Eskortiert von den siegreichen ›Indianern«, mit Handfesseln an ein Seil angebunden, wurden wir zum Schluchteingang geführt – oder richtiger: geschleift. Zu meiner grenzenlosen Überraschung traf ich dabei auf einen alten Bekannten – auf einen, von dem ich genau wusste, dass seine Knochen seit sieben Jahren im Erdreich vermoderten. Ich erkannte ihn sofort, denn das Gesicht des Mannes, in dessen Haut ich damals geschlüpft war, um Mister Flibberty Fox zu werden, konnte ich unmöglich vergessen. Ich war so durcheinander, dass ich auf die einzig logische Erklärung für dieses gespenstische Déjà-vu nicht kam: Da stand ein Zwillingsbruder! Flibbertys Ebenbild hielt einen jener sagenumwobenen Kästen in der Hand, die ich auf dem Filmset

253

kennengelernt hatte und drehte wie verrückt an einer Kurbel.

In dem ganzen Tohuvabohu war ein Detail beinahe untergegangen: Dass der von uns gefangengenommene ›Präsident‹ seine Perücke verloren hatte, die ihn zu einem Doppelgänger von George Doubleju Humvee machte – und wer kam unter der Perücke zum Vorschein? Der Schauspieler, der mich auf dem Set als der »gefürrrrchtete Frrrank McKenzy« angeschnarrt hatte! Wenn es noch eines Beweises dafür bedurft hätte, dass man uns hereingelegt hatte – hier war er.

23

Mabel, Violet, Heather und Abigail hatten inzwischen den Waldrand erreicht. Da sie die viktorianischen Kleider behinderten, die sie über ihren Hurenkostümen trugen, entledigten sie sich dieses Ballasts und schleuderten ihn im Reiten von sich. Die Filmkostüme blieben weithin sichtbar in den Ästen hängen – ein Umstand, der sich später als ein Glücksfall erweisen sollte.

Die vier Frauen steuerten die Skeleton-Creek-Schlucht an, allerdings war Mabel vorsichtig genug, ihre Mädchen nicht in den gefährlichen Schlauch hineinreiten zu lassen. Erst einmal musste die Lage sondiert werden – durch die beste Späherin unter den Seven Sisters: Abigail. Abby war auch die beste Kletterin. Sie erklomm einen Baum, von dessen Wipfel aus sie mit Hilfe von Mabels Fernrohr in die Schlucht hineinsehen konnte – zumindest soweit, dass sie den Triumphzug erblickte, in dem wir die gefangenen Barbaren spielten. Der Zug kam auf sie zu und hatte den Eingang der Schlucht schon fast erreicht. Nachdem sie den anderen Ladys ihre Beobachtungen mitgeteilt hatte, setzte sie das Fernrohr ab und sagte: »Mabel, du weißt, welchen Befehl du jetzt erteilen musst.«

Als ihre Mutter zögerte, rief Violet: »Mum, wir haben das hundertmal trainiert.«

»Ja, aber du kannst nicht Gladys Part übernehmen«, beharrte Mabel auf der korrekten Aufgabenverteilung bei Gefangenenbefreiungen.

»Warum nicht?«, protestierte ihre Tochter. »Im Training konnte ich's doch auch.«

»Ja«, stimmte ihr Heather zu, »und ich war Jennys B-Besetzung. Wir beide sind genauso gut.«

»Es ist zu gefährlich für ...«

»... für deine Tochter«, nahm Abigail Mabel das Wort aus dem Mund. »Ob wir dabei draufgehen, kümmert dich doch 'n feuchten Kehricht.« Sie war inzwischen am Baumstamm herabgerutscht und sprang aufs Pferd. »Ich wag's! Wer schließt sich mir an?«

Zu ihrer Enttäuschung zeigten sich Heather und Violet jetzt, da sie sie zur Tat aufforderte, längst nicht so entschlussbereit, wie sie sich gerade eben noch gegeben hatten. »Ich mach's auch allein«, sagte sie, »wenn ihr hier weiter rumquatschen wollt. Wir verpassen die letzte Chance, denn wenn sie erstmal im offenen Gelände sind ...«

Sie musste nicht weitersprechen – jede von ihnen wusste, was das bedeuten würde: dass eine Gefangenbefreiung danach unmöglich war. Mabel sah Jack am Strick baumeln, unsere Ex sah uns beide unter dem Galgen, Heather sah Chuck vor sich, der sich als Erhängter unvorteilhafter denn je ausnahm und Violet stellte sich vor, dass ihre erste Begegnung mit ihrem Vater sich darin erschöpfte, ihm beim Verröcheln zuzusehen. Deshalb entschloss sie sich zum Äußersten – den Aufstand gegen ihre Mutter: »Mum, du warst eine gute Anführerin, aber jetzt übernimmt Abigail das Kommando. Lass die Jugend ran.«

Während sie sich aufs Pferd schwang, rief sie Heather zu: »Gib Feuerschutz!«

»Nein, wartet noch!«, versuchte Mabel, die jungen Draufgängerinnen aufzuhalten.

»Worauf?«

»Auf unsere Artillerie!«

Tatsächlich kam in diesem Moment der McDonalds-Koch mit seinem Planwagen herangerumpelt, in dem sich immer noch ein Teil der Gewehre befand. Mabel eilte sofort zu ihm und rief: »Mister Dutchman, Sie hat der Himmel geschickt!«

Wenn wir in dieser Schicksalsstunde zum Himmel blickten, so sahen wir einen Haufen Pseudo-Indianer, die den Schluchtrand säumten und Salut feuerten, während wir in der Tiefe dem Untergang entgegenwankten. Aus unserer Niederlage am Skeleton Creek drohte endgültig ein Volksfest zu werden, als am Eingang der Schlucht, zu dem man uns führte, jetzt auch noch der McDonalds-Schnellrestaurantbetreiber nebst Planwagen auftauchte. Mit einem scharfen Manöver stellte er den Wagen quer, so dass er den Schluchtausgang versperrte, doch das störte die uns eskortierenden Soldaten nicht, weil dadurch das Banner ›Welcome Mr. President!‹ zur vollen Geltung kam und die vielen US-Flaggen, die die Imbissbude schmückten. Dann erhob sich der Holländer auf seinem Kutschbock und schwang die Handglocke. Er erzielte damit den gewünschten Effekt auf seine Kundschaft, die beim Anblick des McDonalds-Logos in Jubel ausbrach. Die falschen Indianer stürzten auf seine Bude zu und schrien dabei wild durcheinander: »Hamburger! – Ich will 'ne Coke! – French Fries, bitte, French Fries!« Einige warfen, da sie keinerlei Gefahr witterten, sogar ihre Gewehre weg – und ich hatte ein Déjà-vu: War es nicht genauso gewesen, als wir Chuck aus dem Gefängnis befreiten? Dabei hatten wir uns allerdings Jacks Erfindung bedient, die diesen Wagen in eine Art Kanonenwagen verwandelte. Ich dachte daran, wie unser Chefstratege an den Schnüren zog, die er mit den Gewehrauslösern verbunden hatte. Ich wünschte mir, dass sich jetzt genau dasselbe ereignen würde und tatsächlich ... Ich glaubte meinen Augen nicht: Der Koch zog tatsächlich an Schnüren und tatsächlich ...

»Feuer!«, rief hinter dem Wagen eine Frauenstimme, die sich nach Mabels energischem Organ anhörte und dann erlebten die Soldaten ihr blaues Wunder. Aus allen Rohren wurde auf sie gefeuert. Die Salven aus den versteckt angebrachten Gewehren mähten sie reihenweise nieder.

»Und jetzt kommt unsere Kavallerie!«, rief die Frauenstimme, die ich nun eindeutig als die Mabels identifizierte, »Attackeeee!!!«

Dem antwortete ein Wiehern, das übergangslos in einen Trommelwirbel von Hufschlägen überging. Rechts und links vom Planwagen brachen zwei Reiterinnen aus dem Hinterhalt hervor. Schnell wie zwei Blitze. Ihre Hufschläge schienen ihnen mit Verzögerung zu folgen – ganz so, als wären sie schneller als der Schall; aber wahrscheinlich waren wir einfach nur zu überrascht, um alles gleichzeitig wahrnehmen zu können. Sie galoppierten über das von Toten und Verwundeten übersäte Schlachtfeld hinweg auf das nun deutlich zusammengeschrumpfte Häuflein von Kavalleristen zu, die uns hoch zu Ross umgaben.

Unsere Überraschung wurde nur noch durch die des Offizierskorps übertroffen, das ein paar endlose Sekunden lang zum Schweigen verurteilt war, bevor wir aus der Höhe hörten: »Was sollen wir tun, General?«

»Sie vernichten natürlich! Attackeeee!!!«

Trompetenstöße ertönten und setzten den Kavallerietrupp in Trab, der seine Ordnung nur mühselig wiederfand. Die Soldaten ritten mit gezogenem Säbel auf Violet und Abigail zu. Ein Reiter hielt krampfhaft die Flagge fest. Violet und Abigail kamen ihnen im Galopp entgegen. Gleichzeitig traten Mabel und Heather (ich sah kurz ihre strohblonden, hin und her hüpfenden Zöpfe) in

Aktion. Sie schossen den Kavalleristen die Pferde unter dem Hintern weg. Es war eine eintrainierte Nummer, bei deren Anblick uns vor Bewunderung die Spucke wegblieb. Die Mädchen waren ja besser aufeinander eingespielt als wir in unseren besten Tagen! Allerdings wäre ihre Befreiungsaktion zum Scheitern verurteilt gewesen, wenn ihnen nicht das Gelände in die Hände gespielt hätte. Ein paar Biegungen des Skeleton Creek weiter hatte die Schlucht den perfekten Ort für einen Hinterhalt geboten, hier aber, wo sich der Fluss durch eine Art Tor hindurchwälzte, bot sie einen genauso perfekten Schutz gegenüber einem Hinterhalt: Die überhängenden Felswände bildeten eine Art Dach, unter dessen Schutz Abigail und Violet dahinreiten konnten, ohne dass sie von den Soldaten, die sie aus der Höhe unter Beschuss nahmen, getroffen werden konnten. Die von oben abgefeuerten Schüsse verzischten fast ausnahmslos im Wasser und den wenigen, die für sie gefährlich wurden, entkamen sie durch ihre atemberaubende Geschwindigkeit. – Aber die größte Tollkühnheit hätte nicht gereicht, wenn nicht in diesem Moment erneut unser Joker ins Spiel gekommen wäre: Wild Pony, der tapferste aller Sioux-Krieger. Genauso wie er die Kunst beherrschte, sich praktisch unbemerkt in Luft aufzulösen, beherrschte er die Kunst, im richtigen Moment wiederaufzutauchen.

Er hatte sich zwischen den Felsen verborgen gehalten und griff nun zu seiner nächsten Waffe –

den Feuerpfeilen, die er mit einem Joint anzündete. Mit dem ersten brennenden Pfeil brachte er den Rest des Dynamits zur Explosion. Ein Steinschlag prasselte auf die Kavalleristen herab. Der nächste Feuerpfeil setzte die US-Flagge in Brand. Der Funkenflug vergrößerte das Chaos. Pfeil Nummer Drei und Vier trafen das Seil, an dem wir hingen. Das Seil brannte durch. Zwar trugen wir einige Brandblasen davon, aber was kümmerte uns das? Wir waren immer noch an den Händen gefesselt, aber bereits zur Hälfte befreit, denn wir konnten wieder rennen. Nur Chuck und der Totengräber hingen noch an einem Seilstück zusammen, aber sie verstanden es, aus der Not eine Tugend zu machen, indem sie das Seil über die Köpfe der vor ihnen kämpfenden Kavalleristen warfen und sie zu Boden rissen.

Dann waren wieder die Mädchen am Zug. Abigail entwand einem Kavalleristen, der sie attackierte, den Säbel. Sie rief Violet etwas zu, woraufhin ihre Kameradin aus ihrem Gürtel ein Messer zog, denn der entscheidende Teil unserer Befreiung stand ja noch aus. Wir nahmen in einem Spalier Aufstellung und streckten ihnen unsere gefesselten Hände entgegen. Die Mädchen zerschnitten und zerhackten im Vorbeireiten die Fesseln. Nachdem sie am Ende unserer Sträflingskolonne angelangt waren, rissen Violet und Abigail ihre Pferde herum und machten kehrt – um uns bei ihrem zweiten Vorbeiritt mit Pistolen und

Patronengürteln zu versorgen. Anschließend galoppierten sie wieder auf den Schluchteingang zu und brachten sich in Sicherheit. Damit waren wir auf uns allein gestellt. Ab jetzt galt die Devise: ›Ein Königreich für ein Pferd!‹ Wir versuchten die herrenlosen Kavalleriepferde einzufangen, was Jack auf Anhieb gelang. Der Totengräber brauchte mehrere Anläufe und Chuck und ich gingen leer aus. Ich hatte Glück, denn Jack zog mich auf sein Pferd, aber Chuck musste hinterherlaufen. Da wir durch in kostbare Zeit verloren, hatte sich die Gegenseite inzwischen wieder formiert und ein Mittel gefunden, um uns am Ausbruch aus dem Felsenschlauch zu hindern: In der Höhe wurden Bäume gefällt, die in die Schlucht hinabkrachten. Dadurch entstand eine Barrikade, auf die Jack todesmutig zuritt. Er war wild entschlossen, das Hindernis zu überspringen, aber ich behinderte ihn, indem ich mich fest an ihn klammerte. Das Pferd scheute und Jack erkannte, dass Springreiten keine Sportart war, die zwei Reiter gemeinsam auf einem Pferd ausüben konnten. Er gab das Zeichen zum Richtungswechsel. Da uns der kurze Weg aus der Schlucht heraus, durch den wir im Nu den rettenden Wald erreicht hätten, durch die Barrikade versperrt war, blieb uns nur der längere und weitaus gefährlichere Weg – drei Meilen am Skeleton Creek entlang. Wir mussten bis zum anderen Schluchtausgang durchhalten, aber wie sollten wir das, wenn uns Chuck hinterherhechelte? Durch seine Langsamkeit gab er ein dankbares Ziel für die Gewehrschützen ab. Um uns dem Kugelhagel so weit wie möglich zu entziehen, pressten Jack und Frank uns gemeinsam an den Pferderücken. Und was machte der Totengräber? Er schien den Verstand verloren zu haben, denn er richtete sich plötzlich kerzengerade im Sattel auf und nahm seinen Spaten zur Hand. Er fixierte die heranfliegenden Geschosse und schlug sie mit dem Spaten zurück. Einige Schüsse durchschlugen sein Sportgerät, doch nach ein paar Fehlversuchen hatte er den Dreh heraus und platzierte die Kugeln gezielt im gegnerischen Feld. Mit diesen Wirkungstreffern verschaffte er uns Luft.

»Hey, du hast gerade ein neues Spiel erfunden«, rief ihm Jack zu. »Wie nennst du das?«

»Wie wär's mit ... Baseball?«

»Ich glaube, das Spiel hat Zukunft!«, lachte Jack.

So hatten wir, trotz der Todesgefahr unseren Spaß – der bei mir allerdings nur sehr kurz währte, denn ich verspürte mit einem Mal einen heftigen Schmerz, zu dem sich die Angst gesellte, dass mir jetzt vielleicht ein Finger fehlte. Zwar befanden sich alle Finger noch an Ort und Stelle, aber meine rechte Hand blutete stark. Ausgerechnet die rechte – die einzige, mit der ich schießen konnte.

»Frank, du Memme!«, war alles, was Jack zu meiner Verletzung zu sagen hatte. »Ein McKenzy plärrt nicht wegen einem Streifschuss.«

So war er, mein Bruder – die Feinfühligkeit in Person! Wir ritten in einem immer schnelleren Galopp. Weil der Kugelhagel weiter zunahm, gab der Totengräber das Baseballspielen auf. »Chuck, nicht trödeln!«, rief Jack über die Schulter unserer schneckenhaft langsamen Nachhut zu. Immerhin war unser Ausbruch aus der tödlichen Falle soweit gediehen, dass uns die Soldaten nicht mehr aus der Höhe mit ihrem Beschuss eindeckten. Wir hatten ihre gefährlichsten Stellungen passiert. »Peng! Peng! Peng!« erklang es nur noch aus unserem Rücken. Ich versuchte, zurückzuschießen, aber ich konnte die Finger kaum noch krümmen, was mein Bruder komplett ignorierte.

»Leg sie alle um, Frank!«, befahl er mir.

»Das geht nicht mehr, Jack!«, stöhnte ich.

»Du warst schon immer ein lausiger Schütze. Übernimm mal das Steuer!«, sagte Jack und übergab mir die Zügel. Dann wagte er eine Voltigier-Nummer, die sicherlich auch den Beifall der Seven Sisters gefunden hätte: Er schwang sich in vollem Galopp auf dem Pferderücken um mich herum, so dass er hinter mir rücklinks zu sitzen kam. Ohne noch weiter sehen zu können, wohin wir ritten, feuerte er aus beiden Colts.

Dann plötzlich ... Ich sah etwas, das mich schlagartig zwang, an den Zügeln unseres Hengstes zu reißen und ihn, aufs Höchste beunruhigt, zum Stehen zu bringen.

»Glaubst du, dein Baseballschläger hilft auch gegen Kanonenkugeln?« fragte ich den Totengräber.

»Was ist denn los?«, wollte Jack wissen, der unsanft in meinen Rücken geknallt war. Da er keine Antwort erhielt, schwang er sich auf dem Pferd so herum, dass er wieder nach vorne blickte. Nun erkannte auch er, dass sich uns ein großer Busch näherte, der in der engen Schlucht auf uns zurollte. Aus dem Busch ragte ein Kanonenrohr heraus. Das getarnte Geschütz wurde von Kavalleristen geschoben, die sich grün angemalt und mit Zweigen unkenntlich gemacht hatten.

»Was, zum Teufel, ist das?«, fragte Jack.

»Der Wald von Birnam«, antwortete ihm der Totengräber düster.

»Was für'n Wald?«

»Ich dachte, du bist Schotte, Frank McKenzy – da kennst du nicht ›Macbeth‹ von Shakespeare? Als der Wald von Birnam auf ihn zurückte, wusste Macbeth, dass er zu tief in der Scheiße drinsteckte, um jemals wieder rauszukommen.«

Bis dahin hatte mein Bruder nur die grüne, auf uns zukriechende Wand erkannt, jetzt lehnte er sich weiter um meine Schulter herum, so dass sein Blick auf die eigentliche Gefahr fiel: »Was ist denn das für'n Pimmel?«

»Ein Kanonenrohr, Jack«, klärte ich ihn auf.

»Oh Scheiße«, wimmerte er, »die haben ein Geschütz!«

»Wusste dein Shakespeare kein Mittel dagegen?«, wandte er sich an den Totengräber.

»Oh doch! Die Rettung in letzter Sekunde – durch den Ruf: ›Des Königs reitender Bote kommt!‹«

Der Totengräber hatte das Wort »Bote« kaum ausgesprochen, als hinter dem Geschütz ein lautes »Yippie!« erschall. Dazu vernahmen wir Pferdegewieher und Hufschläge.

»Ich fress 'nen Besen«, sagte Jack, »des Königs reitender Bote!«

Tatsächlich! Es waren zwei reitende Boten und die Botschaft, die sie uns überbrachten, lautete: »Lasst euch durch keine Kanone schrecken!« Uns retteten ausgerechnet die beiden Frauen, mit denen wir am wenigsten gerechnet hatten: Gladys und Jenny. Sie galoppierten im Rücken der Kanoniere heran. Jenny warf ein Lasso um das Kanonenrohr, dann wendeten sie ihre Pferde und drehten die Kanone so weit herum, dass sie in die Soldaten hineinfeuerte. Der Weg war für uns frei.

»So, meine Herren!«, rief Gladys durch den Pulverdampf hindurch. »Das war der letzte Akt von Solidarität, den ihr von uns erwarten könnt.« Sie baute sich mit ihrem Gaul so stolz vor uns auf, als wäre sie das Reiterdenkmal eines Feldherrn. »Denkt daran: Gewonnen hat, wer sich den Präsidenten schnappt. Dem Sieger winken hunderttausend Dollar Lösegeld.«

Ach ja, der Präsident! Den hatten wir total vergessen. Wo steckte der Kerl? Das Präsidenten-

Double (das sich inzwischen wieder mit der Perücke schmückte) war vor dem Schlachtgetümmel geflohen und hatte sich, als wir herangaloppierten, hinter einem Felsblock versteckt. Jetzt versuchte sich der Schauspieler davonzustehlen. Vergeblich, denn Jenny erspähte ihn. Sie verfolgte ihn, warf ihn mit einem Hechtsprung zu Boden und riss ihn wieder hoch, damit wir ihn alle sehen konnten. Dann setzte sie ihm das Messer an den Hals.

»So, Jack McKenzy«, höhnte sie, »jetzt kannst du deine Niederlage eingestehen. Wir haben ihn! Darf ich vorstellen? George Doubleju Humvee, der Präsident der Vereinigten Staaten.«

Im Gegensatz zu mir hatte Jack den Schwindel noch nicht erkannt, doch jetzt, da er sich den Herrn genau ansah ... Nach einer sekundenlangen Verblüffung brach er in ein schallendes Gelächter aus: »Das soll George Doubleju sein? Das ist ein drittklassiger Schauspieler, den man für die Rolle gekauft hat.«

»D-d-das stimmt«, gab der Schauspieler stotternd zu. »Bis auf das ›drittklassig‹.«

»Viertklassig!«, rief ich aus. »Ich kenn ihn auch – der sollte nämlich mal meine Rolle spielen.«

»Ihr glaubt doch nicht, dass wir uns von euch verarschen lassen?«, sagte Gladys mit einem verächtlichen Lachen, doch das Lachen verging ihr, als ich auf das Double zustürzte und ihm die Präsidenten-Perücke vom Kopf riss.

»Na, wer verarscht hier wen?«, fragte ich, mit der falschen Haarpracht wedelnd.

Für den Fall, dass das Gewicht meiner Worte nicht ausreichte, wurden sie gleich darauf von Kavallerietrompeten bestätigt, die eine Art Sondermeldung ankündigten. Dann erschall eine Stimme, die sich mit einer überirdischen Lautstärke an uns wandte: »Ladys and Gentleman!« Da ich die mechanischen Stimmenverstärker von New Yorker Paraden kannte und Jack sie vom Filmset gewohnt war, erstaunte uns das Megafon nicht so sehr wie Chuck, der sicherlich glaubte, dass ihn jetzt Gott persönlich wegen seiner Sünden zur Schnecke machen wollte. Das Megafon stak allerdings nicht in der Hand eines Vertreters der himmlischen Heerscharen, sondern in der eines Generals der Kavallerie, der am höchsten Punkt der Schlucht stand. »Hier ist er«, quäkte seine verzerrte Stimme, »der Präsident der Vereinigten Staaten: Geoooooorge Doublejuuuuuuuuuuuu Humveeeeee!!!«

Und dann kam er tatsächlich – der Mann, der sich jetzt eigentlich in unserer Gewalt befinden sollte. Das grelle Sonnenlicht warf sich auf seine feisten Züge, während er den mutigen Schritt auf die Felszinne wagte, auf der er so würdevoll verharrte, als wäre er Julius Cäsar. Er trug seine Haarpracht, die uns bei seinem Double genarrt hatte, wie einen Lorbeerkranz. Um diesen heroischen Auftritt für die Nachwelt zu bewahren, tanzte Mister Fox mit der Kamera um ihn herum.

»Ja, das ist er, Gladys!«, stellte Jenny verdattert fest. »Violet hat uns doch das Foto von ihm in der Zeitung gezeigt!«

Sofort bekam Jack wieder Oberwasser.

»Das Rennen beginnt von neuem, Ladys«, warf er Gladys den Fehdehandschuh hin.

»Wir kriegen ihn!«, antwortete sie, einen Schuss in die Luft abfeuernd. Dann jagte sie, gefolgt von ihrer Spießgesellin Jenny, davon.

24

Man muss sich dazu das Getöse des Skeleton Creek vorstellen, dessen Brausen und Rauschen uns fortwährend dazu zwang, zu schreien. Eine gepflegte Konversation war erst fünfhundert Fuß über unseren Köpfen möglich – dort wo die hochdekorierten Schlachtbeobachter ihre Konferenz abhielten.

»General, darf ich Ihnen meine Befriedigung darüber ausdrücken, dass mein Freund Freddy Fox von Ihrem militärischen Dilettantismus begeistert ist?« So oder so ähnlich dürften die Worte des Präsidenten gelautet haben, der seine Feldherrn um sich versammelte. »Für die Kamera war das ein Fest – aber für meine Armee ein Desaster.«

Unvermeidlich, dass man ihm sofort zustimmte; und sehr wahrscheinlich, dass diese Zustimmung aus dem Mund eines dazu berufenen Coronels kam: »Allerdings! Wir haben ein ganzes Schwadron verloren.«

»Na und?«, dürfte der General daraufhin, den Säbel schwingend, geantwortet haben. »Wir haben noch zwei weitere Schwadrone. Attackeeeee!«

Was hatten wir dieser erdrückenden Übermacht entgegenzusetzen? So gut wie nichts! Wir waren ja nur noch zu viert unterwegs. Howland gehörte schon lange nicht mehr zu uns, Deborah hatte sich verdrückt und ich schätzte ihre Überlebenschancen (falls sie jemals die Absicht gehabt haben sollte, noch einmal zu uns zu stoßen) nicht allzu hoch ein. Und was Wild Pony anbelangte ... War auch der Sioux nicht immer ein unsicherer Kantonist gewesen? Er mochte ja recht lange im Hintergrund herumhuschen, um irgendwann wie aus dem Nichts wieder zuzuschlagen, aber die Phasen, in denen er sich nicht bemerkbar machte, wurden inzwischen so lang, dass selbst Jack ihn abzuschreiben begann. Als er ausrief: »das Rennen beginnt von neuem!«, hatten wir noch gejubelt, doch der Startschuss, den Gladys abgab, als sie siegesgewiss in die Luft feuerte, leitete für uns leider ein Rennen ein, bei dem es um das nackte Überleben ging. Die meiste Zeit konnte dabei von ›Rennen‹ gar keine Rede sein; es war ein Klettern, Ducken und Stolpern. Und manchmal geradezu ein Kriechen. Unsere Pferde hatten wir bald eingebüßt; sie gaben für die feindlichen Kugeln ein allzu großflächiges Ziel ab. Nun rächte sich, dass wir unser halbes Leben im Sattel verbracht hatten; Gewaltmärsche gehörten nun einmal nicht zur Desperado-Ausbildung. Abigail und Violet waren aus der Schlucht, die für uns zu einer so furchtbaren Falle wurde, noch rechtzeitig hinausgaloppiert. Sie hatten, nach ihrer wohl einmaligen Hilfestellung, ihre Haut gerettet; jedenfalls rechneten wir nicht damit, dass sie noch einmal auf unserer Seite eingreifen könnten. Die Tatsache, dass wir fortwährend hinter Felsen Schutz suchen musste, schränkte unsere Fortbewegung immer mehr ein. Wir tasteten uns schließlich nur noch im Gänsemarsch voran – immer Jack hinterher, der zumindest so tat, als wüsste er noch, wohin er wollte. Der Weg, den er wählte, war so gewunden, dass wir einander immer wieder aus den Augen verloren und nicht mehr zu sagen vermochten, wer von uns überhaupt noch lebte. Entsprechend schwierig gestaltete sich die Verständigung, die auch an der Vorsicht litt, zu der wir uns gezwungen sahen, schließlich durften wir unsere Positionen nicht den Feinden durch Rufe verraten.

An der Spitze unserer Kolonne suchte Jack immer wieder die richtige Balance zwischen Wispern und Rufen, indem er so tonlos wie möglich machte: »Hintermann?« Ich bestätigte meine Anwesenheit mit: »Still alive!« Dann gab ich die Parole an den Nächsten weiter: »Hintermann?«, woraufhin Chuck mit schöner Regelmäßigkeit schrie: »Waaas?« Genauso regelmäßig antwortete mir ein kurzer Geigenton. »Chuck lebt noch«, stellte ich dann erleichtert fest. »Und Mister Death ist auch noch an Deck.«

Einmal tastete sich Jack zu meiner Überraschung zu mir zurück. Ich dachte schon, er hätte uns in die Irre geführt und wollte jetzt »Kommando kehrt!« anordnen, doch er weihte mich mit gedämpfter

Stimme in das Ziel seiner rätselhaften Route ein: »Ich weiß einen Ort, der sicher ist, aber nur, wenn uns die Soldaten dort nicht vermuten. Einer von uns muss sie zu einer anderen Stelle hinlocken.«

Die Strategie kam mir verdächtig bekannt vor.

»Er soll als Zielscheibe dienen, was?«, protestierte ich. »Jack, das hast du schonmal gemacht – an dem Tag, als Jimmy starb. Jimmy war unser bester Schütze. Besser als Chuck – und genau das war sein Verderben.«

»Es muss leider sein, wenn wir hier lebend rauskommen wollen«, entgegnete er. »Jetzt haben wir wieder einen, der besser ist als Chuck und der muss ...« (der Anflug eines Grinsens) »... anders als Jimmy nicht seine gesamte Munition verballern, um ihnen zu zeigen: ›Huhu, hier sind wir!‹ Es reicht doch, wenn er Geige spielt.«

Er sah mir direkt in die Augen. »Frank«, beschwor er mich, »ich seh dir an, dass du mir recht gibst. Weil du mir recht geben musst.«

»Du hättest zur Army gehen sollen, Jack«, sagte ich, »denn militärisch war dein Plan vielleicht genial, aber menschlich war er eine Schweinerei. Jack, wir sind keine Armee, wir sind eine Bande – und jeder einzelne gehört dazu. Hier wird keiner geopfert und keiner aufgegeben!«

Es war, als würde ich gegen eine Wand anreden.

»Frank, wir können diese Frage später diskutieren – in der Hölle, aber bevor es soweit ist, führe ich das Kommando und ich schicke ihn jetzt auf

Jimmys Posten«, sagte Jack und schlich durch das Felsenlabyrinth zurück, wobei er den ihm entgegenkommenden Chuck brutal beiseitestieß.

Danach waren wir nur noch zu dritt – der jämmerliche Rest unseres glorreichen Haufens. Hofften wir noch, von den ›Seven Sisters‹ Verstärkung zu erhalten? Wenn wir diesen Gedanken insgeheim hegten, so wurde unsere Hoffnung zunichte, als wir, im direkten Anschluss an ein furchtbares Gewehrfeuer, einen lauten Schmerzschrei vernahmen, Wieder war ich mir sicher, Mabels Stimme gehört zu haben – aber diesmal vermutlich zum letzten Mal. Danach konnte kein Zweifel mehr daran bestehen, dass den Ladys der Ausbruch aus der Schlucht nicht gelungen war und dass man sie in dieselbe Falle wie uns hineingetrieben hatte. In eine tödliche Falle.

Wo wollte uns Jack hinführen? Nach einer langen Kletterpartie sahen wir sein Ziel vor uns: eine winzige Höhle und einen Felsvorsprung vor einer überhängenden Steilwand. Ein schiefer Baum, der sich über die Schlucht neigte und ein paar verkrüppelte Büsche, die etwas Schutz vor den Schüssen boten – das war alles. Nachdem Jack, Chuck und ich uns zu dieser Stellung hinaufgequält hatten und sie völlig erschöpft erreichten, verkündete Jack: »Das ist die beste Festung, die sich denken lässt.«

Er deutete in die Tiefe. »Wir kontrollieren alle Zugangswege.«

»Aber wir haben keinen Fluchtweg«, zog ich sein strategisches Genie in Zweifel. Mein Blick wanderte die Felswand hoch.

»Keine Sorge«, sagte Jack, »von da oben aus können sie nicht auf uns feuern.«

Aber ich hatte ganz andere Sorgen: »Jack, diese Position ist ideal – für Leute, die über genügend Munition verfügen für eine dreitägige Schlacht und über genug Fressen für eine dreiwöchige Belagerung, aber in unserer Lage ...«

»Wenn mein Brüderchen doch endlich mal das Maul halten würde!«, schrie Jack entnervt.

Im gleichen Moment drehten wir uns um, weil Chuck zu schießen begann.

»Da kommt wer!«, teilte er uns mit. Er lag flach auf dem Boden und auch ich suchte Schutz hinter einem der verkrüppelten Büsche. Seltsamerweise wurden Chucks Schüsse nicht beantwortet. Es gab kein Gegenfeuer. Sollte es sich um einen falschen Alarm handeln? Oder näherte sich jemand, der gar nicht die Absicht hatte, uns unter Beschuss zu nehmen? War es einer von unseren Leuten, die wir bereits aufgegeben hatten? Ich drückte ein paar Zweige beiseite, um etwas sehen zu können, aber ich erkannte nichts. Plötzlich hörte ich undeutlich Stimmen.

»Nicht schießen!«, rief ich Chuck zu. »Es sind die Ladys.«

Der verbliebene Rest der ›Seven Sisters‹ hatte sich bis auf fast hundert Yards an uns herangerobbt und beratschlagte hinter einem Felsblock. Mabel war so schwer verletzt, dass sie nur unter Schwierigkeiten transportiert werden konnte, aber sie versuchte, ihre eigene Hilflosigkeit zu ignorieren.

»Mum«, beschwor sie Violet, »wir müssen dich in einen Unterschlupf bringen und du sagst doch selbst, dass Jack am besten weiß, wo man sich hier sicher verschanzt.«

»Ja«, presste ihre Mutter unter heftigen Schmerzen hervor, »aber ich hatte mir fest vorgenommen, ihn nie wiederzusehen – oder irgendwen von seiner Bande.«

»Das spielt doch jetzt keine Rolle mehr«, sagte Abigail. »Wir waren uns einig: Wir müssen sie aus der Scheiße herausholen.«

»Wir hätten's auch fast geschafft«, sagte Violet, »aber jetzt ...«

»... stecken wir bis zum Hals selber drin«, sagte Heather.

»Und wir kommen da nicht mehr alleine raus«, fuhr Abigail fort. »Dazu sind wir einfach zu wenige.«

»Ja, weil Gladys uns im Stich gelassen hat«, wimmerte Mabel. »Und diese ... aaah! ... diese ... Jaspers.«

»Tut es sehr weh, Mabel?«, erkundigte sich Heather besorgt.

»Was soll weh tun?«, fragte Mabel, wobei es ihr nur mit Mühe gelang, einen neuerlichen Schmerzschrei zu unterdrücken.

»Egal ob du es einsiehst oder nicht, Mabel, wir müssen zu den Männern«, entschied Abigail. »Wir haben überhaupt keine Munition mehr und wenn wir noch ein paar Schützen an unserer Seite haben, ist eine von uns frei, um sich um dich zu kümmern.«

»Um mich muss sich niemand kümmern«, sagte Mabel störrisch.

»Doch, du bist schwer verletzt«, sagte Violet.

»Bin ich nicht!«, widersprach Mabel. »Und wenn man sich … aah! … mit Jack einlässt, rutscht man nur noch tiefer in die Scheiße rein. Ich sag nur …«

»Hör endlich auf mit Jimmy!«, schrie sie Abigail an.

»Mum, wenn wir nicht sofort handeln, ist es AUS«, versuchte Violet, die nutzlosen Debatten zu beenden. Dann horchte sie auf die gefährlich nahen Schüsse. »Es sind einfach zu viele Soldaten«, sagte sie. Hinter ihr knisterten Steinchen, die in die Tiefe kullerten. Als sie sich umblickte, erstarrte sie und rief: »Abigail???!!!«

Abigail hatte die Debatten nicht mehr ausgehalten und war auf eigene Faust zu unserem Felsenversteck unterwegs. Die Schüsse pfiffen ihr um die Ohren. Wir versuchten ein Gegenfeuer, durch das wir allerdings unsere letzten Patronen verbrauchten.

»Wenn der Totengräber auf seinem Posten wäre«, sagte Jack, »hätte sie jetzt von da drüben Feuerschutz. Ich sag dir: Der ist getürmt.«

»Nein«, widersprach ich, »der kennt keine Angst. Ich fürchte, er ist tot ... genauso verreckt wie Jimmy damals.«

Auch wenn uns die Frauen, die sich zu uns durchkämpften, personell verstärkten, verschlechterte sich durch sie unsere Lage, denn die Soldaten, die an ihren Fersen hingen, entdeckten durch sie unsere Stellung. Jacks grandioses Versteck war nicht länger geheim. Während wir den letzten Fluchtpunkt erreicht hatten, von dem aus wir nicht mehr entkommen konnten, kämpfte ein Mann mit den widrigen Wegverhältnissen, den wir alle vergessen hatten, obwohl er so gerne eine der Unsrigen gewesen wäre, wenn wir ihn denn gelassen hätten: der fette McDonalds-Imbissbetreiber mit seinem Planwagen. Da er vor Abenteuerlust brannte, war er, soweit es ging, dem Schlachtgeschehen gefolgt – bis er einsehen musste, dass es kein Weiterkommen mit seinem Karren gab, wenn er nicht riskieren wollte, dass der Wagen in den Fluss stürzte. Wenden war auf dem kaum mannsbreiten Pfad unmöglich und rückwärts ging es eigentlich auch nicht – weil seine Pferde keinen Rückwärtsgang besaßen. So stand er vor einer unmöglich zu lösenden Aufgabe, die er in einer gut halbstündigen Plackerei löste. Seiner schlanken Linie tat die schweißtreibende Arbeit gut, aber nicht seinen Nerven, umso weniger als ihm dabei fortwährend Querschläger um die Ohren flogen. Endlich war das, allen Naturgesetzen spottende, Manöver vollbracht und er rumpelte zum Eingang der Schlucht zurück.

So wenig wie um diesen ›Flying Dutchman‹ kreisten unsere Gedanken noch um den Mann, wegen dem wir all das auf uns genommen hatten – unseren Hunderttausend-Dollar-Braten. Fünfhundert Fuß über dem fliehenden Holländer hielt der ehrenwerte George Doubleju Humvee, seines Zeichens Präsident der Vereinigten Staaten, in Anbetracht seines sicheren Sieges eine historische Pressekonferenz ab. Die dazu eingeladenen Medien bestanden aus dem Reporter von ›Texas Today‹ und dem Mann von Fox Media, Frederic Fox, der für die Bilder sorgte, die in kürzester Frist über alle Kinoleinwände der Nation flimmern sollten. Hinter dem Präsidenten: eine Felswand. Rechts und links von ihm: zwei große US-Flaggen, die eigentlich im Wind flattern sollten, aber nur schlaff herabhingen. Ein wenig abseits (und von ihm überhaupt nicht beachtet): der Reporter, der jedes Wort in seine Reiseschreibmaschine tippte (und dabei immer wieder die Ypsilons verfluchte). Vor Mister Humvee: der Abgrund und irgendwie dazwischen geklemmt die Kamera mit dem wie verrückt kurbelnden Frederic, den seine halsbrecherische Position nicht kümmerte. Seit den Tagen von

George Washington war keine so hochpatriotische Rede mehr gehalten worden (nicht einmal von Abraham Lincoln) wie die, die Mister Humvee mit gewaltigen Gebärden vor der Felswand an die amerikanische Nation richtete. Er steigerte sich in einen immer größeren Furor, bis er plötzlich an einem Wort hängenblieb, das ihm partout nicht über die Lippen kommen wollte. Er ruderte wild in der Luft herum und brach dann ab.

»Wir müssen das nochmal machen«, sagte er. »Ich habe mich komplett verhaspelt.«

»Mister President«, stöhnte Frederic, »wie oft soll ich's ihnen noch erklären? Das ist ein Stummfilm, Sie können einen totalen Unfug erzählen, das merkt niemand. Hauptsache, Sie rollen ordentlich mit den Augen und ballen die Faust. Den Text dazu bringen wir nachher auf Schrifttafeln – also reden Sie, was Sie wollen.«

»Was ich will?«, rief der Präsident entzückt. »Haha! Das werde ich! Endlich kann ich einmal sagen, was ich denke – und keiner kriegt es mit!«

Also noch einmal von vorn: Mundaufreißen, Zähnefletschen, Fäusteballen. Es war das ganze mimische und gestische Repertoire, das diesen Mann an die Macht gespült hatte – aber nicht das rhetorische. »Ihr dämlichen Hinterwäldler!«, dröhnte er. »Ihr hirnamputierten Hillbillys! Ihr republikanischen Schwanzlutscher! Ihr Ziegenficker …«

Es wurde die wüsteste Beschimpfung, die wohl je ein Politiker vom Stapel gelassen hatte, eine Verhöhnung aller seiner Wähler.

Klackklackklack hämmerte derweil, vom Redner unbeachtet, der Reporter in seine Schreibmaschine. Seine Gesichtszüge drückten eine wachsende Entgeisterung aus, während seine Finger im Akkord arbeiteten. »Wer hätte das von unserem Präsidenten gedacht?«, zischte er. »Unterschätzen Sie nicht die freie Presse, Georgie! Die Nation wird es zwar nicht hören, aber lesen – Wort für Wort.«

In diesem Moment brach ein junger, aufgeregter Mann durchs Gebüsch, der zum Gefolge des Präsidenten gehörte. Er ließ seinen Größten Feldherrn aller Zeiten links liegen und stürzte sich auf den Filmemacher: »Mister Fox! Das dürfen Sie sich nicht entgehen lassen. Die Terroristen stecken endgültig in der Falle. Beide Banden! Gleich beginnt das Massaker. Beeilen Sie sich!«

Der junge Mann rauschte ab. Die Kamera rauschte ab. Die Schreibmaschine rauschte ab. Das Pressekorps rauschte ab. Zurück blieb ein verdatterter Präsident, der nicht begreifen konnte, dass er nicht mehr die Top News darstellte.

»Und ich?«, klagte er. »Was ist mit meiner Rede? Ich war noch nicht fertig!«

Er kam nicht mehr dazu, seiner Empörung einen angemessenen Ausdruck zu verleihen, weil sich urplötzlich eine Schlange um seinen Leib wand; eine Riesenschlange, die immer länger

wurde und sich um seine Hüfte zusammenschnürte. Aber es war keine Schlange, es war ein Strick,
ein Lasso, das ihn mit einer unwiderstehlichen
Gewalt in die Höhe zu ziehen begann.

Zum Glück für Deborah stellte das Stückchen
Felskulisse, vor dem der Präsident posierte, nur
eine letzte Stufe in der Steilwand dar, die nicht
mehr als dreißig Fuß in die Höhe ragte. Ein hundert Fuß langes Lasso hätte ihr nicht zur Verfügung gestanden, so aber reichte das längste, das sie
aus dem Lager der Seven Sisters hatte mitgehen
lassen. Die Gefangennahme gelang ihr mit einem
perfekten Kunstwurf, allerdings hätte sie den
schwergewichtigen Präsidenten niemals aus eigener Kraft nach oben ziehen können. Dazu brauchte
sie Fury, ihren Rappen, der die Aufgabe bravourös
meisterte. Ihre größte Furcht war, dass das Seil am
blanken Fels durchscheuern könnte, aber wieder
hatte sie Glück – das Lasso hielt. Von einem PS
gezogen ruckelte Mister George Doubleju Humvee
seinem neuen Dasein als Geisel entgegen.
    Es war nur noch eine Frage von höchstens einer
Minute, bis ihn Debby beschlagnahmte, doch der
Lauf der Ereignisse zwang sie plötzlich, davon Abstand zu nehmen. Die Gewehrsalven der Soldaten
machten sie auf unser Felsenversteck aufmerksam.
Von ihrer hoch aufragenden Beobachterposition
aus konnte sie erkennen, in welche Zwickmühle
wir geraten waren. Sie begriff, dass man uns nur

noch von oben retten konnte und dass genau darin ihre Aufgabe bestand: zu uns zu eilen, die Lassos, die ihr noch blieben, zusammenzuknoten und uns damit aus der Hölle herauszuholen.

»Fury, du bringst unsere Geisel in Sicherheit«, sagte sie zu ihrem Pferd, während sie es von allen Lassos außer dem, an dem der Präsident hing, befreite. »Ich muss mich jetzt erstmal um die Jungs kümmern.«

Sie verschwand – und ihre erbittertsten Gegnerinnen traten auf. Gladys und Jenny Jaspers hatten sich heimlich herangepirscht und nutzten nun die Gunst der Stunde.

»Die Niggerin hat für uns die Arbeit erledigt«, stellte Gladys befriedigt fest. »So, Jenny, jetzt holen wir uns den fetten Braten.«

»Los, Fury, weiter!«, befahl Jenny ihrem ehemaligen Pferd, doch ihr Ex-Eigentum rührte sich nicht, weil es keine Kommandos von ihr mehr entgegennahm. Fury rammte die Hufe ins Erdreich und schüttelte verneinend die Mähne. So blieb den beiden Banditas nichts anderes übrig, als zusammen am Seil zu ziehen. Während der gekaperte Präsident hin- und herpendelte und dabei wie am Spieß schrie, scheuerte es immer mehr durch. Das tosende Wildwasser, das alle Hilferufe erstickte, verhinderte, dass irgendjemand die Geiselnahme beachtete – vor allem war der Grund der Schlucht jetzt wie leergefegt, weil die ganze grande armée abgerückt war, um, dirigiert von dem genialen Generalfilmmarschall Frederic Fox, unserem kläglichen Häuflein den Garaus zu machen. Trotzdem blieb die Tatsache, dass der arme Herr Humvee in der Steilwand zappelte, nicht gänzlich unentdeckt. Auf der anderen Seite der Schlucht tauchte jetzt nämlich – na, wer wohl auf? Wild Pony, natürlich! Er war mal wieder zur rechten Zeit am rechten Ort.

»Hey, das ist unsere Geisel!«, rief er empört und warf ein Tomahawk. Hätte er damit nicht punktgenau getroffen, so wäre es sein erster Fehlwurf seit der Schlacht an den Thermophylen gewesen, so aber durchtrennte das Tomahawk das Seil und der Präsident stürzte in die Tiefe, wobei er die halbe Steilwand mitnahm, also einen gewaltigen Granitschauer auslöste. Er kugelte über den Felssims, auf dem die Pressekonferenz stattgefunden hatte und stürzte mitsamt der Steinschlag-Wolke, die ihn umhüllte, weiter. Und stürzte ... Und stürzte ... Unfehlbar wäre er zerschmettert worden, wenn nicht just in diesem Augenblick der Koch mit dem Planwagen daher gerattert gekommen wäre. Das Dach des Karrens konnte den Absturz nur unwesentlich abfedern, doch dann ... Der Präsident schoss wie eine Kanonenkugel durch die Plane hindurch – mittenmang in den Berg aus Kartoffeln und Tomaten hinein, die durch den Aufprall zu Ketchup zerspritzten. Die Haute Cuisine von McDonalds hatte ihm das Leben gerettet. Als er sich aus dem Kartoffelbrei-Berg hervorwühlte, war er blutrot. Er hielt den Ketchup für Blut und den Kartoffelmatsch für seine Gedärme.

»Oh mein Gott, mein Gott!«, jammerte er. »Wie sehe ich aus? Ich bin tot! Tot!«

»Nein, Sie sind nicht tot«, berichtigte ihn der Koch, der sich auf dem Kutschbock zu ihm umdrehte, »sondern nur ein Hamburger, Mister President. Zu einem Hamburger gehören eine ordentliche Portion Hackfleisch und viel Ketchup!«

Er überlegte kurz, ob sich diese spezielle Hackfleisch-Portion tatsächlich noch für hunderttausend Dollar verkaufen ließ, dann nickte er in sich hinein und brüllte seinen Triumph aus sich heraus: »Yippie!«

Mit diesem Ruf trieb er seine Pferde an und jagte mit seiner Geisel aus der Schlucht heraus.

Vier- oder fünfhundert Fuß höher starrten Gladys und Jenny derweil völlig konsterniert den Lasso-Rest in ihrer Hand an.

»So eine Scheiße!«, fluchte Jenny. »Was sollen wir jetzt machen?«

Viel Zeit blieb ihnen nicht mehr, über diese Frage nachzudenken, denn sie wurden urplötzlich von Indianern beschossen, deren Pfeile ihnen dutzendweise um die Ohren flogen. »Kautschukspitzen«, stellte Gladys erleichtert fest – tatsächlich hatten die Indianer, die auf sie zustürmten, im Eifer des Gefechts vergessen, dass Pfeil und Bogen nicht zu ihrer Bewaffnung, sondern zu ihrer Filmkostümierung gehörten. Leider genossen Gladys und Jenny ein paar Sekunden zu lange das Glück, gerade ihrer sicheren Exekution entgangen zu sein. Sie verschufen damit dem diensthabenden Häuptling die Gelegenheit, seinen Befehl zu wiederholen – diesmal indem er auf das richtige Equipment Bezug nahm: »Geweeeeeehr anlegen ...« Zwanzig Füsiliere legten an. Nun wäre für die beiden Banditinnen der Moment für ein letztes Gebet gekommen gewesen – wenn sie so ein Gebet gekannt hätten. In dieser Lage nach dem Colt zu greifen, bedeutete den sicheren Tod. Nicht nach dem Colt zu greifen auch. »Jenny Jaspers«, sagte Gladys mit zitternden Knien, »ich gebe den Befehl zum Rückzug!«

Sie versuchten zu ihren Pferden zu laufen. Und mussten zu ihrem Entsetzen feststellen: »Scheiße, unsere Pferde sind weg!«

Aus dem Waldstück, in dem sie ihre Pferde angebunden hatten, empfingen sie Schüsse. Eine echte Munition diesmal, nicht aus den Requisitenkisten Hollywoods, sondern aus den Beständen der amerikanischen Armee.

»Kavallerie!«, rief Jenny. »Die sind wohl überall!«

Nun blieb ihnen nichts anderes mehr übrig, als zur Abbruchkante der Schlucht zurückzulaufen. Sie standen vor dem gähnenden Abgrund. In ihrem Rücken: der Tod. Auf beiden Seiten: der Tod. Und direkt vor ihnen: der ... Tod.

Entsprechend dramatisch gestaltete sich ihr Dialog.

GLADYS: Jenny Jaspers, ich gebe dir den Befehl, zu springen.

JENNY: Nein, du zuerst!

GLADYS (während sie nach hinten feuerte): Nein, du! Ich verteidige heldenhaft die Stellung – solange bis ...

JENNY: ... bis ich mir das Genick gebrochen habe.

Jenny sprang ...

... nahezu zeitgleich mit Wild Pony, der, ein paar Etagen tiefer, den Sprung ins eiskalte Wildwasser wagte, weil auch er sich von Kavalleristen verfolgt sah. Auf dem Felsen, der ihm dabei als Absprung-Brett diente, tauchte gleich darauf der Agent auf, der ihn schon seit einer geraumen Weile zu enttarnen gedachte. In seinem Gefolge eine Horde falscher Sioux, die den einzigen echten Sioux mit ihren Schüssen zu erledigen versuchten – vergeblich, weil er so geschickt in der reißenden Strömung herumkraulte, dass er zwischendurch immer mal wieder in den Fluten verschwand.

»Endlich ist es mir eingefallen«, brüllte der Agent gegen den reißenden Strom an, als der Kopf von Wild Pony wieder einmal auftauchte, »woher ich dich kenne, Rothaut. Du bist der legendäre Wild Pony! Achtzehnhundertsechsundneunzig!«

»Was?«, staunte sein Nebenmann. »Da gab es noch Gefechte mit den Sioux?«

»Nein, aber die Olympischen Spiele. Wild Pony wurde im Diskuswerfen disqualifiziert, weil er ein Tomahawk benutzte.«

Aber unser Ex-Olympionike hatte auch noch andere Sportgeräte auf Lager. Obwohl ihn das Wildwasser fortzureißen drohte, gelang es ihm, ein Messer zu ziehen. Er warf das Messer, doch wegen seines mangelnden Stands verfehlte er den Geheimagenten. Stattdessen zerspaltete er die Stirn eines falschen Indianers.

Angesichts einer so groben Unsportlichkeit rief der Geheimdienst-Gentleman empört aus: »Wild Pony! Ich disqualifiziere Sie! Diese Waffe ist im Reglement nicht vorgesehen. Erlaubt sind nur Schusswaffen ...« (Er ballerte sein ganzes Magazin leer, verfehlte Wild Pony aber wegen dessen unberechenbaren Tauchzügen) »... und der Säbel!«

Sprach's, riss einem der Kavalleristen dessen Säbel aus dem Gürtel und sprang damit in den Fluss.

Abigail lag inzwischen in meinen Armen, was ich unter anderen Umständen sicherlich sehr genossen hätte. Jack zog mit Hilfe von Heather und Violet die verwundete Mabel an Deck und Chuck beantwortete das unentwegte Kavalleriefeuer.

Währenddessen landete Jenny nach einem waghalsigen Sprung in einem Baum, der unter dem Aufprall zusammenbrach. Gleichzeitig kugelte

Gladys, umhüllt von einer Steinschlag-Wolke, eine Geröllschräge hinunter. Jenny krallte sich an dem Baum fest, der, während er den Abhang hinunterrutschte, fortwährend gegen Hindernisse krachte, die seine Richtung änderten. Der dadurch bewirkte Zickzackkurs auf dem Weg in die Tiefe minderte erheblich die ursprünglich mörderische Geschwindigkeit und führte Jenny so nah an Gladys heran, dass sie ihr zurufen konnte: »Zupacken! Komm mit auf den Schlitten!« Sie griff nach ihrer Gefährtin – daneben! Eine Hand streckte sich ihr entgegen. Sie packte zu. Mit dem Knochenbrechergriff, für den sie berüchtigt war. Für ihre Freundin war es der rettende Griff. Endlich konnte sie Gladys auf den rutschenden Baumstamm ziehen.

Im Unterschied zu den Beiden hatte Deborah bewusst eine Route gewählt, die sie zu uns führte, doch da sie unentwegt dem feindlichen Beschuss ausweichen musste, konnte sie kaum noch darauf achten, wohin sie trat. Urplötzlich tat sich der Boden vor ihr auf. Und statt in der Höhe zu bleiben, wie sie beabsichtigte, rauschte sie in die Tiefe. Dass sie sich nicht den Hals brach, verdankte sie einem unwahrscheinlichen Glück. Sie stürzte nicht kopfüber die Steilwand hinunter, sondern wurde in eine schräge Felsrinne gelenkt, in der sie wie eine Rohrpost Jenny und Gladys entgegensauste. Etliche Schürfwunden später spürte sie, wie sich ihr ein Stachel in die Seite bohrte. Im nächsten Moment umschlang sie einen Baumstamm.

Der Baum, auf dem schon Gladys und Jenny ritten, gewann mit seiner menschlichen Fracht immer mehr an Fahrt – bis die Rodelpartie abrupt an einem großen Felsen endete. Der Baum überschlug sich und wirkte dabei wie ein Katapult, das die Drei in einem hohen Bogen durch die Luft schleuderte. Auf diese Weise landeten sie zwar unsanft, aber doch gegen Hals- und Beinbrüche einigermaßen abgefedert in unserer Felsenfestung; sie knallten geradewegs in die Büsche, hinter denen wir uns versteckten.

Jack war der einzige von uns, den es bei diesem Bombardement nicht die Sprache verschlug. »Ja, wer kommt denn da?«, begrüßte er den unerwarteten Besuch aus der Luft. Abby quiekte wie ein Teenager; Mabel fuhr fort zu stöhnen und Heather begann zu weinen. Sie ließ sich von ihrer Überzeugung, dass ihre einstigen Mitschwestern die brutale Landung nicht lebend überstanden hatten, erst abbringen, als sich Gladys zu rühren begann und dann den Versuch unternahm, sich zu erheben. So tough die Ex-Domina auch war, die Schmerzen, die sie dabei verspürte, hätte sie früher wohl keinem ihrer Kunden zugemutet. Sie knickte unter einem Schmerzschrei zusammen. »Oh Scheiße, ich hab mir den Fuß gebrochen«, stöhnte sie und erweckte damit auch Jenny und Debby zum Leben, deren Blessuren auch nicht gerade von schlechten Eltern waren.

»Mein Knie!«, rief Jenny aus. »Meine Rippen!«
Und Deborah: »Mein ... Oh Gott! Mein Steißbein!«

»Typisch!«, sagte Jack. »Kaum sind die Weiber
an Bord, geht das Gejammer los.«

Trotz dieser rührenden Vereinigungsszene waren wir noch immer alles andere als vollzählig. Wie
sehr hätten wir jetzt Wild Pony benötigt, der immer wieder eine neue Wunderwaffe aus seinem
Köcher ziehen konnte! Vielleicht gab es ja in seinem Sioux-Kräutergärtchen irgendein halluzinogenes Pflänzlein, das er so feingemahlen im Medizinbeutel mit sich führte, dass es sich über die
Gegenseite mit einem Blasrohr versprühen ließ, so
dass all die Soldaten dort drüben mit einem Mal
nur noch weiße Mäuse sahen oder im Drogenrausch in die Tiefe sprangen, in der Meinung, sie
könnten fliegen.

Und tatsächlich – da kam er. Doch was war das
für eine Waffe, die er zwischen die Zähne geklemmt hatte, um klettern zu können? Ein simpler Kavalleriesäbel. Wild Pony triefte vor Nässe;
er musste den ganzen Skeleton Creek durchschwommen haben. Offensichtlich war er am
Ende seiner Kräfte. Sein Köcher war leer. Und
sein Gürtel auch. Der Säbel, den er erbeutet hatte,
bildete seine letzte, seine allerletzte Bewaffnung,
doch was nutzte uns ein Säbel bei einer Schießerei? Die Soldaten hatten ein paar Felsspitzen in
weniger als zweihundert Fuß Entfernung besetzt.
Dass wir eine kurze Feuerpause genossen, ver-

dankten wir Mister Fox, dem Filmemacher, der sich mit irgendeinem General stritt, dem er die Befehlsgewalt entreißen wollte. Wir konnten die Beiden nicht sehen, aber hören.

Wild Ponys jämmerlicher Auftritt beraubte uns der letzten Hoffnung. Er kroch zu uns hoch wie eine Katze, die in ihrem Maul eine tote Ratte nach Hause trägt. Eine Verstärkung stellte er nicht mehr dar, aber vielleicht kam er ja nur zu uns, um nicht alleine zu sterben.

Da er sah, dass sich Drüben, in den Stellungen der Soldaten, etwas rührte, versuchte Jack zu schießen, aber sein Revolver sagte nur: »K ... k« – und weiter nichts.

Chuck erging es nicht besser, als auch er das Feuer wieder eröffnen wollte.

»K ... k« – Feierabend.

Wie immer, wenn er nicht weiterwusste, wandte sich Jack an mich: »Wieviel Munition haben wir noch?«

Unsere letzten Reserven steckten in meinem Trommelrevolver. Die Trommel mochte sich vielleicht noch dreimal drehen, dann hieß es auch bei mir: »K ... k« – Feierabend.

»Dann kann der Totengräber unser Grab schaufeln«, sagte ich. »Falls er noch lebt.«

Ich hatte dies Worte kaum ausgesprochen, als wir aus der Höhe Geigenspiel vernahmen. Auf uns wirkte es, als würden uns die Noten verspotten. Um den Hohn perfekt zu machen, winkte der

Totengräber uns auch noch mit dem Geigenbogen zu. Es war sein Goodbye. Er stand auf einem Höhenweg, durch den er im Unterschied zu uns noch eine Rückzugsmöglichkeit besaß. Er zeigte uns mit dem Bogen die Route, auf der er aus der Schlucht herauskommen würde. Das Sonnenlicht umgoss seine hagere Gestalt so grell, dass die Felsen beinahe weiß wirkten, was ihm mehr denn je das Aussehen eines riesigen, schwarzen Vogels verlieh.

»Diese feige Sau!«, zischte Jack. »Ich wusste immer: Er ist nicht der richtige für die Bande – anders als Jimmy damals, der hatte Mumm!«

»Aber keinen Grips!«, murmelte ich.

»Frank, hast du noch eine Kugel?«, bat mich Jack beinahe flehend.

Es war unser Glück, dass ich ihm diese Kugel nicht gab. Wenn er den Totengräber erschossen hätte, wäre unsere letzte Chance vertan gewesen. Denn tatsächlich gab es noch einen Ausweg – es war der Weg in unser Grab.

25

Niemand hatte mehr an die kleine Patty gedacht – außer hin und wieder Abigail, die sich vorstellte, dass ihr Töchterchen an der verwaisten Straßensperre sehnsüchtig auf die Bescherung wartete. Tatsächlich wartete Patty darauf, dass ihr Papa endlich auftauchte, den ihre Mutter befreien wollte, aber hockte sie auf der Barrikade, zählte die Gänseblümchen und hielt Ausschau in die Prärie? Nein, in Patty steckte zu viel Abigail, zu viel McKenzy und zu viel Unbehaustheit als dass sie nicht abenteuerlustig losgezogen wäre. Da ihr der dicke Holländer mit seinem Planwagen mächtig imponiert hatte, wollte sie auch so einen Karren haben – und sie fand einen. Sie fand noch viel mehr, mit dem sich wunderbar spielen ließ. Niemand hatte mehr an die Filmrequisiten gedacht, die die Leute aus Hollywood zurückgelassen hatten, als Jack am Set Amok lief – sie waren genau das richtige Spielzeug für ein herumstreunendes Kind, auf das keiner mehr aufpasste. Und so sah man irgendwann am Nachmittag die kleine Patty (wobei sich das ›man‹ auf Kojoten und Präriehunde beschränkte) ein, zwei Meilen vom Skeleton Creek entfernt auf einem kleinen Pony reiten. Das

Pony zog einen Kinderwagen, der mit Gewehren, Pistolen und einer Munitionskiste beladen war. Auf der Munitionskiste stand der Namenszug der Filmfirma und die Bezeichnung ›Platzpatronen‹. Patty hatte sich Pistolen in den Gürtel gesteckt und trieb ihr Pony an: »Schneller, Little Horse! Wir müssen meinen Pa und meine Mum retten.«

Ihr Gefühl verriet ihr, dass sie sich zu ihrer Rettungsaktion ins Gebirge begeben musste, das für sie noch eine Spur majestätischer als für die Erwachsenen hinter den bewaldeten Vorbergen aus dem Grasland emporwuchs. Als sie sich der Schlucht näherte, sah sie, wie sich eine schwarze, dürre Gestalt aus dem Dickicht löste und auf sie zukam. Die dürre Gestalt fidelte auf einer Violine ein trauriges Lied vor sich hin. Patty zog eine Pistole und rief: »Halt! Wer bist du, fremder, dünner Mann?« Der fremde, dünne Mann reagierte nicht, sondern stapfte unbeirrt auf sie zu. Als er näherkam, erkannte sie, dass er einen Spaten geschultert hatte und als er direkt vor ihr stand, dass sich unter seinem schwarzen Mantel, den er mit einem auf sie bedrohlich wirkenden Geste aufschlug, ein ganzes Waffenarsenal befand. Über seiner Brust kreuzten sich Patronengürtel, die allerdings kaum noch mit Munition bestückt waren. Eine andere Sechsjährige hätte jetzt sicher Angst empfunden, sie aber verspürte nur Neugier und eine fiebrige Erwartung.

»Kommst du vom Schlachtfeld?«, fragte sie. Die Hutkrempe des dünnen Mannes bewegte sich für einen Moment soweit, dass man den Eindruck gewann, er hätte genickt. Sein Blick fiel auf den Kinderwagen und die Filmgewehre, dann las er die Aufschrift der Munitionskiste.

»Auf welcher Seite hast du gekämpft, dünner Mann?«, wollte Patty wissen.

»Bei den sechs Schwachköpfen, die sich für die glorreichen Sieben hielten«, sagte der Totengräber. Er musterte sie. Trotz der unüberhörbaren Ironie in seiner Stimme verzogen sich seine Mundwinkel um keinen Millimeter, als er fragte: »Noch eine Lady, die unser siebter Mann sein will?«

»Ich will bei meiner Mum und meinem Pa sein«, sagte Patty.

»Wer sind denn deine Rabeneltern?«

»Abigail – kennst du sie?«, sagte Patty. »Und irgendwer, der McKenzy heißt.«

Nicht dass der Totengräber, als er »McKenzy« hörte, sich in irgendeiner Weise betroffen zeigte, aber in ihm lief plötzlich ein Film ab, in dem er sich vor einem Kriegsgericht stehen sah, das aus mehreren, sehr ernst dreinblickenden Offizieren gebildet wurde – und aus Patty, die die Uniform eines Generals trug.

»Sie sind wegen Fahnenflucht und Feigheit vor dem Feind angeklagt, dünner Mann«, sagte General Patty. »Haben Sie noch etwas dazu zu sagen, dass Sie Commander McKenzy und seine Leute im Stich ließen?«

›Das glaubt mir kein Schwein, dass ich mich von einem Kind umstimmen lasse‹, dachte er. ›Aber … hm … Fahnenflucht? Feigheit vor dem Feind – ich?‹

»Hör zu!«, sagte er zu Patty. »Mum und Dad stecken in der Klemme und nur du … nur du kannst ihnen helfen!« Er sprach schleppend, weil der Einfall, den er hatte, nur peu à peu Gestalt annahm. »Du und … und der dünne Mann und … und diese Kiste mit den blauen Bohnen.«

»Das steht da: ›blaue Bohnen‹?«, fragte Patty, zu deren rudimentärer Erziehung niemals Lesen und Schreiben gehört hatte.

»Nein, da steht: ›geniale Idee‹. Komm, Nummer Sieben. Wir zwei holen sie da wieder raus.«

So genial der Plan, den der Totengräber mit Pattys Hilfe entwickelte, auch war – damit er funktionierte, brauchte es vor allem eines: Zeit. Zeit, die dem Totengräber Frederic Fox verschaffte. Der Filmemacher versuchte fortwährend, die beste Kameraposition zu finden und behinderte dabei die Soldaten, die ohnehin nicht mehr wussten, auf wessen Kommandos sie hören sollten.

»Mister Fox«, platzte dem General schließlich der Kragen, »hören Sie endlich auf, meinen Befehlen zu widersprechen, nur weil wieder eine von Ihren Filmrollen zu Ende ist. Man kann eine

Schlacht nicht ständig unterbrechen. Das nächste Mal, wenn ich befehle: ›Angriff!‹, greifen wir wirklich an.«

Wohin mit der Geisel? Mister Dutchman hatte sie inzwischen wie ein echter Bandit bedroht (mit zwei geladenen Gewehren gleichzeitig) und fachgerecht verschnürt, sich aber dabei so sehr mit Ketchup bekleckert, dass er aussah wie ein Serienmörder nach der Auswaidung seiner Opfer. So konnte er sich nirgendwo blicken lassen! Zum Glück traf er nach etwa zwei Meilen auf einen Mann, der die nötige Orts- und Fachkenntnis besaß, um ihn mit den Ratschlägen zu versorgen, die er jetzt dringend benötigte. Bei diesem Experten handelte es sich um den Totengräber, der zusammen mit Patty versuchte, aus dem stoischen Pony ›Little Horse‹ ein Rennpferd zu machen, was leider nicht zu dem gewünschten Ergebnis führte. Unser Ex-Bandenmitglied wusste das passende Geiselaufbewahrungs-Schließfach und nahm im Gegenzug für seine Tipps die Fuhrdienste des Imbissbetreibers in Anspruch, musste er doch mitsamt der Munitionskiste so schnell wie möglich zur Schlucht gelangen. Im Film hieß es »Schnitt!« und schon tauchte man dort auf, wo es das Drehbuch von einem verlangte, während sich das in der Wirklichkeit ein wenig langwieriger gestaltete. Statt »Schnitt!« hieß es »Hüh!« und führte nach etlichen Peitschenschlägen zu einer einigermaßen vertretbaren Fahrzeit.

Mister Dutchmann fuhr, jede Lichtung ausnutzend, so weit in den Wald hinein, wie es ihm ohne Achsenbruch möglich war. Dann lud er seine beiden Fahrgäste ab, überzeugte sich, dass die Geisel die Rüttelpiste zwar nicht gerade wohlbehalten, aber doch zumindest lebend überstanden hatte, und machte kehrt. Er hatte Patty und den Totengräber soweit es ging an die Abbruchkante der Schlucht herangeführt, an der die Felswände in die Tiefe stürzten. Dem scharfen Blick des Totengräbers war nicht entgangen, dass die Seven Sisters dieselbe Route gewählt und sich während des Rittes von den lästigen Filmkostümen befreit hatten, die sie im Schlachtgetümmel behindert hätten. Patty beteiligte sich an dem Einsammeln der Nonnen- und Missionarinnenkostüme voller Eifer, auch wenn ihr der dünne Mann jede Antwort auf die Frage verweigerte, was er damit anzufangen gedachte.

»K-llll-k!« Aus vorbei! Ich hatte die letzte Patrone verbraucht – um feindliche Attacken zu unterbinden, die sich dann als Scheinangriffe entpuppten. Wahrscheinlich dienten sie einzig dem Zweck, unsere Munition zu erschöpfen.

In Dead Gulch, das wie immer einen ausgestorbenen Eindruck vermittelte, fuhr Mister Dutchman derweil geradewegs zum Haus des Totengräbers. Obwohl er ortsfremd war, bereitete es ihm keine

Mühe, das düstere Gebäude zu finden, weil es direkt neben dem Friedhof lag. Dank des Schlüssels, den ihm der Hausherr überlassen hatte, war es für ihn ein Leichtes, in den Keller zu gelangen, wo er seinen Riesen-Hamburger nicht ganz hygyienegerecht in einem Kohlenhaufen deponierte. Nachdem er Mister George Doubleju Humvee in dem fensterlosen Kämmerchen eingesperrt hatte, holte er, wie abgesprochen, aus dem Geräteschuppen den Leichenkarren. Zum Glück gab es an seinem Planwagen hinten einen Haken, an den er den Karren anhängen konnte.

Im Wald nähte der Totengräber mit dem Zwirn, mit dem er sonst Leichensäcke verschnürte, die Kostüme zu einer Art Fallschirm zusammen, den er mittels der Miederschnüre an der Munitionskiste festband. Patty sah ihm neugierig bei der Arbeit zu.

Nachdem sie zum x-ten Mal gefragt hatte: »Was wird das, dünner Mann?«, zeigte er sich endlich zu einer Erklärung bereit: »Nennen wir's einen ›Fallschirm‹. Wenn wir die Kiste abwerfen, ohne dass sie gebremst wird, zerschellt sie nämlich, verstehst du, und dann kommen Mum und Dad nicht an die Patronen ran. Hast du unser Flugblatt für die Analphabeten gezeichnet?«

»Hab ich!«, sagte Patty und übergab ihm voller Stolz ihr Kunstwerk, das sie auf die Rückseite eines alten Steckbriefs gezeichnet hatte, den er noch aus seiner Kopfgeldjägerzeit mit sich führte. Er nickte zufrieden, denn die comicstriphafte Kinderzeichnung erfüllte genau den vorgesehenen Zweck.

»Sehr gut«, sagte er, »das müssten sie kapieren.«
Dann beugte er sich weit über die Schlucht.

»Kannst du Mum und Dad sehen?«, fragte Patty.

»Nicht direkt, aber der dünne Mann weiß jetzt, wo sie sind.«

Als letztes befestigte er außer der Kinderzeichnung ein von ihm verfasstes Schreiben an der Munitionskiste und warf sie dann ab.

Den ganzen Vormittag über hatte sich kein Lüftchen geregt, doch seit den späten Mittagsstunden war ein kräftiger Wind aufgekommen, ohne den sein Vorhaben wohl missglückt wäre. So aber breitete der Fallschirm seine aus Unterwäsche, Leinen und Musselin gebildeten Schwingen aus und statt wie ein großer Stein in die Tiefe zu plumpsen, segelte die Filmmunitionskiste ganz sanft in die Schlucht hinein. Ein wenig Wind mehr und es hätte sie über unsere Felsterrasse hinausgepustet, so aber senkte sie sich genau im richtigen Winkel auf uns herab. Sie hätte uns zielgenau erreicht, wenn nicht ... Ja, wenn der ›Fallschirm‹ nicht in einer Baumkrone hängen geblieben wäre. Der verkrüppelte Bergahorn, dem ein winzig Felszacken für sein Wurzelwerk reichte, wuchs wie ein Haken aus der Steilwand heraus. An diesem Haken hängend, schwang die Kiste über unseren Köpfen hin- und her; verlockend nah und doch für uns unerreichbar, denn sobald wir aufstanden und den Baum zu erklettern versuchten, gaben wir ein ideales Ziel für die Scharfschützen ab.

Als alter Filmhase erkannte Jack den Schriftzug der Produktionsfirma, für die er bis vor zwei Tagen gearbeitet hatte und auch die Kiste selber war ihm wohlbekannt, so dass er abwinkte: »Das sind Platzpatronen. Ein ganz mieser Trick, um uns aus der Reserve zu locken.«

»Da hängt ein Brief dran!«, rief Mabel, die endlich wieder aus ihrer halben Bewusstlosigkeit erwachte. »Seht ihr das nicht?«

Da sie sich mit ihrer Schussverletzung kaum noch rühren konnte, übernahmen es ihre Mitschwestern, den Brief mithilfe eines herumliegenden Astes zu angeln. Abigail reichte ihn an Violet zum Lesen weiter, wobei sie die angeheftete Kinderzeichnung entdeckte: »Eine Zeichnung von Patty!«

»Genau der richtige Moment, um sich an Strichmännchen zu erfreuen«, sagte Jenny.

»Patty hat einen Plan gezeichnet!«, erkannte Abby den Sinn der Comicbildchen. »Einen Plan, wie wir hier rauskommen.«

»Und hier steht der Plan schwarz auf weiß«, sagte Violet, nachdem sie den Brief des Totengräbers zu Ende gelesen hatte. »Er ist genial, obwohl er geklaut ist.«

»Geklaut – na und?«, sagte Jack. »Das Copyright an einem Plan ist doch wohl egal.«

»Nicht ganz«, widersprach ich, ihn in die Seite stoßend, »denn dein Plan stammte leider von Sheriff Howland und deswegen sitzen wir jetzt in der Scheiße.«

»Das Copyright an diesem Plan hat ...«, kämpfte Violet gegen unser Durcheinanderbrabbeln an. »Hört mir doch mal zu!«

»Der Totengräber«, sagte ich. »Wer sonst soll ihn verfasst haben?«

»... William Shakespeare. In ›Romeo und Julia‹ ging's zwar in die Hose, aber nur weil Romeo nicht eingeweiht war.«

»In was eingeweiht?«, warf Heather ratlos dazwischen. »Ich versteh kein Wort.«

»Wie kommen wir hier heraus, Heather?«, versuchte ihr Violet den Plan zu erklären. »Mit den Füßen voran, denn nur wenn wir tot sind, kann uns der Totengräber abholen, um zu begraben.«

»Ich versteh nicht«, stöhnte Heather, »was an einem Plan genial sein soll, bei dem wir sterben müssen.«

»Wir sind nur scheintot, Heather«, sagte Violet. »Wie Julia, nachdem sie das Gift nahm.«

»Ihr erzählt einem ständig was Neues«, protestierte Heather gegen diese geistige Überforderung. »Jetzt ist in der Kiste auf einmal Gift!«

»Nein, kein Gift, da drin sind Platzpatronen«, redete Violet geduldig weiter.

»Aber damit kann man doch nicht schießen!«, sagte Chuck.

»Nein, aber man kann tot umfallen«, dämmerte es Jenny.

»Jetzt hab ich's«, rief Heather. »Es ist gar nicht echt!«

Jack hatte aufmerksam zugehört, aber noch aufmerksamer das Schreiben des Totengräbers gelesen. »Echt oder unecht«, lehnte er den Plan ab, »es ist Selbstmord und das ist unvereinbar mit der Ehre.«

Ehre??? – Das aus dem Munde eines Banditen, der sich immer gerühmt hatte, ruchlos und ohne jedes Gewissen zu sein?

Was sollte ich darauf entgegnen? Mir fiel der entlegenste Vergleich ein, den ich mir vorstellen konnte, denn wann hatte ich mich jemals für die Japaner interessiert?

»Jack, denk an die Samurai!«, beschwor ich ihn. »Das Harakiri! Die kollektive Selbstentleibung ist die höchste Form der Ehre.«

Mein Bruder schüttelte den Kopf.

»Dann denk an Jimmy!«

»Das ist es ja«, sagte Jack tieftraurig. Sein Kinn sank auf seine Brust. »Ich denke die ganze Zeit an ihn. Ich werde einfach das Bild nicht mehr los, wie er ...«

Ich wusste genau, was sich in ihm jetzt abspielte, denn ich hatte genauso wie er den Kugelhagel erlebt, in dem Jimmy starb.

»Verstehe«, murmelte ich.

Im nächsten Moment brach es aus Violet heraus.

»Ich möchte es auch endlich verstehen!«, schrie sie. Wir starrten sie alle konsterniert an, aber sie erwartete die Antwort gar nicht von uns, sondern allein von ihrer Mutter. Sie stürzte sich auf die Schwerverletzte, als wollte sie es aus ihr herausprügeln. »Mum!«, brüllte sie und schüttelte sie dabei. »Wer – war – Jim – my?«

Stöhnend und keuchend würgte Mabel endlich die Wahrheit hervor, die sie und uns so lange entzweit hatte.

»Mein Bruder«, hauchte sie, als wäre es das Letzte, was sie auf dieser Welt zu sagen hatte.

Danach trat Stille ein. Bei uns, aber nicht auf der Gegenseite, wo sich Regisseur und General immer heftigere Wortgefechte lieferten, von denen allerdings nur ein paar abgehackte Silben die Schwelle zur Verständlichkeit überschritten. Wir konnten nur hoffen, dass unsere Diskussionen bei ihnen als eine genauso diffuse Klangwolke ankamen.

Vielleicht war jetzt der Moment für die seit langem überfällige Versöhnung gekommen. Ja: Wann, wenn nicht jetzt, da wir zusammen an der Schwelle zum Grab standen, weil wir so oder so gemeinsam sterben mussten?

»Ich verstehe, Jack«, sagte ich, »es ist sehr großmütig von dir, dass du Mabel die Genugtuung gönnst, zu sehen, wie du hier feierlich abkratzt. Ich verstehe auch, dass du dir beweisen musst, dass du bereit bist, dich zu opfern. So wie du damals deinen besten Mann geopfert hast. Aber dann opferst du uns alle.«

Wie schon so oft redete ich gegen eine Wand, doch anders als sonst verzogen sich Jacks Lippen nicht zu einem überlegenen Grinsen. Sie wurden zu einem dünnen, nach innen gesogenen, Strich. Er wirkte versteinert und schien meine Worte nicht mehr zu hören. Gleichzeitig ging mit Mabel eine bemerkenswerte Veränderung vor sich. Es war, als wäre die Kugel, die in ihrer Brust steckte, ein paar Zentimeter vom Herzen fortgerückt, so dass sie keine Lebensgefahr mehr darstellte; und als hätten sich die verletzten Gefäße auf eine magische Weise geschlossen, so dass sie deutlich weniger an ihren inneren Blutungen litt. Ohne dass sie jemand dabei stützen musste, robbte sie sich an ihren Todfeind heran und begann, auf ihn einzureden: »Jack! Hörst du mich? Wir sind eine Bande. Wir, verstehst du? WIR! Wir alle. Wir sind gemeinsam in diese Scheiße reingegangen und wir kommen da gemeinsam wieder raus. Es gibt dafür nur einen Weg. Nur einen Plan.«

»Ja«, pflichtete ich ihr bei, »und dem stimmst du jetzt zu, Jack. Oder du bist nicht länger der Boss.«

Eine Stille trat ein, in der ich deutlich erkennen konnte, dass Jack damit rang, wie er zustimmen konnte ohne seine Prinzipien zu verraten. Da die-

ser innere Kampf kein Ende nahm, sprang schließlich Violet in die vakante Chef-Position.

»Es wird schön gestorben, verstanden?«, hämmerte sie der nun gemischtgeschlechtlichen Bande
ein. »Denn da drüben sind nicht nur Scharfschützen, da ist auch eine Kamera.«

»Eine – was?«, zeigte sich Chuck wieder einmal
nicht auf der Höhe der Zeit.

»Chuck, das wird dir alles nach der Wiederauferstehung erklärt«, sagte ich.

»Die Szene kommt ins Kino, ist euch das klar?«,
setzte Violet die Mannschaftsbesprechung fort.
»Ihr müsst richtig gut sterben!«

»Heißt das, ich muss mir schon wieder Letzte
Worte ausdenken?«, drückte Chuck seine größte
Befürchtung aus.

Das war der Moment, in dem Jack urplötzlich
die Initiative wieder an sich riss. Er sprang auf, rief:
»Nein, Chuck, aber ich …«, und tat so, als wäre das
Ganze seine ureigene Idee gewesen. »Ich habe
Abigail«, verkündete er, »sehr, sehr viele Letzte
Worte zu sagen, bevor ich sie erschieße.«

»Bevor ich dich erschieße, Jack«, konterte sie,
»denn du bist zuerst dran und es wird mir ein Vergnügen sein, zu sehen, wie du elend krep …«

»Hör nicht auf seine Letzten Worte, Abigail,
sondern auf meine«, fuhr ich dazwischen.

»Die kriegt sie gar nicht zu hören«, höhnte Jack,
»weil ich dich als Allerersten abknalle.«

»So geht das nicht!«, versuchte Violet das Chaos am Set zu ordnen. »Wir brauchen einen ...«

»... Regisseur, na klar!«, entriss ihr Jack das Wort. »Ich kenn mich in dem Metier aus. Weil ich der einzige Profi hier bin, lege ich die Reihenfolge fest, in der gestorben wird – und wer hier Text hat und wer keinen.« Er wischte zu mir herum und bleckte mich triumphierend an. »Den Romeo kannst du dir abschminken.«

Es spielte keine Rolle mehr, dass wir alle schrien und auf der Gegenseite eine Totenstille herrschte, denn jetzt agierten wir auf einer Bühne und Die da drüben waren unser Publikum.

»Zuerst müssen wir erstmal an die Platzpatronen herankommen«, sagte Abigail und erinnerte uns damit an das Problem, das unserem Vorhaben entgegenstand. Sie sprach gedämpft und bewirkte, dass auch wir schlagartig in einen konspirativen Ton verfielen: Dass die da drüben nur ja nichts ahnten! Während wir die Kiste anstarrten, die ein paar Zentimeter über unseren Köpfen baumelte, verfiel Jack wieder in den alten Trott.

»Freiwillige vor!«, befahl er. »Chuck, versuch mal die Kiste zu angeln.«

Wie immer wollte Chuck sofort gehorchen, aber ich hielt ihn zurück. »Nein, Jack, diesmal holst du selbst die Kastanien aus dem Feuer.«

Jack stierte mich aus roten Augen an. Wie konnte ich so unverschämt sein, seine Anordnung außer Kraft zu setzen? Aber dann verkniff er sich jede

Entgegnung und machte sich tatsächlich daran, den Freiwilligen zu spielen, denn er wollte auf keinen Fall vor uns als Feigling dastehen. Er robbte sich an den Abgrund heran und versuchte den Baum zu erklettern, wurde aber unter einen so heftigen Beschuss genommen, dass er sich zurückziehen musste.

Was tun? Schweigen im Walde; Ratlosigkeit in unserer kleinen Festung, bis sich unerwarteterweise Deborah, die bis dahin geschwiegen hatte, zu Wort meldete: »Ich könnte's. Wenn ich ein Lasso hätte.«

»'Hätte' nutzt uns jetzt nichts, Niggerin«, grunzte Gladys.

Wäre Debbys Hautfarbe eine Spur heller gewesen, so hätte man sehen können, wie sie rot anlief, als sie »Niggerin« hörte, aber sie beherrschte ihre Wut, weil mit einem Mal ein Einfall über ihre Züge huschte.

»Nutzt uns doch was«, sagte sie, »weil die ›Niggerin‹ zu improvisieren versteht! Die Kerle müssen dazu nur ihre Gürtel opfern. Und ihre Hemden, die kann ich zerschneiden. Und ihr, Mädels ... Dürfte ich euch um die Schnüre aus euren Miedern bitten?«

Das ›Mädels‹ richtete sich faktisch nur an Heather, weil alle anderen Frauen ihre Korsetts längst von sich geworfen hatten, um beim Reiten frei atmen zu können – nur unsere süße Blondine, die sich von ihrer Huren-Rolle nicht trennen konnte, hatte das ihrige lediglich aufgeknöpft.

Scham hin oder her – in unserer Lage konnte es gegen Debbys Vorschlag keinen Widerspruch geben, so dass sich alle in das von ihr verlangte Striptease fügten.

Als ich einen kurzen Blick zur Gegenseite warf, sah ich, dass der General ein Fernrohr zückte und unsere Aktionen beglotzte. Seine Pantomime ließ sich für mich leicht untertiteln, denn es war unverkennbar, dass er verwundert fragte: »Was haben die da drüben vor?«

Wir hatten etwas fast Unmögliches vor. Einen widerspenstigen Gaul hätte man mit dem, was jetzt unter den flinken Händen der Mulattin entstand, gewiss nicht einfangen können; das improvisierte Lasso wäre im Nu gerissen, doch in diesem Fall sorgte die Gravitationskraft, die an der schweren Kiste zog und die leicht zu zerreißende Konstruktion des Fallschirms dafür, dass nur ein sehr geringer Kraftaufwand nötig war. Der Lassowurf saß. Ein kurzer Ruck, ein kurzes »Krrrk!« und dann unternahm die Filmmunitionskiste den Versuch, uns zu erschlagen.

Nachdem wir sie hinter die Büsche gezogen und geöffnet hatten, um unsere Colts nachzuladen, sah ich noch einmal zum gegnerischen General hinüber, der ratlos das Fernrohr absetzte.

»Mist!«, übersetzte ich sein Gefuchtel. »Ich verstehe zwar nicht wieso, aber sie haben anscheinend eine Luftwaffe. Ihre Air Force hat es geschafft, sie mit neuer Munition zu versorgen – und warum? Weil Sie, Mister Fox alle meine Befehle außer Kraft setzen – wegen Ihrer dämlichen Filmerei! Können Sie jetzt endlich drehen?«

»Ja, ich bin soweit«, schien Frederic Fox zu sagen. In jedem Fall brüllte er durch seine Flüstertüte: »Action!« und drehte dann wie wild an der Kurbel.

»Heißt das, wir dürfen tatsächlich angreifen?«, konnte der General sein Glück nicht fassen. Dann gab er das Signal. Durch die Schlucht erschallten Trompetenstöße, doch nach wenigen Sekunden senkte der General den Arm und griff von neuem zum Fernrohr, denn auf unserer Seite hatte sich wieder etwas getan, das ihn aus der Fassung brachte. »Ja, was soll denn das schon wieder?«, stöhnte er, denn in den Schusshagel hinein, der die Erstürmung unserer Stellung einleiten sollte, schwenkte Jack eine an einem langen Ast angeknüpfte Herrenunterhose.

»Wir geben auf!«, schrie mein Bruder.

»Feuer einstellen!«, befahl der General.

Der Beschuss wurde eingestellt.

»Wir ergeben uns«, rief Jack, »aber wir wollen uns selber richten.«

Wenn wir geglaubt hatten, dass man sich darüber beim Militär begeistert zeigen würde, so sahen wir uns getäuscht.

»Das ist gegen das Gesetz, General«, protestierte ein Oberst. »Sie müssen am Strick sterben – nach einem ordentlichen Gerichtsverfahren.«

»Mir ist das unordentliche Verfahren lieber«, erklärte der entnervte Befehlshaber, »denn es erspart dem Staat sehr viel Geld.«

»Und ich kann auf ihren Tod nicht zehn Jahre lang warten«, kreischte Mister Fox, »das muss sofort gedreht werden. Ich habe nur noch drei Meter.«

Das Zelluloid, das auf seine Belichtung wartete, gab den Ausschlag.

»In Ordnung!«, rief der General zu uns hinüber und es konnte losgehen.

»Lasst mich schnell sterben!«, bat Mabel, die nur mühsam einen Schrei unterdrückte. »Ich halte diese Schmerzen nicht mehr aus.«

»Nein, du kommst zum Schluss, Mum«, sagte Violet kalt, »sonst schreist du noch 'ne halbe Stunde als Leiche rum.«

Damit begann die große Show. Soll mal jemand behaupten, wir hätten unseren Beitrag zur Filmgeschichte nicht professionell abgeliefert!

»Gladys!«, rief Jack die erste Todeskandidatin auf. »Bist du bereit, deinem sündigen Leben ein Ende zu bereiten?«

»Ja«, zeigte sich Gladys für ihre letzte Reise bereit. »Ich sterbe stellvertretend für alle vergangenen und zukünftigen ...«

»Kürzer!«, unterbrach sie Jack. »Die anderen wollen auch noch sterben.«

Nach dieser Aufforderung, rasch zur Exekution zu schreiten, richtete Gladys den Colt auf Miss Jaspers.

»Jenny«, schmetterte sie, »wir haben uns immer geliebt.«

Damit war Miss Jenny Jaspers allerdings gar nicht einverstanden: »Ich möchte dazu eine Erklärung abgeben.«

»Das kannst du gerne«, sagte Jack, »nachdem man den Tonfilm erfunden hat.«

Trotz Jennys Weigerung, ihre Liebespartnerin zu spielen, setzte Gladys die Nummer mit einer unverminderten Intensität fort: »Lass uns zusammen sterben, damit wir auf ewig vereint sind.«

Dann knallte sie Miss Jenny nieder, die ihrerseits die Geistesgegenwart aufbrachte, im Todeskampf zurückzuschießen. Beide verröchelten überzeugend. Alle Zuschauer waren sich einig, dass hier als Haltungsnote für das kunstgerechte Sterben eine Neunkommanull zu vergeben war, nur Mister Fox passte wieder einmal etwas nicht.

»Stooooopppp!«, schrie er. »Die Filmrolle war zu Ende – aber ich habe irgendwo noch einen Restmeter. Können wir das bitte noch mal machen?«

»Neiiiiin, geht nicht!«, brüllte Jack zurück. »Die Damen sind leider schon tot. Das mit der Filmrolle hätten Sie vorher sagen müssen! Können wir weitermachen?«

Zähneknirschend beugte sich Frederic Fox der Realität des Todes. (Was blieb ihm auch anderes übrig?) Um pro Sekunde nur noch zwei oder drei Bilder zu verbrauchen, kurbelte er betont langsam, was den Schwarzweißfilm, der durch seine Kamera ratterte, gewaltig beschleunigte und dazu führte, dass unser Gruppen-Harakiri in einem rasenden Slapstick-Tempo vonstattenging. Jack suchte die Pärchen aus. Abigail musste Wild Pony in die ewigen Jagdgründe befördern – was dieser so stoisch wie alles andere hinnahm. Dann verwehrte Jack mir die Gnade, den Desperado zu spielen, indem er Abigail per Fingerzeig beauftragte, mich wegzupusten. Danach hatte unsere Ex ihr Soll erfüllt und ließ sich widerspruchslos von Debby umnieten. Als nächster durfte Chuck seine Killerqualitäten an Deborah beweisen. Violet knallte Mabel ab und fiel dann Jacks Blutdurst zum Opfer, so dass nur noch Chuck und er »am Leben« blieben. Jack zögerte einen Moment, bevor er auf Chuck zielte. Obwohl ich, bäuchlings am Boden liegend, einen toten Mann markierte, konnte ich sehen, wie erbärmlich Chuck schlotterte.

»Ich stand so oft unter dem Galgen«, wimmerte er, »und ich hatte dabei nie Angst, Jack, aber jetzt habe ich Angst.« Sein Blick ging furchtsam zur Kamera hinüber, die ihm vorkommen musste wie eine gefräßige Riesenschlange. »Ich habe so schreckliche Angst, Jack.«

»Das ist keine Angst, Chuck«, beruhigte ihn Jack, »das ist nur Lampenfieber.«

Um die Bühnenqualen des überforderten Laienschauspielers abzukürzen, erschoss er ihn, aber Chuck zeigte sich davon unbeeindruckt. Statt sich wie jeder anständige Tote in sein Schicksal zu fügen, hüpfte er jammernd herum.

Jack musste ihn dreimal erschießen, bevor Chuck endlich umfiel, doch auch am Boden hörte er nicht auf zu lamentieren: »Ich möchte noch einmal sterben. Ich hatte da einen Fehler drin! Ich war nicht gut!«

Als er sogar wieder aufstehen wollte, riss Jack der Geduldsfaden. Er sprang auf ihn zu und drückte ihn zu Boden.

»Chuck, du kannst nicht mehr sterben, weil du schon tot bist«, trommelte er auf ihn ein. »Tot, kapierst du das endlich? Tot! Tot! Tot!«

Irgendwie war das alles zu hoch für Chuck. Als er sich weiter gegen die Erkenntnis wehrte, mausetot zu sein, prügelte Jack mit den Fäusten auf ihn ein und als er auch damit nicht den gewünschten Effekt erzielte, nahm er einen großen Stein zuhilfe, mit dem er die Schädeldecke seines alten Freundes attackierte. Die brachiale Methode schien Erfolg zu haben, denn Chuck rührte sich nicht mehr.

»Chuck?«, fragte Jack aufs Höchste beunruhigt. »Chuck, sag was!« Er schüttelte den leblosen Körper, dessen Glieder wie die einer Puppe hin und her schlackerten. »Du bist doch nicht etwa tot?«

Dann sah ich meinen Bruder die ersten Tränen vergießen seit ... Ich hatte so etwas bei ihm nicht mehr erlebt seit wir als Kinder mit ansehen mussten, wie unsere Mutter von den Indianerpfeilen durchbohrt wurde. Die Tränen rannen ihm über die Wangen. »Ich habe Chuck getötet!«, heulte er. »Meinen lieben Chuck! Meinen treuen, herzensguten armen Chuck!«

So sehr mich sein Gefühlausbruch berührte, ich hatte meine fünf Sinne noch soweit zusammen, dass ich ihm, am Boden liegend, zuzischte: »Jack, vergiss nicht, dich zu erschießen. Verdammt noch mal, erschieß dich, bevor die was merken!«

Aber ich musste meinen Bruder nicht mehr an seine Suizid-Absicht erinnern, weil sie mit einem Mal real geworden war. Offensichtlich hatte er vergessen, dass sein Colt mit Platzpatronen geladen war. Ihn hatte jeder Lebensmut verlassen. In seinem Gehirn gab es jetzt nichts mehr als das Gefühl der Schuld, die er nicht ertrug.

»Ich will nicht mehr leben«, weinte er, während er zum Colt griff. »Ich bin die furchtbarste Bestie, die es jemals gab. Chucks gewissenloser Mörder!« Er richtete den Lauf gegen seine Stirn und drückte ab. Augenblicklich stürzte er, von dem Knall betäubt, zu Boden. Ich hoffte inständig, dass er nur ohnmächtig war – aber wusste ich, ob Platzpatronen, die für Distanzschüsse gedacht waren, nicht auf kürzester Entfernung tödlich wirkten?

In den Stellungen der Kavallerie versteinerte das Publikum, zutiefst erschüttert.

26

Dafür war es auch höchste Zeit! Wie lange sollte Mabel noch ihre Schmerzen unterdrücken? Sie musste dringend abtransportiert werden, damit sich ihrer vor ihrer Grablegung noch ein Arzt annahm. Wo blieb der Totengräber? Infolge meiner Leichenstarre beschränkte sich meine Wahrnehmung auf eine Fliege, die hartnäckig meine Nasenlöcher umschwirrte und mich zum Niesen bringen wollte, so dass ich von den folgenden Ereignissen nichts mitbekam. Sie sind mir seitdem aber so oft erzählt worden, dass ich sie einigermaßen wahrheitsgetreu wiedergeben kann.

Am Eingang der von den Kavalleristen bewachten Schlucht erschien der Totengräber mit seinem Leichenkarren, der ihm noch rechtzeitig von Mister Dutchman geliefert worden war. Der Karren wurde von dem Pony gezogen, auf dem Patty ritt.

»Nicht schießen!«, rief der Totengräber. »Ich habe ein Kind dabei.« Dann bimmelte er mit einer Glocke und skandierte: »Leichen, frische Leichen, verweste Leichen, Leichen jeder Art – niemand nimmt sie billiger!« Er zeigte den Posten ein Papier vor. »Hier meine Lizenz! Ich bin auch amtlich bestallter Leichenbeschauer – ich identifiziere jeden Toten, selbst wenn von ihm nur noch ein Finger übrig ist.«

Leider gab es unter den Soldaten Jemanden, der sich auf die Identifizierung von Lebendigen spezialisiert hatte – den Agenten des Wild West Intelligence Service. Wild Pony hatte ihm bei ihrem Kampf in den Fluten des Skeleton Creek zwar den Säbel entrissen, ihn aber nicht entscheidend verletzen können, so dass es dem Mann gelungen war, sich ans Ufer zu retten. Er war zwar völlig durchnässt und seine Kleidung bestand nur noch aus ein paar Fetzen, die an seinem zerschundenen Körper klebten, aber er kam weiterhin seiner Pflicht nach, die ihn auf die Spur feindlicher Elemente setzte. Es dauerte nicht lange, dann hatte er in unserem Totengräber so ein Element erkannt. Kein Wunder, schließlich hatte der Leichensammler auf unserer Seite gekämpft. Außerdem machten ihn seine schwarze, dürre Gestalt sowie der Spaten und die Violine zu einer alles andere als unauffälligen Erscheinung. Deshalb drohte der ganze Schwindel im letzten Moment noch aufzufliegen. »Ich kenne Sie doch«, sagte der Agent, unseren Mister Death grimmig musternd. »Sie waren vorhin bei der McKenzy-Bande.« Dann nahm er ihn in einen eisernen Griff und schleppte ihn zu einer Gruppe von Offizieren, die immer noch mit ihrer Erschütterung kämpften und ihm deshalb keine Beachtung schenkten.

»Sir!«, schnarrte er. »Ich habe eine Meldung zu machen! Sir!«

Zweites »Sirrr!!!«, drittes »Sirrrrr!!!« ... Nichts zu machen, er drang mit seinem Anliegen einfach nicht durch. Die Offiziere wandten sich nicht einmal zu ihm um und schienen ihn gar nicht zu hören.

»Also wie dieser Chuck gestorben ist ...«, sagte der erste Sir mit tränenerstickter Stimme. »Ich komme einfach nicht darüber hinweg.«

»Ich fand Jacks Tod am besten – das hatte wahre Größe«, meinte der zweite und der dritte Offizier seufzte: »Ein toller Tod!«

Um ihre Aufmerksamkeit zu erregen, tippte ihnen der Agent auf die Schultern. Dabei musste er den Griff, in dem er seinen Gefangenen festhielt, lockern, was dem Totengräber die Gelegenheit verschaffte, ihm blitzschnell ein Messer in den Rücken zu rammen. Während der Agent entseelt zu Boden sank, drehte sich der dritte Offizier endlich um.

»Was gibt's?«, fragte er.

»Ich wollte nur sagen ...«, antwortete ihm der Totengräber. »Ein toller Tod, Sir!«

Damit war der kleine Zwischenfall bereinigt. Die Offiziere taten weiterhin ihre Ergriffenheit kund und der Totengräber lud den erdolchten Geheimagenten unbemerkt auf seinen Karren.

Dann erwartete ihn die vielleicht schwierigste Aufgabe: die Bergung unserer Leichen. Zwar pfiffen ihm dabei keine Kugeln um die Ohren, aber wie sollte er (er musste ja jede Hilfe, die ihm das Militär anbot, ablehnen) nacheinander elf leblose Körper über eine vierhundert Fuß hohe Stein-schräge hinwegbefördern, die ihm mit ihrer extre-men Steigung den ständigen Einsatz von Händen und Füßen abverlangte? Es war eine unmögliche Aufgabe, zumal wir keine Sekunde lang zum Leben erwachen durften. Die Lösung, auf die er verfiel, war gleichermaßen genial wie gefährlich. Er nahm die Bergung nicht von unten, sondern von oben in Angriff. Das war ein erheblich kürzerer Weg, aber auch ein gänzlich unpassierbarer, weil schlichtweg kein Weg existierte. Die Steilwand über unseren Köpfen hatte uns gegen jeden Beschuss aus der Höhe geschützt, weil sie in einem so extremen Winkel überhing, dass man uns nicht erreichen konnte. Das hieß aber auch, dass sie sich von kei-nem Klettermaxen meistern ließ, schon gar nicht, wenn er dabei unsere Leiber schultern und sie fünfzig Fuß in die Höhe befördern musste. Es hätte dazu einen Zirkusartisten gebraucht – und genau das schwebte unserem Mister Death vor: eine Zirkusnummer! Dabei konnte er sich auf die Hilfe von zwei Assistenten verlassen: auf Pattys Hilfe und auf die des Ponys, das sie aus dem Camp der Filmcrew entführt hatte. Er gedachte uns in die Höhe zu ziehen – nicht aus eigener Kraft, die dazu nicht ausgereicht hätte, sondern mit der des Ponys. Um das zu bewerkstelligen brauchte er zwei

Lassos und die standen ihm auch zur Verfügung – Deborahs Lassos, die sie fallen gelassen hatte, als sie am Rand der Schlucht den Halt verlor und zu uns in die Tiefe sauste. Das Lassowerfen hatte er gelernt, als er vor Jahren in der Wildwest-Show auftrat, aber um zielen zu können, musste er sich in die überhängende Felswand hinabbegeben, er musste ohne jeden Halt im blanken, kippenden Fels hängen, also musste er angeseilt sein. Zu allem Überfluss stand ihm bei einem Wurf auch noch die Baumkrone im Weg, in der sich der ›Fallschirm‹ verfangen hatte, aber das armselige Gewächs, dessen Wurzelwerk schon über Gebühr strapaziert worden war, stellte nicht mehr lange ein Hindernis dar. An den Wurzeln, die sich auf einem winzigen Felsvorsprung festkrallten, hatte das Gewicht der schweren Kiste allzu sehr gezerrt, so dass nun ein Windhauch ausreichte, um den schmächtigen Bergahorn zu fällen. Blieb die Frage: Wie zielen? Und worauf? Wie sollte sich das Lasso um unsere Körper zusammenschnüren – und zwar um einen nach dem anderen? Wir lagen doch alle flach auf dem Boden! Ein Wurf um den Hals nutzte nichts, weil wir dann zu Erhängten geworden wären. Fragt mich nicht, wie ihm die Kunstwürfe gelangen. Ich weiß es nicht. Ich konnte nur sehen, dass Debbys Oberkörper so über der Munitionskiste hing, dass sich das Lasso unter ihrem Körper zusammenzog und sie wie eine Marionette in die Höhe schweben ließ. Und ich konnte (eine

Ewigkeit später) fühlen, wie sich das Seil um meine Füße legte, die anscheinend ebenfalls soweit über dem Boden hingen, dass sie ein Ziel anboten. Ich wurde kopfüber, an der Felswand entlang schrabbend, nach oben gezogen, was schon für einen Lebenden eine Tortur dargestellt hätte, um wieviel mehr für einen Toten, der sich verkneifen musste, auch nur ein einziges Mal »aua!« zu schreien. Das andere Lassoende war am Pony befestigt, das in seiner Filmkarriere schon komplizierte Kommandos befolgt hatte als die, die ihm Patty erteilte: »Go, Little Horse!« – »Stop, Little Horse!« – »Go, Little Horse!«

Mabel nahm zum Glück von all dem nichts mehr wahr, weil sie in eine tiefe Ohnmacht verfallen war, aber sie musste sicherlich unter schrecklichen Komaträumen leiden. Und ob Chuck, der so schlapp wie ein Sack am Seil hing, noch unter uns weilte? Wer vermochte das zu sagen? Leider ging die Bergung nicht in aller Stille vonstatten, sondern wurde von dem Gejohle der Soldaten begleitet, die unser Publikum bildeten. Wir boten ihnen eine phantastische Show, an der wir uns nur leider mit keinem Text beteiligen durften (kein »Au!« entrang sich uns und kein Stöhnen). Sollte ich jemals den Wunsch verspürt haben, Schauspieler zu werden, jetzt verging es mir. Soll noch jemand behaupten, es sei am Leichtesten, eine Leiche zu spielen! Ich schwör euch: Es gibt auf Erden keine schwierigere Übung.

Der Rest war Schweigen. Ein endloses Schweigen. Und Finsternis. Eine ewige Finsternis. Ich spürte, wie ich in eine Grube hinabgestoßen wurde und wie man dann Erde auf mich schaufelte. Ich sah nichts mehr. Ich roch nur noch die Erde in einem frisch ausgeschachteten Grab. Und ich hörte nichts. Nie mehr, ach, nie mehr! Bis ich endlich die Stimme des Totengräbers vernahm: »Verehrte Leichen, ich habe eine gute und eine schlechte Nachricht. Die schlechte: Eure Beerdigung war leider nicht kostenlos, denn mir steht ein erklecklicher Anteil am Lösegeld zu. Die gute: Die Luft ist rein! Ihr könnt rauskommen!«

Dann krochen wir, blut- und dreckverschmiert einer nach dem anderen aus dem Grab hervor. Männlein wie Weiblein ließen sich nicht mehr unterscheiden, so sehr hatten uns die Torturen einander angeglichen. Als Letzte krabbelte die schwer bandagierte Mabel ins Freie, die wohl die einzige Leiche war, die jemals für ihre Grablegung von einem Arzt fitgespritzt werden musste. Mochte auch der alte Doktor aus Dead Gulch nicht in der Lage sein, vereiterte Mandeln zu entfernen – bei der Behandlung von schweren Schussverletzungen kannte er sich bestens aus.

Der Totengräber stützte sich entspannt auf seinen Spaten – im wohligen Gefühl, dass der Friedhof von Dead Gulch ein letztes Mal sein Arbeitsplatz gewesen war. Hinter ihm bildeten die Bürger von Dead Gulch eine Mauer aus Leibern, die uns unentrinnbar einschloss. Da standen sie – die einstmals von uns Terrorisierten, deren Alptraum wir so lange gewesen waren. Ich hatte jedes Gefühl für die Zeit verloren, aber es musste inzwischen Abend geworden sein, denn sie leuchteten uns mit Öllampen und brennenden Kienspanen an. Ihre Mienen waren finster und undurchdringlich, doch plötzlich begann einer von ihnen leise Beifall zu klatschen und wenige Sekunden später spendeten alle Bürger von Dead Gulch uns einen donnernden Applaus. Das war er also: der Lohn der Angst – und der Lohn der Feigheit, denn nur unsere Weigerung, mannhaft zu sterben, hatte zu diesem glücklichen Ende geführt. Glücklich – wirklich? Wirklich für Jeden von uns? Was war mit Chuck? Ihn hatten wir total vergessen! Hatte seine Schädeldecke den brutalen Schlägen standgehalten oder schlief er jetzt wirklich seinen letzten Schlaf? Tatsächlich: in der Grube lag noch jemand! Jemand mit einem blutigen Turban. Der Arzt hatte sich auch seiner angenommen, aber auf eine ausgesprochen lieblose Weise. Vielleicht hätte Chuck vor zehn Jahren seine Rechnung für eine Bauchschussoperation bezahlen sollen, statt dem Herrn Doktor dafür ein Ohrläppchen wegzuschießen! Jack stieg noch einmal in die Grube hinab. Er hatte viele in seinem Leben ins Jenseits befördert – aber doch hoffentlich nicht Chuck! Er stieß seinen reglosen Freund an; er trat ihn und er begann wieder, mit Fäusten auf ihn einzuprügeln. Nichts half. Bis er einen Strohhalm, der irgendwie ins Erdreich gelangt war, zur Hand nahm und Chuck damit in der Nase herum prokelte. Mit einem gewaltigen Niesen erwachte der Tote. Und dann ... Endlich-endlich kamen die Beiden zu uns hoch.

Chuck befühlte seinen blutenden Kopf und wirkte reichlich desorientiert. Der Totengräber begann zur Feier unserer Wiederauferstehung Geige zu spielen.

Und dann geschah etwas Seltsames.

Chuck, der gegenüber dem Zauber der Musik so unempfänglich war, dass er Mozart nicht von Hänschen-Klein unterscheiden konnte, murmelte verzückt: »Mozart! Das Requiem!«

»Was redet er da für ein wirres Zeug?«, fragte Jack. »Er hat den Verstand verloren.«

Er griff nach einem Stein, der aus einer Grabumfriedung herausgebrochen war, sagte: »Ich hau ihm nochmal auf den Kopf, dann gibt sich das wieder« und ging auf Chuck los. Abby, Violet und ich hielten ihn mit vereinten Kräften zurück.

»Chuck hat recht«, rief Violet verblüfft aus. »Das ist Mozarts Requiem.«

»Jack McKenzy revolutioniert die Pädagogik!«, verkündete sie im Ton eines Zeitungsverkäufers. »Ein Schädel-Hirn-Trauma statt acht Jahre Unterricht! Lernen auch Sie nach der Hau-mir-in-die-Fresse-Methode!« Sie hielt ihm ein imaginäres Mikrofon vor die Nase. »Chuck, Sie kannten von einer Sekunde zur anderen das Requiem von Wolf ...«

»Wo-Wolf?«, stammelte Chuck verwirrt und geriet plötzlich in Panik. »Wölfe! Wo ist meine Knarre?« Er suchte verzweifelt nach seinem Colt. »Meine Knarre!«

Jack stellte erleichtert fest, dass Chucks Musikkenntnisse verschwunden waren: »Gottseidank, er ist geheilt. Und ich dachte schon, er hätte durch meine Schuld einen Dachschaden.«

Die wunderlichen Vorgänge in Chucks Oberstübchen beschäftigten uns nicht länger, denn nun drängte sich eine Frage in den Vordergrund, die dringend der Klärung bedurfte – die Frage, die die kleine Patty umtrieb. Sie zwängte sich durch die Menge der Schaulustigen hindurch und fragte bei jedem Rockzipfel, der sich ihr von hinten darbot: »Mum?« Auf diese Weise versuchte sie Abigail zu finden, die hinter einem der Grabsteine erschöpft zu Boden gesunken war. Da Patty sie nicht fand, blieb sie schließlich vor Jack und mir stehen und ließ ihren Blick zwischen uns hin- und herwandern, bis über ihre zitternden Lippen das Wörtchen »Paps?« kam.

Es drängte mich danach, sie zu umarmen, aber irgendetwas hielt mich davon ab, jetzt Vaterfreuden zu genießen. Vielleicht war es die tiefe Gewissheit, dass diese Ehre Jack zukam, der viel länger und öfter als ich bei Abigail zum Zug gekommen war.

Mit derselben Verzückung, mit der er auf das Requiem reagiert hatte, starrte Chuck nun Patty an. Sie schien für ihn von einem magischen Licht umflort zu sein, denn er strahlte sie an: »Ein Engel!«

»Ja ein Engel ist Patty wirklich«, sagte Abigail. Sie erhob sich und nahm ihr Töchterchen in die Arme. »Auch wenn Jack der Vater ist.«

»Mei-mein Kind? Wirklich?«, stammelte Jack. Er breitete die Arme aus, um die Familienzusammenführung seinerseits mit einer Umarmung zu vollenden. »Meine Hatty!«

»Sie heißt Patty, Jack!«, wies ihn Abigail zurecht. »Wann lernst du endlich mal, zuzuhören?«

Ich hielt das nicht mehr aus. Ich musste hier weg. Außerdem gab es noch etwas, das sich mit keinem Gefühl vertrug, sondern mir jetzt die größtmögliche Härte abverlangte. Ich musste allen Hass zusammenkratzen, der in meiner Seele schwärte, um eine letzte Mission zu erfüllen, denn ich hatte noch etwas zu erledigen – das, wegen dem ich ursprünglich hierhergekommen war.

Während ich auf das Sheriffbüro zuwankte, versuchte ich die Leichenstarre endgültig aus meinen Gliedern zu schütteln, aber es gelang mir nicht ganz. Ich glaube, ich hatte einen ausgesprochen wackligen Gang, jedenfalls nicht gerade den entschlossenen Schritt eines Desperados, der antrat, den Sheriff abzuknallen. Halb stieß ich die Tür zu

Howlands Büro auf, halb klappte ich mit ihr zu ihm herein.

Der Raum war stockdunkel und es bereitete mir einige Mühe, die Öllampe auf dem Schreibtisch zu finden und sie anzuzünden. Mich erwartete ein totales Durcheinander – und etliche geleerte Whiskeyflaschen, die über den Boden rollten, als meine Stiefelspitzen gegen sie stießen. Aber wo steckte der Sheriff, dieser falsche Fuffziger, der uns verraten hatte? Als erstes stieß ich auf seinen Colt, der neben dem Bett in einer Lache von Erbrochenem schwamm. Ich nahm die Waffe auf und schwenkte ihren Lauf im Raum herum, bereit zu schießen, doch dann senkte ich die Waffe und ließ sie fallen, weil sie mir hier nicht mehr von Nutzen war. Nicht an diesem Ort und nicht in dieser Welt. Howland lag reglos in einer Ecke – zusammen mit der letzten Flasche, die er in seinem Leben an die Lippen setzte. Soviel verstand ich inzwischen von Scheintoten, um sofort zu erkennen, dass hier ein echtes Ableben vorlag. Howland hatte seinen Triumph allzu ausgiebig gefeiert, so dass mir nur noch übrigblieb, sich von ihm mit den Worten zu verabschieden: »Tja, mein Lieber, man sieht sich immer zweimal im Leben – und man sieht sich zweimal im Tod.«

27

Ein Jahr verging, bevor wir uns wieder auf dem Friedhof versammelten. Die Seven Sisters waren vollzählig erschienen – genauso wie wir. In unserer feinsten Festgarderobe schritten wir gemeinsam mit den Frauen zu einem großen, von der Gemeinde errichteten, Gedenkstein, auf dem unsere Namen eingraviert waren. Feierlich gedachten wir an unserem Grab der vier Desperados und der sieben tapferen Frauen, die ihr Leben gaben in der Schlacht am Skeleton Creek, der letzten Schlacht des Wilden Westens.

»Ihr musstet sterben, damit der Mythos lebt«, sagte Jack von da an jedes Mal an diesem Jahrestag, jedes Mal legte er einen Kranz nieder und jedes Mal beschloss er seine Ansprache mit den Worten: »Ruhe sanft, Wilder Westen.«

Mit derselben Regelmäßigkeit folgte auf seine Rede ein Aufschluchzen in seinem Rücken. An der Seite seiner Frau Heather, sagte Chuck, sich die Tränen abwischend: »Das war wieder eine sehr schöne Rede, Herr Bürgermeister.«

Dann nahmen wir der Reihe nach von den Desperados Abschied, die wir in einem früheren Leben gewesen waren: »Ruhe sanft, Jack McKenzy«

(Bürgermeister McKenzy), »Ruhe sanft, Frank McKenzy« (Sheriff McKenzy), »Howgh!« (Reverend Wild Pony) ... Bis Chuck an der Reihe war. Bis zu diesem Moment deutete nichts bei ihm auf einen erneuten geistigen Totalausfall hin. Er begann völlig korrekt: »Ruhe sanft ... äh ... äh ...«

Weiter kam er nie, so dass Heather entschuldigend mit der üblichen Erklärung einsprang: ›Das Lampenfieber‹. Dann soufflierte sie leise: »Chuck!«

»Ja?«, fragte er abwesend.

»Jetzt kommt dein Name dran: ›Chuck‹!«

»Allmählich sollte er seinen Namen kennen«, knurrte Jack, worauf wir immer laut im Chor soufflierten: »Ruhe sanft, Chuck L. Berry!«

Gewöhnlich brachte Chuck dann nur: »Ruhe sanft, Perry« zustande. Ohne irgendeinen anderen Unsinn, der das Erhebende der Feier aber nicht weiter störte.

Dead Gulch wurde die friedlichste Stadt im Westen – trotz ein paar gelegentlicher Schießereien. Nicht selten erklangen diese im Schulgebäude, seit Violet die vakante Lehrerstelle angetreten hatte, in der sie ihre Lektionen nicht mit dem Zeige- oder Rohrstock, sondern mit dem Colt erteilte. Erstaunlicherweise leerten sich dadurch nicht die Klassenbänke, sie füllten sich im Gegenteil immer mehr. Die kleine Schule platzte bald aus allen Nähten, so gewaltig war der Ansturm. Plötzlich wollten Alle

Lesen, Schreiben und Rechnen lernen. Am größten war der Lerneifer, wenn sie nicht mit Platzpatronen, sondern scharf schoss. Schauen wir einmal in eine ihrer Lektionen hinein. Gerade steht die Mathematik auf dem Plan – für alle Altersstufen, denn Violet unterrichtet eine sehr bunt gemischte Klasse, die aus Männern und Frauen in jedem Alter und ein paar Kindern besteht.

Auf der Tafel sind Beispiele für die Grundrechenarten aufgeschrieben. Neben der Tafel steht Chuck, er balanciert ein Tablett auf dem Kopf mit einem Haufen Gläsern und hält in jeder Hand ein genauso beladenes Tablett.

Violet zielt mit dem Revolver auf ihn. Gerade sagt sie: »Zum letzten Mal: Chuck, wie viel Gläser hälst du in der rechten Hand? Du hast sie jetzt dreimal abgezählt, einmal sagtest du ›fünf‹, einmal ›neun‹, aber die richtige Antwort lautet ...« (Zur Klasse, in der sich einige melden:) »Nicht vorsagen!« (Zu Chuck, den Hahn spannend) »Wie viel, Chuck?«

Chuck rät: »Sieben?«

»Richtig. So, und jetzt kommt die Subtraktion!«

Violet schießt drei Mal, drei Gläser zerspringen, aber Chuck behält kaltblütig das Tablett in der Hand. »Wie viele Schüsse?«

Chuck stolz: »Drei!«

»Und wie viele Gläser sind noch heile? Chuck, nicht hingucken! Nicht zählen, sondern rechnen! Sieben minus drei sind ...«

»... Vier! Vier lausige Dollar, Jack, mehr haben wir gestern nicht eingenommen.«

Ortswechsel. Wir befinden uns, ungefähr zu selben Zeit, einen Katzensprung vom Schulgebäude entfernt, im Saloon, wo Abigail die Tageseinnahmen zählt. Jack hängt verkatert am Tresen und lässt die Tiraden seiner Gattin teilnahmslos über sich ergehen. »Dieses ewige Anschreiben«, schreit Abigail gegen die ortsüblichen Sitten an, »das lässt du verbieten.« Da Jack keine Reaktion zeigt, legt sie nach: »Haben Sie das verstanden, Bürgermeister McKenzy?«

»Ja, vier Dollar«, sagt der beliebte Lokal-Politiker (neunundneunzig Prozent bei der letzten Wahl) und gießt sein Glas voll. »Davon ziehe ich jetzt einen Dollar als Steuern ein und für diesen Dollar kann ich den ganzen Tag lang so viel trinken wie ich will.«

Da hat er allerdings die Rechnung ohne die Wirtin gemacht.

»Das täte dir so passen, Jack!«, keift sie. »Du glaubst wohl immer noch, wir hätten den Jackpot gewonnen, diese hunderttausend ...«

»Hör endlich auf mit den Hunderttausend!«, stöhnt Jack und verdreht gequält die Augen.

Ja, was ist nun mit dem Geld, das wir mit dem Präsidenten der Vereinigten Staaten zu erzielen gedachten? Um diese Frage zu klären, werfen wir einen Blick auf Howlands ehemaliges Office, in dem sein Nachfolger, Sheriff Frank McKenzy, an diesem Morgen seinen immergleichen Dienst versieht, der sich weitgehend darin erschöpft, seinen Schreibtisch aufzuräumen, an dem er so gut wie nie Anzeigen entgegennimmt. Trotz der praktisch nicht existenten Kriminalitätsrate (wer würde sich auch mit einem einstmals gefürchteten Desperado anlegen?) führt ihn sein nächster Weg zu der angrenzenden Gefängniszelle. An die Gitterstäbe krallt sich, wie immer, mein einziger Klient, der auf seine Fütterung wartet. »Hello bird!«, sage ich in der Rolle des Sheriffs, fast wie zu Howlands Zeiten und der Käfiginsasse antwortet mit einem unartikulierten Grunzen. Es handelt sich bei ihm um den größten Vogel der Welt, denn hier in dieser Zelle vergammeln unsere Hunderttausend. Wir hatten die Macht der freien Presse unterschätzt. Nach Georges Doublejus Rede an die Nation wollte ihn niemand mehr haben. Wir setzten das Lösegeld von hunderttausend auf tausend Dollar herab, dann auf fünfhundert, schließlich auf hundert, doch selbst als wir den Preis für seine Freilassung auf einen Dollar festlegten, meldete sich kein einziger Interessent.

Was sollten wir mit ihm machen? Ihn laufenlassen? Dagegen stand der Wille einer ganzen Nation. Die Presse würde uns zerfleischen. Und ihn einfach aufhängen? Das widerspräche unserer Bürgerlichkeit, die wir als die Desperado People Party vertreten. – Und noch jemand würde sich vehement dagegen aussprechen: Der Mann, der unsere nutzlose Geisel mit seinen Koch- und Grillkünsten mästet (auf Kosten der Gemeinde, versteht sich). Mister Dutchman hat sich dieser Aufgabe verschrieben – und hofft als Einziger aus unserer ehemaligen Kidnapper-Bande, dass sich der große Coup eines Tages doch noch auszahlt. Hauptberuflich führt er einen florierenden Fastfood-Laden in der Main Street. So hockt George Doubleju Humvee Tag für Tag auf seiner Pritsche und wird dabei immer verwahrloster und immer fetter. Seine Zelle hat sich in eine Müllhalde verwandelt, die sich durch die riesigen Pommes-Portionen und die doppelten Cheeseburger die ihm der holländische Koch fünfmal täglich hereinträgt, nicht gerade verringert.

Als Gesetzeshüter führe ich ein äußerst geruhsames Leben und bin allseits geachtet. Meine routinemäßigen Streifgänge durch Dead Gulch gleichen gemütlichen Spaziergängen, bei denen ich von allen Seiten freundlich begrüßt werde. Nur Gladys ignoriert mich gewöhnlich – mit einem versteinerten Gesicht; was daran liegen mag, dass sie ihre Besorgungen immer genau auf die Zeiten legt, zu denen sie Jenny begegnet, die voller Stolz einen Kinderwagen schiebt. Mit der Geburt ihres Sprösslings hat Jenny nicht nur fünf Kilo eingebüßt (so schwer war der Wonneproppen), sondern ist auch ihren Nachnamen losgeworden, so dass wir sie nicht mehr als Miss Jenny Jaspers ansprechen können. Vor dem Traualtar wurde endlich das Incognito des Mannes gelüftet, der für uns immer nur ›der Totengräber‹ oder ›Mister Death‹ gewesen war. Sein wirklicher Name war allerdings so unaussprechlich, dass wir bei den alten Bezeichnungen blieben. Daher begrüße ich das Ehepaar, wenn ich ihm auf der Hauptstraße begegne mit »Hello, Mister Death!« und »Hello, Mrs Death!« Diese Begrüßung schließe ich ab, indem ich in den Kinderwagen hineingrinse: »Hello, Little Death!«

Der Sohnematz geriet ganz nach den Eltern, so dass sich mir jedes Mal ein Colt entgegenstreckt.

»Peng!«, quäkt Little Death. »Peng! Peng! Peng!« (Wahrscheinlich hat er dieses Wort schon Monate vor »Mama« und »Papa« gelernt.) Um die Zukunft unserer Zunft brauche ich mir also keine Sorgen zu machen. Übrigens habe ich mich zu einem eifrigen Kirchgänger entwickelt – was nicht zuletzt am Showtalent unseres neuen Priesters liegt.

In der katholischen Kirche schwingt jetzt Wild Pony das Zepter – respektive das Tomahawk. Er hat den Ritus mit indianischen Elementen angereichert. Am Altar stehen Kreuz und Totempfahl einträchtig nebeneinander. Der Gottesdienst beginnt gewöhnlich damit, dass seine Frau Mabel die Kriegstrommel schlägt. Dann tritt Wild Pony in einem Priestergewand auf, das mit dem Schmuck eines Medizinmannes bespickt ist. Er erscheint in einer Weihrauchwolke, der wohl alle möglichen anderen psychogenen Substanzen beigemischt sind, so dass die Gemeinde augenblicklich in Ekstase verfällt. Dann umtanzt er mit einem wilden Geheul den Altar. Dazu singt die Gemeinde ein frommes christliches Lied, ohne dass irgendjemand etwas befremdlich findet – mit Ausnahme der kleinen Patty, die jedes Mal protestierend auf die Kirchenbank steigt.

»Reverend Wild Pony«, ruft sie mit ihrer entzückenden Stimme, »so klingt nicht das Wort Gottes! Ich sage es meinem Pa, er ist Bürgermeister und er wird diesen heidnischen Unfug verbieten!«

In dieser kleinen Kirche hatte ich mich in Abigail verliebt, doch inzwischen bin ich froh, dass ich die Frau meiner Träume nicht gekriegt habe, denn allzu oft bin ich Zeuge geworden, wenn sie Jack die Leviten liest, wobei ihr Geschrei so furchterregend und durchdringend ist, dass man es auf der Straße Wort für Wort mitschreiben kann. Und wie oft eskaliert dieser Ehekrach so, dass die Seven Sisters wiederauferstehen, indem Abby wie in ihren besten Desperado-Tagen herumballert. Wie oft sehe ich Jack vor dieser häuslichen Gewalt auf die Straße fliehen. Wie oft setzt seine Frau ihm nach und nimmt ihn von einem Saloon-Fenster aus mit einem Gewehr unter Beschuss. Er erwidert das Feuer nicht, dazu ist ihm Abbys Leben viel zu heilig. Stattdessen überlebt er diese Ehe dank seines sportlichen Talents. Irgendwie findet er immer einen Prügel, mit dem er die Kugeln zurückschlagen kann, Das sind Sternstunden des Baseballs, aber man kann es auch als Werbeaktionen für den Saloon ansehen oder als eine Gratisshow für die Gäste. Früher hat Abby hier beim Kellnern getanzt und gesungen, heute sorgte sie eben im Seven-Sisters-Style für die Kurzweil. Auch wenn die Zuschauer sich sicherheitshalber unter den Tischen verkriechen, genießen sie es, wenn Jack die Kugeln mit seinem Baseballschläger so punktgenau ins offene Fenster hineindrischt, dass sich Abigail ducken muss und hinter ihr die Flaschen zerklirren. Den Showcharakter verstärkt noch die Tatsache, dass der alte Barkeeper Harry mittlerweile gelernt hat, mit seinem gefährlichen Job umzugehen, indem er eine Nummer daraus macht. Von einem Trödler hat er eine Ritterrüstung erstanden, die ihn gegen den Kugelhagel immunisiert. Solcherart gepanzert nimmt er die Einsätze der Gäste entgegen, die bei dieser speziellen Art der Sportwette teils auf Jack, teils auf Abigail setzen.

Genauso wie früher Howland greife ich im Saloon niemals ein – weil ich es einfach nicht übers Herz bringe, Abigail zu verhaften. Und noch in einer anderen Hinsicht drohte ich schon in seine Fußstapfen zu treten: Ich war drauf und dran, ein ewiger Junggeselle zu werden. Betonung auf ›war‹, denn schließlich sollte doch wieder eine Frau mein Herz erobern, auch wenn ich lange blind für ihre Avancen war. Erst in diesem April war es so weit, dass ich die zarten Zeichen zu deuten verstand. Auf den eisigen Winter folgte der Matsch, in den sich die Schneemassen verwandelten, bevor dann von einem Tag auf den anderen mit einer unwiderstehlichen Macht der Frühling anbrach. Schlagartig wurde es so warm, dass ich meine frisch gewaschene Wäsche hinter dem Sheriffbüro aufhängen konnte. Mit einem Mal pfiffen mir Kugeln um die Ohren. Die Ballerei, die fast eine Minute währte, wirkte nicht gerade, als ob mich Jemand mit Amors Pfeilen attackierte, und doch war es so.

Als der letzte Schuss verklungen war und ich das an einer Wäscheleine hängenden Bettlaken besichtigte, stellte ich fest: Der unsichtbare Heckenschütze hatte ein Herz hineingeschossen.

Nur Chuck hätte in seinen besten Zeiten so punktgenau zu treffen vermocht – und natürlich der Totengräber, aber bei keinem von den Beiden ließ sich eine schwule Ader vermuten. Deshalb konnte kein Zweifel bestehen: Dieses Zeichen der Leidenschaft hatte eine von den Seven Sisters in das Laken hineingebrannt. Mein Blick schwenkte über die gegenüberliegenden Dächer. Kaum erkennbar huschte dort jemand davon. Ich sah nur einen Cowboyhut verschwinden, aber ich war mir ziemlich sicher, dass meine Verehrerin Violet hieß – denn in wen sollte sich diese Pistolero-Professorin verlieben? Wer konnte ihr in unserem Kaff intellektuell das Wasser reichen? Wenn es in

Dead Gulch Studierte gab, so lagen sie auf dem Friedhof oder waren wie der Dottore so steinalt, dass sie für eine kaum Zwanzigjährige unmöglich in Frage kamen. Ich dagegen ... Ich hatte während meines New Yorker Exils die ›New York Times‹ abonniert, so dass ich geistig turmhoch über den Hinterwäldlern schwebte, die mich umgaben. Im Übrigen muss ich zugeben, dass mich die kleine Brillenschlange schon immer reizte.

Ich machte mich sofort zum Schulgebäude auf und staunte, als ich durch das Fenster in den leeren Klassenraum lugte, darüber, dass Violet schon wieder am Pult saß und seelenruhig Schulhefte korrigierte. Keine Schweißperle auf ihrer Stirn verriet, dass sie noch eben über die Dächer gerannt war, dabei bestand für mich kein Zweifel, dass es sich bei dem Cowboyhut, den ich hatte weghuschen sehen, um denselben handelte, den sie jetzt an einem ledernen Hutband im Nacken trug. Violet war so sehr in ihre Korrekturen vertieft, dass sie mich nicht zu bemerken schien. Der Revolver, mit dem sie ihre Liebeserklärung in mein Laken hineingestickt hatte, lag vor ihr auf dem Pult. Wie rasend schnell sie diese Waffe zur Hand nehmen konnte, merkte ich, als ihre Konzentration durch das nervtötende Brummen einer Wespe gestört wurde. Fast ohne aufzublicken, griff sie zum Colt und schoss, worauf das Brummen augenblicklich erstarb. Mit einem befriedigten Lächeln legte sie den Revolver wieder ordentlich hin und las weiter. Ich hielt den Atem an, denn sie schoss tatsächlich schneller, als sie gucken konnte. Um nicht dieser artistischen Gabe versehentlich zum Opfer zu fallen, duckte ich mich und sah mich, unter dem Fenster in der frisch erwachten Vegetation kauernd, um. Ich pflückte die schönsten der Frühlingsblumen ab, die rings um mich herum aus dem Boden schossen und band sie mittels eines Schnürsenkels zu einem, wie ich fand, herrlichen Strauß zusammen. Um Violet klarzumachen, wer ihr dieses Bukett anbot, klemmte ich über einen Stängel meinen Sheriffstern; dann schob ich den Strauß langsam in die Höhe. Ich vernahm aus dem Hausinneren keinen Laut. Also musste ich einen Laut von mir geben. Lieblicher noch als die Singvögel, die in den Schulhofbäumen herumtirilierten, zwitscherte ich: »Viiiiooooletttt ...«

Es folgte eine Reaktion, mit der ich nicht gerechnet hatte. »Der schon wieder!«, stöhnte Violet entnervt. Und dann ...Peng! Peng! Peng! ... schoss sie alle Blüten von meinem Blumenstrauß herunter.

»Sheriff McKenzy«, wies sie mich wie einen Erstklässler zurecht, »nehmen Sie bitte zur Kenntnis ...«

Das hörte ich gerade noch. Ein markerschütternder Schrei hinderte mich daran, Violet länger Beachtung zu schenken. Der Schrei klang nach einer furchtbaren Überraschung und nach einem nicht minder furchtbaren Schmerz. Zu meinem Leidwesen entrang sich dieser Schrei meiner eigenen Kehle, denn es waren meine Füße, die sich urplötzlich vom Boden hoben und es war mein Hals, um den sich ein Lasso zusammenschnürte, das mich mit einer unwiderstehlichen Macht in die Höhe zog. In den visuellen Fetzen, die sich meinen hin und her schwenkenden Pupillen darboten, tauchte einen winzigen Moment lang Violet auf, die im Fenster zu ergründen suchte, was auf ihrem Schulhof vor sich ging. Sie wurde für mich sofort durch meine in alle Richtungen zappelnden Beine verwischt. Irgendetwas begann mir in einer lebensbedrohlichen Weise zu fehlen und mir kam der Verdacht, dass es sich dabei um die Atemluft handelte. In mein Ohrenbrausen, das zu einem Hurrikan anschwoll, mischte sich das Kommando »Hauuuuu-Ruck!« So verschwommen, als wäre das Schulgebäude in einem schlammigen See versunken, bekam ich das Dach zu sehen. Noch ein Hau-Ruck und ich sah den verschleierten Schornstein, um den sich irgendetwas Schlangenartiges ringelte. Es war das festgebundene Seil. Damit zog mich ein Mann zu sich herauf, dessen Haut im Gegenlicht schwärzer war als das eines Schornsteinfegers. Und dann erkannte ich, wer ... Nein, da meine Sinne schwanden, musste ich halluzinieren. Oder war das nur eine Erinnerung? Lief jetzt, als letztes Aufflackern, mein Leben im Zeitraffer vor mir ab? Wieso mein Leben? Ich war ... Ich war nicht mehr Frank, ich war Jack, den Deborah am Abend vor der Entscheidungsschlacht mit dem Lasso gefangen hatte, um damit zu erzwingen, dass wir sie als unseren siebten Mann akzeptierten. Debby war es, ja, tatsächlich, denn ich hörte mit einem Mal klar und deutlich ihre Stimme. »Frank McKenzy, ich verurteile Sie zu lebenslänglich!« Dann schlug ihre Stimme in ein sanftes Gurren um: »Franky, nimmst du das Urteil an?«

»Ja, Debby«, jappste ich mit letzter Kraft, »denn das ist immer noch besser als der Strick.«

Mit dieser zarten Erpressung kam ich unter die Haube – buchstäblich, weil mir die frisch-gebackene Deborah McKenzy bei unserer Hochzeitsfeier eine Haube überstülpte, eines jener lächerlichen Dinger, die Mabel im Filmcamp stibitzt hatte. Der Desperado als Biedermeierfräulein – was haben da alle gelacht! Alle meine Weggefährten, denn sie waren ausnahmslos alle gekommen – von A wie Abigail bis W wie Wild Pony, der sich, zugedröhnt wie er war, halb zu Tode kicherte. Nachdem er die Hochzeitstorte mit dem Tomahawk so feinfühlig in Portionen zerhackt hatte, dass sich die gesamte Torte in unseren Gesichtern und auf unseren Kleidern befand, weilte er nur noch physisch unter uns. Wo sich sein Geist aufhielt, vermochte niemand zu sagen, doch sei's drum, wir hatten unseren Spaß. Sogar die ewig missmutige Gladys und Mister Death, denn egal welche Ressentiments sie wegen Debbys Hautfarbe gegenüber meiner Frau

hegten – wir waren alle einmal eine Bande gewesen und seit der Schlacht am Skeleton Creek
schweißte uns das für immer zusammen.

Auch als Screenplay erhältlich

ISBN: 978-3-74854-983-3
276 Seiten, 17,99 €

www.ingramcontent.com/pod-product-compliance
Lightning Source LLC
Chambersburg PA
CBHW062014170626
46813CB00001B/159